オラクル・ナイト

JN159575

Q・B・A・S・Gの思い出に

私は長いあいだ病気だった。退院の日が来ると、歩くのもやっとで、自分が何者ということになっているかもろくに思い出せなかった。頑張ってください、三、四か月努力すればすっかり元気になりますから、と医者は言った。私はその言葉を信じなかったが、とにかく忠告には従うことにした。一度は医者たちにも匙《さじ》を投げられた私だ。彼らの予測を裏切って、不可解にも死にそこなったのだから、未来の生活が待っていることにして生きるしかないじゃないか？

　まずは短い外出からはじめた。アパートメントから四つ角を一つ、二つ行って帰ってくる。私はまだ三十四歳だったが、病気のせいで、すべての面で老人になり果てていた。体の麻痺《まひ》した、足を引きずって歩く、足下を確かめないことには片足を前に出すこともおぼつかない老いぼれ。当時の私にはやっとのゆっくりしたペースでも、歩くことは頭のなかに奇妙なふらふら感を生み出した。いろんな信号がごっちゃに絡《から》みあい、精神の回路が混線して乱闘状態が生じていた。世界が目の前で跳ね、泳ぎ、波打った鏡に映る像のようにうねった。たった一つの物だけを見よう、襲ってくる色の洪水のなかから一個の物体を孤立させよう、私はそう試みる。たとえば女性の頭に巻かれた青いスカーフ、あるいは通りがかった配送トラックの赤いテールライト。でもそうしようとするたびに、事物はたちまちばらばらに崩れ、溶解し、コップの水に垂らした一滴の染料のように消えてしまった。何もかもが揺らぎ、ふらつき、いろんな方向に飛び出していって、最初の何週間かは、どこで自分の体が終わってどこから外界がはじまるのかも定かでなかった。私は壁やゴミバケツにぶつかり、犬のリードや宙を漂う紙切れともつれ合い、ごく滑らかな歩道の上でつまずいた。生まれてからずっとニューヨークで暮らしてきたのに、街並も人混みももうまるで理解できず、外出を企てるたびに、異国の都市で迷子になった気分だった。

その年は夏が来るのが早かった。六月第一週の終わりにはもう、澱《よど》んだ、むっと鬱《うっ》陶《とう》しい天候になって、空も毎日生気のない緑っぽい色だった。空気には生ゴミと排気ガスの悪臭が満ち、煉瓦《れんが》一個一個、コンクリート一枚一枚から熱が立ちのぼった。それでも私はやめなかった。毎朝自分に鞭打《むちう》ってアパートメントの階段を降り、表に出た。脳内のぐじゃぐじゃが収まってきて、体力が徐々に戻ってくると、散歩の範囲を同じ近所でもっと遠くの隅までのばせるようになった。十分が二十分になり、一時間が二時間に、二時間が三時間になった。肺は空気を求めて喘《あえ》ぎ、肌はつねに汗にまみれ、私は誰か他人の夢のなかの登場人物みたいにゆるゆる進みながら、世界が邁進《まいしん》してゆくのを眺め、自分がかつてこの周りの人々と同じようにふるまっていたことに驚嘆していた。人々はつねに猛然と動き、いつもどこかからどこかへ向かっていて、いつも予定より遅れていて、日が沈む前にあと九つ用事を片付けようと飛び回っていた。私にはもうそういうゲームを演じる力はない。私はいまや欠陥商品だった。機能不全のパーツと、神経学上の謎《なぞ》との塊だった。みんなが狂おしく稼いだり散財したりするのを見ても、何ら気を惹《ひ》かれなかった。面白半分にふたたび煙草《たばこ》を喫《す》いはじめ、エアコンの効いたコーヒーショップで午後半日をつぶし、レモネードやグリルドチーズ・サンドを注文して、周りの会話に耳をそばだて、三つの新聞の全記事を一つひとつ読み進んでいった。こうして時が過ぎた。

問題の朝、一九八二年九月十八日の朝に、私は九時半と十時のあいだにアパートメントを出た。私は妻と二人で、ブルックリンのコブル・ヒル区域、ブルックリン・ハイツとキャロル・ガーデンズのちょうど中間に住んでいた。散歩はたいてい北の方に行ったが、その朝は南へ向かい、コート・ストリートまで来たところで右に曲がって、そのまま六、七ブロック歩いていった。空はセメントの色だった。灰色の雲、灰色の空気、灰色の突風に運ばれる灰色の小雨。私は前々からその種の天候に妙に弱く、この日もそうした陰気な雰囲気に満足を感じて、暑い日々が終わって残念だなんていう気持ちはこれっぽっちもなかった。出かけてから十分くらいして、キャロルとプレジデントのちょうど真ん中あたりで、通りの向こう側に文房具店があるのが目に入った。靴の修理店と、二十四時間営業の食料雑貨店のあいだにはさまった店で、うらぶれたパッとしない建物が並んでいるなかで唯一《ゆいいつ》明るい色の店構えだった。開店してまだ日が浅いのだろうと思ったが、新しくはあれ、またウィンドウの陳列も気がきいているものの（ボールペン、鉛筆、定規で出来たいくつもの塔がニューヨークのスカイラインを模している）、この〈ペーパー・パレス〉なる店は、とにかく小さすぎて、それほど面白い品を揃《そろ》えているとは思えなかった。わざわざ道を渡って入ってみることにしたのは、仕事を再開したいとひそかに願っていたからにちがいない。自分でも知らないうちに、体内にじわじわ欲求がたまってきていたのだろう。五月に退院して帰ってきて以来、私は何も書いていなかった。センテンス一つ、単語一つ書かず、そうしたいという気にもまるでならずにいた。それがいま、四か月の無気力と沈黙の末に、出し抜けに、道具を一通り揃えておこうと思い立ったのだ。新しいペンと鉛筆、新しいノート、新しいインクカートリッジと消しゴム、新しいメモ用紙とフォルダー、新しい何もかも。

表側にあるレジの向こうに、中国人の男が座っていた。私より少し若そうで、入っていく際にウィンドウごしに見たときは、背を丸めてメモ用紙の束と向きあい、黒いシャープペンシルで数字を書き込んでいた。肌寒い日なのに、半袖《はんそで》シャツを着ている。薄手のゆったりした開襟《かいきん》の夏物で、それが赤銅色《しゃくどういろ》の腕の細さをきわ立たせていた。私がドアを開けるとベルがちりんと鳴り、男は一瞬頭を上げて、礼儀正しい会釈《えしゃく》を送ってよこした。私も会釈を返したが、こっちが何か言う間もなく、相手はまた下を向いて計算に戻っていった。

コート・ストリートを通る車の列がたまたま途絶えたのか、それとも窓の板ガラスが異様に厚かったのか、店内を物色しようと最初の通路を歩き出すと、そこがいかに静かかに私はにわかに思いあたった。私はその日第一号の客であり、静かさはこの上なくきわ立ち、背後で男が鉛筆をこりこりする音が聞こえるほどだった。あの朝のことをいまふり返るたび、まずよみがえってくるのが鉛筆の音だ。私がこれから語ろうとしている物語が何らかの意味をなす限りにおいて、それはここからはじまったのだと私は思う――鉛筆の音だけが世界に唯一残された音であった、あの数秒間から。

私は通路を進んでいって、二、三歩ごとに立ちどまり、棚に並んだ品を吟味した。大半はありきたりの事務用品、学校用品だったが、こんな狭苦しい店にしては驚くほど徹底した品揃えで、これだけの品を揃えて並べるのにかかった手間を思って私はすっかり感心してしまった。何しろ、六種類の違った長さの真鍮《しんちゅう》製綴《と》じ具から、十二種類のペーパークリップに至るまで、何から何まで揃っているように思えるのだ。角をぐるっと回って、もう一つの通路を表の方に向かって歩き出したあたりで、まるごとひと棚が輸入高級品で占められているのが目に入った。イタリア製の革表紙のメモ帳、フランス製のアドレス帳、日本製の華奢《きゃしゃ》な和紙のフォルダー。ドイツ製のノートの山があり、もうひとつ、ポルトガル製のもあった。ポルトガル製のノートがとりわけ私には魅力的に見えた。表紙は硬く、方眼の罫《けい》が入っていて、糸で綴じた紙はしっかり厚く、字もにじまなさそうだ。手にとった瞬間にもう、これは一冊買うしかないと私は決めていた。お洒落《しゃれ》なところ、気取ったところは何もない、きわめて実用的な道具である。愚直で、月並な見かけで、使い易《やす》さ第一、誰かにプレゼントするようなたぐいのノートブックでは全然ない。でもそれが布張りだという点が気に入ったし、形にも惹かれた。縦二三五ミリ、横一八四ミリだから、たいていのノートより縦が少し短く横が少し広い。なぜなのか自分でもよくわからないが、この縦横の比率が私にはひどく好ましく思え、初めて両手に持ったときにも、ほとんど肉体的快楽に近いものを感じた。突然の、説明しようのない幸福感だった。山にはノートは四冊しか残っておらず、そのそれぞれが違った色だった——黒、赤、茶、青。私は青を選んだ。それがたまたま一番上に乗っていたのだ。

さらに五分ばかりかけて、買おうと思っていたほかの品を一通り探し出し、表のレジに持っていって、カウンターの上に置いた。店の男はさっきと同じ礼儀正しい笑みを浮かべてから、一つひとつの値を打ち込んでいった。ところが、青いノートに来たところで、一瞬手を止め、ノートを宙にかざして、指先を軽く、表紙の上に滑らせた。それは敬意を表した、ほとんど愛撫《あいぶ》というに近いしぐさだった。「いい本《ブック》ね」と男は訛《なま》りのきつい英語で言った。「だけどもうない。もうポルトガルない。すごく悲しい話」

何を言っているのかわからなかったが、もう一度言わせて相手に気まずい思いをさせてもと、私はノートの素朴な魅力について何やらもごもご呟《つぶや》いてから、話題を変えた。「このお店、前からやってるんですか？」と私は訊《き》いた。「見たところすごく新しくて綺麗《きれい》ですよね」

「一か月ね」と男は言った。「八月十日に新装開店」

この事実を宣言しながら、男は少し背筋をのばしたように見えた。子供っぽい、軍隊ふうのプライドとともに胸を張っている。が、景気はいかがですかと訊いてみると、青いノートをそっとカウンターに置き、首を横に振った。「全然よくないね。失望いっぱい」。その目をよく見てみると、はじめに思ったより何歳か上だとわかった。若くても三十五、ひょっとすると四十に届いているか。まあひとつ頑張ってください、だんだん調子がついてきますよ、といったような当たり障《さわ》りのない科白《せりふ》をこっちが口にしても、また首を振って微笑《ほほえ》むだけだった。「店を持つの、いつも夢だったね」と男は言った。「ペンや紙を売ってるこういう店、私の大きなアメリカンドリームね。万人のためのビジネス、でしょ？」

「そうですね」と私は、何のことかいまひとつわからないまま言った。

「言葉、みんなが使う」と男はさらに言った。「みんないろんなこと書く。子供たち、学校行って私の本で勉強する。先生、私の本に成績つける。私の売る封筒でラブレター送られる。会計士の帳簿、買い物リストのメモ用紙、一週間の予定表。ここにある物、みんな暮らしに大切。そのこと私嬉《うれ》しいね、私の人生に名誉ね」

そのささやかな演説を、何ともおごそかに、決意も固く男が述べたものだから、私も思わず心を動かされたことを白状せねばならない。いったいこれはどういう文房具店主なのだ、紙の形而上学《けいじじょうがく》を客に説き、人類が為《な》す無数の営みのなかで不可欠の役割を果たす存在として己を捉《とら》えるとは？　どこか滑稽《こっけい》なところもあったと思うが、話を聞いているあいだ、少しも笑う気にはならなかった。

「そうですとも」と私は言った。「まったくそのとおりですよ」

その誉《ほ》め言葉で、男は少し気分が明るくなったようだった。軽く微笑み、こっくり頷《うなず》いて、ふたたびレジを打ちはじめた。「ブルックリン、作家たくさんいるね」と男は言った。「町じゅうに、たくさん。商売にいいかもね」

「そうかも」と私は言った。「作家の問題点は、たいていあまりお金がないことですけどね」

「わかった」と男はレジから顔を上げて、満面の笑みを浮かべ、悪い歯並びをさらけ出しながら言った。「あなたもきっと作家ね」

「誰にも言っちゃ駄目ですよ」と私は、ふざけた口調を努めて保ちながら言った。「秘密にしてるんですから」

大して面白い科白ではないが、男はすごく愉快だと思ったみたいで、少しのあいだ、笑い転げぬようこらえるのがやっとという有様だった。喋《しゃべ》るのと歌うのとの中間のようなその笑いには、不思議なスタッカートのリズムがあって、それが一連の短い機械的なトリルとなって喉《のど》からあふれ出てきた――ハハハ。ハハハ。ハハハ。「誰にも言わないね」と男は、やっと発作が治まると言った。「最高機密《トップ・シークレット》。あなたと私だけね。唇、縫って閉じるよ。ハーハーハ」

男は作業を再開し、私が買った品物を大きな白い買物袋に入れ終えたころにはもう真顔に戻っていた。「いつの日かあなた、その青いポルトガルの本で小説書いたら」と男は言った。「私すごく嬉しい。心に喜びあふれる」

これにはどう答えていいかわからなかったが、何と言うかこっちが思いつく間もなく、男はシャツのポケットから名刺を取り出し、カウンターの向こうから私に手渡した。**ペーパー・パレス**という言葉が、一番上に太字で刷ってあった。次に住所と電話番号があって、それから、右下隅に最後の情報――経営者　M・R・チャン。

「ありがとう、ミスター・チャン」と私は名刺に目を落としたまま言った。そしてそれを自分のポケットにしまい、金を払おうと財布を出した。

「ミスターじゃなくてM・Rね」とチャンはもう一度満面の笑みを浮かべながら言った。「その方がもっと立派に聞こえるね。もっとアメリカっぽいね」

今度もまた、何と言ったらいいかわからなかった。そのイニシャルが何を意味しているのか、いくつかの思いが頭に浮かんだが、口には出さなかった。精神的供給源《メンタル・リソーシーズ》。

多重読解《マルティプル・リーディングズ》。神秘的啓示《ミステリアス・レヴェレーションズ》。言わぬが花ということもある。こっちの寒いギャグをこの男に押しつける気はなかった。ぎこちない沈黙がつかのま生じたのち、男は私に白い買物袋を手渡し、感謝の意を表して頭を下げた。

「お店の繁盛《はんじょう》を祈ります」と私は言った。

「すごく小さなパレスね」と男は言った。「品物もそんなにない。でも欲しいもの言ってくれたら、何でも取り寄せるよ。あなた欲しいものあったら、私何でも取るよ」

「オーケー」と私は言った。「それで決まりだ《イッツ・ア・ディール》」

私は帰ろうと回れ右したが、チャンはカウンターの向こうからせかせかと出てきて、ドアの前で私をさえぎった。自分たちがたったいま、きわめて重要なビジネスの取り決めを交わしたと思っている様子で、私に握手を求めてきた。「決まり《ディール》」と彼は言った。「あなたにグッド、私にグッド。オーケー？」

「オーケー」と私はもう一度言い、彼が私の手を握るがままにさせていた。ささいなことをこんなに仰々しく言い立てるなんて馬鹿《ばか》げていると思ったが、話を合わせるだけなら懐《ふところ》は痛まない。それに、私はもうさっさと帰りたかった。喋る言葉が少なければ少ないほど早く帰れるというものだ。

「あなた注文して、私見つける。何でもかならず見つけるからね。M・R・チャン、ちゃんと品物届ける」

そのあとさらに二、三度私の腕を上下させてから、彼はにこにこ笑って頷きながらドアを開けてくれた。私はその前をすり抜けるようにして、寒々しい九月の昼のなかへ出ていった。[1]

1　あの朝から二十年が経《た》ち、私たちがたがいに対して発した言葉のうちかなりの量がいまや失われた。消えてしまった対話を探して記憶を引っかき回しても、出てくるのは一握りの孤立した断片、本来の文脈からむしり取られたかけらだけだ。けれどひとつ確かなのは、私が彼に自分の名前を伝えたということである。きっと私が作家だと知られた直後だったにちがいない。私の名前を彼が訊《たず》ねている声がいまも聞こえるのだ。たぶん、万一私の出した本に出会ったらわかるようにとでも思ったのだろう。「オア」と私はまず名字を伝えた。「シドニー・オア」。チャンの英語力は、私の答えを理解するには不充分だった。Orr という名を、彼があるいは（or）と聞きとったので、私が首を横に振ってにっこり笑うと、彼の顔は気まずそうに皺《しわ》くちゃに乱れた。私は誤りを正そうと名字のスペルを言いかけたが、私が何を言う間もなく彼の顔がふたたびパッと明るくなって、両手でぐいぐいボートを漕《こ》ぐしぐさをやり出した。きっと私がオール（oar）と言ったと思ったのだろう。私はまた首を振ってにっこり笑った。チャンはもうすっかりしょげ返って、大きくため息をつき、「ひどい言語ね、英語。私の脳、ついて行けないね」と言った。私が青いノートをカウンターから持ち上げ、内表紙に活字体で自分の名前を書いてやって、ようやく誤解は解けた。話はこれで通じたようだった。ここまでしてもこんなに苦労したのだから、もうこれ以上、アメリカにやって来た最初のオア一族はオルロフスキだったのだなどと伝える気にはならなかった。よりアメリカ的に聞こえるよう、私の祖父が己の姓を短くしたのである――チャンが自分の名に、華やかな、しかし無意味なイ

ニシャルM・Rをつけ足したのと同じように。

もともとは近所の食堂に寄って朝食を食べるつもりだったが、出かける前に財布に入れておいた二十ドル札は、いまや一ドル札三枚と小銭一握りに減っていた。税金とチップを勘定に入れると、二ドル九十九の朝定食にも足りない。買物袋がなかったらそのまま散歩を続けたかもしれないが、これを抱えて近所を歩き回るのも、と思ったし、天気もだいぶ悪化してきていたので（さっきは霧雨だったのがもうすっかり本降りだ）、私は傘を開いて家に帰ることにした。

その日は土曜日で、私がアパートメントを出たとき妻はまだ寝ていた。妻のグレースは九時五時のフルタイムで働いていて、好きなだけ眠って目覚まし時計なしで起きる贅沢《ぜいたく》は週末にしか味わえない。眠りを邪魔しまいと、私はさっきもできるだけ静かにベッドから這《は》い出し、キッチンテーブルの上にメモを置いていった。戻ってみると、そこにいくつかのセンテンスが書き加えられていた。シドニー 散歩は楽しかったですか。ちょっと用事を足しに行ってきます。すぐ済むはずです。じゃあまたあとで。G。

私は廊下の奥にある自分の仕事部屋に行って、買ってきた文房具を袋から出した。

仕事部屋といっても物置と大して変わらず、机、椅子《いす》、狭い棚が四段の小型本棚を入れたらもう一杯だが、私にはそれで充分だった。とにかく椅子に座れて紙に言葉を書きつけられれば事足りる。退院してから部屋には何度か入っていたが、九月のその土曜の朝――さっきと同じく問題の朝と呼ぼう――まで、椅子に座ったことは一度もなかったと思う。そしていま、くたびれ果てたわが尻《しり》を硬い木の座部に降ろしてみると、長く困難な旅から帰ってきた人間のような気持ちになった。不運な旅人が帰還を遂げ、世界における己の正当な居場所をいま一度占める。ふたたびそこにいるのはいい気分だった。ふたたびそこにいたいと思えるのはいい気分だった。慣れ親しんだ机に身を落ち着けながら、襲ってくる幸福感の波に私は包まれて、この瞬間を祝って青いノートに何か書こうと決めた。

万年筆に新しいインクカートリッジを入れて、ノートの一ページ目を開け、一番上の行に目をやった。どうはじめたらいいのか、全然わからなかった。この行為の目的は、何かを具体的に書くことよりも、まだ書く力が自分にあることを自らに対して証明することである。だからとにかく何か書く限り、何を書こうと構わないのだ。何だってよかったはずであり、どんなセンテンスでも等しく有効だったはずである。とはいえやはり、愚かな一言とともにノートを使いはじめるのは嫌だった。だから私は、ページに刻まれた無数の小さな四角形を見ながら、時機の訪れを待つことにした。うっすら細く青い線が白い紙の上で交差し、紙を同一の小さな四角たちから成る野原に変えている。それらの、うっすら境界を記された囲い地たちに思いが出たり入ったりするがままにさせていると、私はいつしか、二週間ばかり前に友人のジョン・トラウズと交わした会話を思い出していた。私たち二人は、一緒にいても本の話などめったにしなかったが、その日に限ってジョンが、若いころ敬愛していた作家を何人か読み返しているんだと言ったのである。彼らの作品がいまも色あせていないか、二十歳の自分が下した評価が三十年以上経ったいまの評価と変わらないか見てみたくてね、とジョンは言った。というわけで彼は十人の名を挙げ、二十人の名を挙げ、フォークナーからフィッツジェラルドにはじまりドストエフスキーとフロベールに至る面々に一通り触れていったが、私の頭に何より生々しく残ったのは——そしてそれが、いま机に向かって青いノートを開いたときにも浮かんできたのだ——ちょっとした寄り道としてジョンが口にした、ダシール・ハメットのある本に出てくる逸話だった。「ここには小説が一冊隠れていると思う」とジョンは言ったのだった。「私はもう歳《とし》だから自分じゃ考えられないが、君みたいな若造ならいくらでもできるさ、何か面白いものが出てくるはずだよ。すごくいい出発点だ。あとはそれに続くストーリーさえあればいい」[2]

2　ジョンは五十六歳だった。たしかに若くはないかもしれないが、自分を「歳だ」と考えるほどの歳ではない。特に彼の場合、全然老《ふ》け込んでおらず、まだ四十代なかばか後半くらいに見えた。その時点では彼と知りあってから三年が経っていた。そもそものきっかけは、私がグレースと結婚したことである。グレースの父親が第二次大戦直後にプリンストンでジョンと同級で、仕事は違っていたが（グレースの父はヴァージニア州シャーロッツヴィルの連邦地方裁判所の判事である）二人は卒業後もずっと親しくしていた。したがって私は、グレースの家の家族ぐるみの友人として彼と出会ったのである——高校のころからずっと読んでいた、わが国屈指の書き手と私が依然思っていた有名作家としてではなく。
一九五二年から七五年にかけて、ジョンは六冊の長篇を出版したが、その後もう七年以上作品を発表していなかった。だがもともと多作な方ではなかったし、間隔がいつもより長く空いたからといって、何もしていないということでは決してなかった。退院以来、私は何度か午後の半日を彼と一緒に過ごしたが、会話の話題として、私の健康（これについてジョンはひどく心配してくれて、ゆるがぬ気遣いを示してくれた）、二十歳になるジョンの息子ジェイコブ（近年この息子は父親にとって大きな苦悩の種となっていた）、低迷するメッツの苦闘（これは私たち二人にとってつねに頭から離れない問題）などが挙がるなかで、現在の仕事に関してもあれこれ匂《にお》わせる言葉をジョンは口にした。どうやら何かに没頭していて、仕事時間の大半をそれに費やし、もう相当に進んでいるらしい。ことによるとじき完成するかもしれないというふうにも聞こえた。

彼が言っていたのは、『マルタの鷹《たか》』第七章に出てくるフリットクラフトのエピソードである。サム・スペードがブリジッド・オショーネシーに語る、自分の人生から忽然《こつぜん》と姿を消す男をめぐるあの奇妙な寓話《ぐうわ》。フリットクラフトはとことん型どおりの人間である。夫であり父であり、羽振りのいいビジネスマンで、不平の種など何ひとつない男である。ある日の午後、昼食に行こうと道を歩いていると、ビルの十階の建築現場から梁《はり》が落ちてきて、危うく彼の頭を直撃しそうになる。あと四、五センチずれていたらひとたまりもなかっただろうが、梁はフリットクラフトには当たらず、歩道の表面が欠けて跳ね上がって顔に命中した以外、彼は何ら傷を被《こうむ》らずにその場を去る。それでも、危機一髪の出来事に心をひどく揺さぶられ、彼はそれを頭から追い払うことができない。ハメットの言い方を借りれば、「誰かが人生の蓋《ふた》を外して中の仕組みを彼に見せた」ような気になるのだ。世界は正気で秩序のある場だと思っていたがそうではないこと、自分がはじめから何もかも勘違いしていて世界について何ひとつわかっていなかったことをフリットクラフトは思い知る。世界は偶然に支配されている。ランダム性が人間に、生涯一日の例外もなくつきまとっているのであり、命はいついかなる瞬間にも、何の理由もなく人から奪われうる。昼食を終えるころには、フリットクラフトはもう、この破壊的な力に屈するしかないという結論に達している。何か無意味な、まったく恣意《しい》的な自己否定の行為を通して、己の人生をぶち壊すしかない。火をもって火と戦うのだ。こうして、家にも帰らず家族に別れを告げもせず、銀行から預金を引き出しさえせずに、彼はテーブルから立ち上がって、よその街に行き、一から人生をやり直す。

この一節をジョンと話しあって以後の二週間、挑戦を受けて立とう、この話に肉付けを施してみよう、などと思ったことは一度もなかった。たしかにいい出発点ではある。人はみな一度は、己の人生を放棄してしまったらと思い描くものであり、誰か他人になりたいと思ったことのない人間などいない。といって、自分でこの話を追求しようと思うかどうかは別である。ところがその朝、ほぼ九か月ぶりに机に向かって、買い立てのノートと睨《にら》めっこしながら、自分でも恥ずかしくない、勇気が萎《な》えないような最初の一文を思いつこうとあがいていると、ひとつフリットクラフトのエピソードを試してみようかという気になってきた。これはあくまで単なる名目であり、ありうべき入口を探す手立てなのだ。それなりに興味深いアイデアを二つ三つ書きとめられるなら、かりに二十分後にはパタッととだえてしまってそれ以上発展はなかったとしても、ひとまず第一歩と呼べはするだろう。かくして私は万年筆のキャップを外し、青いノートの一ページ目の第一行にペン先を押しつけて、書きはじめた。

言葉はすばやく、滑らかに、大した努力も要求せずに出てくるように思えた。驚いたことに、手を左から右へ動かしつづけている限り、次の言葉がつねにそこにいて、ペンから出るのを待っていてくれるように思えた。わがフリットクラフトを、私はニック・ボウエンなる名の男として思い描いた。三十代なかばで、ニューヨークの大手出版社で編集者をしていて、イーヴァという女性と結婚している。ハメットの語った原型どおり、仕事ではつねに有能、同僚たちからも敬われ、経済的にも安定し、結婚生活も安泰、云々《うんぬん》。少なくともはた目にはそう見えるのだが、私のバージョンがはじまった時点で、トラブルはすでにしばらく前からボウエンの内部でうごめいている。仕事にも飽きてきたし（自分では認めたがらないが）、五年間まずまず波風もない満ち足りた暮らしをイーヴァと続けてきた末に結婚生活はいまや行き詰まりに陥っている（この事実にも彼はまだ直面する勇気がない）。膨らみつつある不満についてくよくよ考える代わりに、ボウエンは空いた時間に、トライベカのデスブロシーズ・ストリートにある自動車修理工場で、結婚三年目に買ったおんぼろのジャガーのエンジンを直すという長年のプロジェクトに携わる。ニューヨークの一流出版社の若きエリート編集者ではあっても、実は両手を使って働く方が好きなのだ。

物語がはじまるとともに、一冊の小説の原稿がボウエンの机に届く。『オラクル・ナイト（神託の夜）』という意味ありげなタイトルのついたその短めの長篇は、二〇～三〇年代に人気のあった、もう二十年近く前に亡《な》くなった作家シルヴィア・マクスウェルが書いたものということになっている。送ってきたエージェントによれば、この知られざる本は、一九二七年、マクスウェルがイギリス人ジェレミー・スコットとフランスに駆け落ちした年に書かれたという。スコットは当時売れない画家だったが、のちに英米の映画のセットデザイナーとなった人物である。二人の関係は一年半続き、それが終わるとシルヴィア・マクスウェルは小説の原稿をスコットに委《ゆだ》ねてニューヨークに戻った。スコットは生涯それを離さず持ちつづけ、八十七歳で亡くなったとき——私の物語がはじまる数か月前である——彼の遺書のなかに、原稿をマクスウェルの孫娘に贈るという条項が見つかった。これはローザ・レイトマンなる若いアメリカ人女性である。この女性を通して、原稿はエージェントに渡されたが、そこには、誰が読むよりも前にまずニック・ボウエンに送ること、という明確な指示が添えられていた。

小包はニックの職場に、ある金曜の午後、彼が社を出て週末に入った数分後に届く。月曜の朝にふたたび出社すると、原稿は机の上に載っている。ニックはシルヴィア・マクスウェルの一連の作品を敬愛しているから、この原稿もいますぐ読みはじめたい。ところが、第一ページに目を向けたとたん、電話が鳴る。アシスタントが、ローザ・レイトマンさんという方が受付にいらしています、ちょっとお会いしたいとおっしゃっていますと伝える。通してくれ、とニックは言い、書き出しの一節を読み終える間もなく(戦争はもうほとんど終わっていたが、私たちはそのことを知らなかった。私たちは何を知るにも小さすぎたし、戦争は至るところに広がっていたから、私たちには……)シルヴィア・マクスウェルの孫娘が部屋に入ってくる。ごく簡素な服装で、化粧もほとんどしておらず、髪は短い流行遅れのカットだが、その顔はニックから見てこの上なく美しい。胸が痛むほど若々しく、無防備な、希望と何ものにも抑えつけられぬエネルギーとの(とニックは突然思う)何より雄弁な表象。ニックの息がしばし止まる。それはまさに、グレースを初めて見たときに私自身に起きたことである。グレースと出会って、私は脳を直撃されて麻痺状態に陥り、次の一息も不可能となった。だからそういう気持ちをニック・ボウエンに移し替えて、このもうひとつの物語の文脈のなかで想像するのは難しくなかった。話をさらに容易にすべく、私はグレースの肉体をローザ・レイトマンに与えることにした。子供のころできた膝《ひざ》がしらの傷、わずかに曲がった左の門歯、あごの右側のほくろといった、ごくささいな、グレース固有の特徴に至るまで。[3]

3 私もやはり、出版社のオフィスでグレースと出会った。ボウエンに編集者の職を与えたのもそのせいかもしれない。それは一九七九年一月、私が二作目の長篇を書き終えて間もないころだった。一作目の長篇と、その前に出た短篇集はサンフランシスコの小さな出版社から出ていたが、この本からはもっと大きな、より商業的なニューヨークの出版社ホルスト＆マクダーモットに移った。契約書にサインしてからおよそ二週間後、担当編集者のベティ・ストロウィッツに会いに出版社へ出向いて、いろいろ相談しているうちに、表紙をどうするかという話になった。そしてベティが机の上の受話器を取り上げ、「グレースを呼んで意見を聞いてみましょうよ」と言ったのである。聞けばグレースとはホルスト＆マクダーモット社の装幀室《そうていしつ》所属のデザイナーで、『架空の弟との自画像』（これが私の、夢想、妄想、悪夢的な悲しみから成るささやかな本のタイトルだった）の表紙担当になったのだという。

ベティと二人でさらに三、四分話したところで、グレース・テベッツが部屋に入ってきた。そこにいたのは十五分くらいだったが、彼女が部屋を出て自分の部屋に戻っていったころには、私はもう彼女に恋していた。それほど突然の、決定的な、予想外の出来事だった。一目惚《ひとめぼ》れというものは小説でさんざん読んでいたが、あんなのはただの誇張だといつも思っていたのだ。愛する女性の瞳《ひとみ》を男が初めて覗《のぞ》き込む、さんざん言い古されてきた瞬間。私のような生まれつき悲観的な人間には、衝撃の体験と言うほかなかった。何だかまるで、吟遊詩人《トゥルバドゥール》の世界に押し戻されて、『新生』［※ダンテの処女作］第一章の一節を生き直しているみたいだった（……わが心の栄えある乙女が初めてわが眼に触れたとき）。忘れられた無数の恋愛ソネットの、くたびれた比喩《ひゆ》を私は生きた。私は身を焼いた。私は焦がれた。胸を焦がした。言葉を失った。これがすべて、これ以上凡庸な場はないというくらい凡庸な、蛍光灯の光が照りつける、二十世紀後半のアメリカのオフィスで起きたのである。生涯最大の情熱の対象にめぐり逢《あ》う場として、これほど似つかわしくない場もなかっただろう。

こういう出来事は説明しようがない。人がある人物に恋し、別の人物には恋さない、そこに客観的な理由は存在しない。グレースは綺麗な女性だったが、初めての出会いの、その怒濤《どとう》のごとき最初の数秒間、彼女と握手して彼女がベティの机の横の椅子に身を落ち着けるのを見守りながらも、この女性が並外れた美女ではないことは私にもわかった。女神のごとき完璧《かんぺき》さで人を魅惑し、圧倒する映画スターとは違う。たしかに垢抜《あかぬ》けた、艶《あで》やかな、容姿端麗な（といったもろもろの言い方をどう定義するにせよ）女性ではあるが、激しく惹きつけられるさなかにも、それが単に肉体的な魅惑だけではないことを私は意識していた。私がたったいま見はじめた夢は、動物的欲望のつかのまのほとばしり以上のものなのだ。頭のいい人物だとは思ったが、話しあいが長引き、表紙についてのアイデアを彼女が語るのを聞いているうちに、言葉を操るのはそんなに上手《うま》くないということが見えてきたし（新しいポイントに移るときにしばしば躊躇《ちゅうちょ》するし、用いる言葉も短い機能的な言葉に限定され、抽象的思考力もどうやら欠けていた）、その午後に彼女が言ったなかで、特にあざやかだったり記憶に残ったりするような言い方はひとつもなかった。今回の私の本について好意的な科白を二、三口にした以外、彼女は私にごくわずかでも興味を持っているようなそぶりをまったく見せなかった。なのに私の方は、最悪の責め苦のただなかにいた。私は身を焼く、焦がれる、胸を焦がす、まんまと恋の罠《わな》にかかった男だった。

彼女は背丈一七〇センチ、体重五十七キロで、ほっそりした首に長い腕、長い指、青白い肌、短い髪はくすんだ金髪だった。あとで気がついたのだが、その髪は『星の王子さま』の主人公のイラストの髪に似ていて、とんがった毛、カールした毛がばらばらにつき出ている。たぶんそうした連想が、グレースが発散しているどこか両性具有的なオーラを高めていたのだろう。その午後に着ていた男っぽい服装（ブラックジーンズ、白いTシャツ、水色のリネンの上着）もそういうイメージを作り出すのに一役買っていたにちがいない。やって来てから五分くらいしたところで、彼女は上着を脱いで椅子の背に掛けた。その両腕を、その長い、滑らかな、どこまでも女性的な腕を見たとき、それに触れることができるまで、その体に触れてむき出しの肌に手を滑らせる権利を得るまで、心の安らぎはないものと私は悟った。

だが私は、グレースの肉体よりさらに奥まで行きたい。彼女の身体的自己の偶発的な諸事実の向こうまで行きたい。もちろん肉体は物を言う。私たちが認めたくないほど大きく物を言う。でも人は肉体に恋するのではない。人が人同士、恋をするのだ。その「人」の大きな部分が骨と肉に占められているとしても、そうでない部分だってたくさんある。私たちはみなそのことを知っている。ところが、表面の特質やら見かけやらの目録の向こうまで進んだとたん、言葉は役に立たなくなってくる。神秘めいた混乱、中身のない曇った比喩のなかで言葉は崩れていく。ある者はそれを存在の炎と呼ぶ。またある者は内なる火花、あるいは自己の内なる光と呼ぶ。さらにある者は、本質の火と言ったりもする。どの言い方もみな、熱や光のイメージに頼っている。そしてその力は、時に魂と呼ばれもする生の真髄は、つねに目を通して他人に伝えられる。詩人たちがこの点を強調しているのもけだし当然である。欲望の神秘は、愛する人の目を覗き込むことからはじまる。そこにおいてのみ、相手が何者であるかが垣間見《かいまみ》えるのだ。

グレースの目は青かった。濃い青に灰色の筋があちこちに混じって、おそらく茶色《ブラウン》も少しと、薄茶《ヘイゼル》のコントラストも隠れている。それは複雑な、一瞬一瞬に当たる光の強度と色合いに応じて色を変える目だった。その日ベティのオフィスで初めて彼女を見たとき、これほどの落ち着きをにじませ、これほど静かな物腰をたたえている女性を見るのは初めてだと思った。当時まだ二十七にもなっていなかったのに、彼女はすでにほかの人間より高位の次元に達していた。どこかよそよそしいところがあったとか、周りから一段上に浮かんで一人優越感や無関心の靄《もや》に包まれていたとかいうのではない。それどころか、話しあいの最中彼女は終始生き生きして、よく笑い、微笑み、言うべき科白はすべて言い、為すべきしぐさもすべて為した。けれども、ベティと私が彼女に向かって提案しているアイデアにプロとしてきちんと耳を傾けているその下に、内なるあがきのようなものがまったく感じられないことに私は驚かされた。精神の平衡と安定がそこにはあって、それが彼女を、現代人の生活につきものの葛藤《かっとう》や攻撃性（自己疑念、嫉妬《しっと》、辛辣《しんらつ》さ、他人を裁いたり貶《けな》したりしたいという欲求、野心という名のひりひり熱く耐えがたい疼《うず》き）とは無縁の存在にしているように思えた。若くても、その魂は古く、風雪に耐えてきていた。その日、ホルスト＆

マクダーモット社のオフィスで初めて彼女と一緒に過ごし、彼女の目を覗き込み、痩《や》せて骨ばった体の輪郭を仔細《しさい》に見ていて、私が恋したのもまさにそれ、彼女を包む穏やかさの感覚、内で燃えている燦然《さんぜん》たる沈黙だった。

けれどボウエンに関しては、はっきり私と違う人物、私とは正反対の人間にした。私は長身だから、彼は小柄にした。私の髪は赤味がかっているから、彼には焦《こ》げ茶色の髪を与えた。私の靴のサイズは11、だから彼のは8½にした。知っている人間をモデルに使ったりは(少なくとも意識的には)しなかったが、ひとたび頭のなかでこの人物を組み立ててみると、驚くほど生々しい存在が出来上がった。ほとんど彼の姿が見えるような、彼が部屋に入ってきて私の隣に立っているような気がした。彼は片手を私の肩に載せ、机を見下ろして、私が書いている最中の言葉を読んでいる……私がペンを使って彼に命を与えるのを見守っている。

やっとのことで、ニックは手振りでローザに椅子を勧め、ローザは机の向こう側に置かれた椅子に腰かける。長いためらいの時間が生じる。呼吸は再開したものの、ニックは何ひとつ言うことが思いつかない。ローザが沈黙を破って、お送りした原稿は週末にお読みいただけたでしょうかと訊く。いいえ、間に合わなかったんです、けさ初めて受けとったもので、とニックは答える。

ローザはほっとした表情を浮かべる。よかった、と彼女は言う。あの原稿は偽物《にせもの》だ、私の祖母が書いたものじゃないという噂《うわさ》があったんです。私も自信がなかったので、筆跡の専門家に元原稿を見てもらいました。土曜日に報告が届いて、本物だという鑑定でした。いちおうお知らせしておきます。『オラクル・ナイト』はシルヴィア・マクスウェルが書いた作品です。

作品は気に入ってらっしゃるようですね、とニックは言い、はい、とても感動しました、とローザは答える。ニックはさらに言う。一九二七年に書かれたとすれば、『燃える家』や『贖《あがな》い』よりあとですが、『木々のある風景』よりは前ですね。ということは、長篇第三作。当時はまだ三十にもなっていませんよね？

二十八です、とローザは言う。いまの私と同じ年です。

会話はさらに十五分か二十分続く。ニックはその朝、すべき仕事は山とあるのだが、彼女に帰ってくれと言う気になれない。この娘はきわめて率直で、きわめて明晰《めいせき》、自己欺瞞《ぎまん》のかけらもない。ニックは少しのあいだ、ただひたすら彼女を見つめてその存在のもたらす衝撃を吸収していたい。彼女の存在が美しいのは、本人がそのことに気づいていないからだとニックは判断する。自分が他人にどういう印象を与えるか、まったく気にしていない。大したことは口にされない。ローザがシルヴィア・マクスウエルの長男（マクスウェルの二番目の夫、演出家のスチュアート・レイトマンとの子供）の娘であること、シカゴで生まれ育ったことをニックは知る。どうしてまず僕のところに送るよう、わざわざ指示なさったのですか、と訊くと、出版界のことは何も知らないんです、でも現存の作家で一番好きなのはアリス・ラザールで、あなたが彼女の編集者だと知って、この人こそ祖母の本を担当すべき人だと決めたんです、とローザは言う。ニックはにっこり笑う。アリスが聞いたら喜びますよ、と彼は言い、数分後、ローザがやっと帰ろうとして立ち上がると、オフィスの棚から何冊か本を引っぱり出して、アリス・ラザールの初版本を一山、ローザに渡す。『オラクル・ナイト』に失望なさらないといいですが、とローザは言う。どうして失望なんかします？　シルヴィア・マクスウェルは一流の作家だったじゃありませんか。でもこの本はほかのとは違うんです、とローザは言う。どういうところが？　とニックは訊く。うまく言えないけど、何もかもが違うんです、とローザは言う。お読みになればわかります。

もちろんほかにも、決めないといけないことはある。話に肉付けを与え、信憑性《しんぴょう》を持たせるために、重要な細部をまだいくつも盛り込まないといけない。それが物語を安定させる底荷《バラスト》になってくれるのだ。たとえば、ローザはいつからニューヨークに住んでいるか？　ニューヨークで何をしているのか？　職はあるのか、あるとすればそれは彼女にとって大切なものか、それとも単に家賃を捻出《ねんしゅつ》するための方便か？　異性関係はどういう状態か？　独身か既婚か、目下相手はいるのかいないのか、積極的に探しているか、それともしかるべき人が現われるのを気長に待っているのか？　私のとっさの衝動では、彼女を写真家か、あるいは映画のアシスタント・エディターにしたいと思った。グレースの仕事と同じく、言葉ではなくビジュアル関係の仕事がいい気がしたのだ。そして明らかに未婚、過去にも明らかに結婚歴なし、ただしいまつき合っている相手はいるかもしれない。いや、もっといいのは、長く苦しみ多き恋愛が最近破局を迎えたばかり、か。当面、こうしたもろもろの疑問点をじっくり考える気はなかったし、ニックの妻に関連した同様の問題（妻の職業、家庭背景、音楽や本の趣味等々）についても同じだった。まだ小説に取りかかったわけではない。単にざっと展開を書き出しているだけであって、二義的な事柄の細部に没頭している暇はない。それをやるとすれば、じっくり腰を据えて考える必要があるだろう。当座は前へ進むことにしか、頭のなかの情景がどう進んでいくか見てみることにしか関心はなかった。制御とか操作とかいった話ではない。選択という話ですらない。その朝の私の仕事は、単に自分のなかで起きている出来事について行くことだったのであり、それを行なうためには、ペンを精一杯速く動かしつづけるしかなかったのだ。

ニックは悪党でも女たらしでもない。結婚以来、妻を欺《あざむ》くことを習慣にしてもいないし、シルヴィア・マクスウェルの孫に対して下心を持っているという自覚もいまのところない。とはいえ、彼女に惹きつけられていること、彼女のきらびやかで率直なふるまいに引き込まれていることは間違いない。彼女が立ち上がってオフィスから出ていったとたん、ひとつの思いが頭をよぎる。出し抜けに、まさに雷鳴のごとく、情欲がニックを襲う。あの女とベッドに入るためなら俺はたぶん何だってするだろう、結婚生活を犠牲にする危険を冒してでも。そうした思いを、男はみな毎日二十回抱いている。一瞬の発情に見舞われたからといって、その衝動を実行に移す気があることにはならない。とはいえ、頭のなかでその思いをひとしきり演じ終えると、ニックはたちまち自己嫌悪《けんお》に襲われる。罪悪感が彼を刺す。良心の呵責《かしゃく》を和らげようと、妻のオフィスに電話をかけて（法律事務所、証券会社、病院——あとで決めよう）、今夜は自分たちが一番気に入っているダウンタウンのレストランでディナーにしようと妻を誘う。予約を入れておくよ、とニックは妻に言う。

二人はレストランで八時に待ちあわせる。最初の一杯、前菜のあたりは、すべて和やかに進む。ところが、やがて二人は家庭内のささいな問題を議論しはじめ（椅子が壊れた、イーヴァのいとこがまもなくニューヨークにやって来る、といったどうでもいい事柄）、じきに議論は口論になる。激しい口論ではないが、二人の声にはそれなりの苛立《いらだ》ちが入り込んで、その場のムードは壊れてしまう。ニックが謝り、イーヴァがそれを受け入れる。イーヴァが謝り、ニックがそれを受け入れる。だが会話はいまや勢いを失い、つい数分前の調和はもう取り返せない。メインディッシュがテーブルに届くころには、二人とも黙って座っている。レストランは満員で活気にあふれている。ニックがぼんやり店内を見回すと、ローザ・レイトマンの姿が目に飛び込んでくる。隅のテーブルに五、六人と一緒に座っている。ニックがその方向を見ていることにイーヴァも目をとめて、誰か知り合いが見えたのかと訊く。あの女の子だよ、けさ会社に来たんだ、とニックは言う。そして彼はローザのことをいくらか妻に話し、祖母のシルヴィア・マクスウェルが書いた小説にも触れて、それでもう話題を変えようとするが、イーヴァはさっきから首をのばしてローザのテーブルの方を見ている。すごく綺麗だよね、とニックが言う。悪くないわね、とイーヴァは言う。でもニッキー、髪は変だし、服装は最悪よ。関係ないさ、とニックは言う。とにかく生き生きとしてるんだよ。あんなに生き生きとした人に会ったのは何か月ぶりかだね。あれは男をとことんひっくり返しちまうたぐいの女性だよ。

男が妻に言うべき科白ではない。特に、夫が自分から離れかけている気がしている妻に言うべき科白では。ふん、私がいてお気の毒ね、とイーヴァはむきになったように言う。何なら私、あの人のテーブルに行って、こっちに来ませんかって誘ってきましょうか？　私、男の人がひっくり返るところって見たことないのよ。勉強になると思うわ。

自分が口にした言葉の軽率な残酷さに気づいて、ニックはその傷の修復にかかる。自分のことを言ったんじゃないよ、と彼は弁解する。誰でもいい、単に男ってことだよ。抽象次元での男さ。

ディナーが済んで、ニックとイーヴァはウエストヴィレッジの住居に帰る。それはバロー・ストリートにある、小綺麗な、家具も上等な二フロアのアパートメントである（実のところこれはジョン・トラウズの住居である。アイデア提供者にひそかに敬意を表して借用したのだ）。ニックは手紙を一通と、支払いの小切手を何枚か書く用事がある。イーヴァが寝支度をはじめるかたわら、彼はダイニングルームのテーブルに向かってその雑用に取りかかる。四十五分かかって作業は終わるが、もう遅い時間なのに、どうにも気持ちが落ち着かず、寝床に入る気になれない。寝室に首をつっ込んで、イーヴァがまだ目覚めているのを見て、郵便を出しに行ってくると告げる。角のポストに行ってくるだけさ、五分で戻ってくるよ。

そのようにして事は起きる。ニック・ボウエンは書類鞄《かばん》を手にとり（そこにはまだ『オラクル・ナイト』の原稿が入っている）、一連の郵便物を放り込んで、用事を足しに外へ出る。季節は初春、強い風が街を吹き抜けていて、標識をがたがた揺らし、紙切れやゴミを舞い上がらせている。その朝のローザとの心穏やかならぬ出会いにいまだ思いをめぐらし、晩にふたたび彼女を見たことの二重に穏やかならぬ偶然をどう受けとめたものか考えあぐねながら、ニックは霧に包まれて四つ角まで歩いていく。自分がいまどこにいるのかにもろくに注意を払っていない。鞄から郵便物を取り出し、ポストに入れる。何かが俺のなかで壊れてしまったんだ、と彼は自分に告げる。イーヴァとのいさかいがあって以来初めて、己の置かれた状況の真実を彼は認める気になっている。そう、結婚生活は失敗に終わったのであり、彼の人生は袋小路《ふくろこうじ》に行きついてしまったのだ。まっすぐ家に引き返す代わりに、しばらく散歩することにニックは決める。そのまま通りを進んでいって、四つ角で曲がり、別の通りを進んでいって、次の角でまた曲がる。風が依然吹きつけるなか、頭上十一階で、あるアパートメントの建物の前面に据えつけられた小さな石灰岩のガーゴイルがじわじわ剝《は》がれ落ちつつある。ニックはさらに一歩進み、もう一歩進み、怪物を象《かたど》ったガーゴイルの頭部がついに外れた瞬間、まさにその落下する物体の軌跡のなかへ入っていく。こうして、いくぶん修正を加えられた形で、フリットクラフトの冒険譚《たん》が始動する。ニックの頭のほんの数センチ脇《わき》をガーゴイルは一瞬のうちに落下して、彼の右腕をかすめ、書類鞄を手から叩《たた》き落とし、それから、歩道に激突して粉々に砕ける。

衝撃でニックは地面に投げ飛ばされる。彼は呆然《ぼうぜん》とし、当惑し、怯《おび》える。はじめは何があったのかもわからない。石が袖《そで》に触れた、何分の一秒間かの驚愕《きょうがく》。書類鞄が手から吹っ飛ぶ瞬間のショック。そして、怪物の頭がコンクリートにぶつかって四方に飛び散る音。しばしの時間が過ぎてから、ニックはやっと、起きた出来事を順々にたどり直すことができる。それが済むと、自分は死んでいるべきなのだと理解しながら歩道から起き上がる。この石は彼を殺すはずだったのだ。今夜アパートメントから出たのは、ひとえにこの石と遭遇することが目的だったのだ。死なずに逃れおおせたことの意味はただひとつ、新しい人生が与えられたということだ。いままでの人生は終わったのであり、過去の瞬間はもうすべて誰か他人に属しているのだ。

タクシーが一台、角を曲がって、彼のいる方向に走ってくる。ニックは手を挙げる。タクシーが止まり、ニックが乗り込む。どちらへ？　と運転手が訊く。ニックには何の考えもない。だから、真っ先に頭に浮かんだ言葉をそのまま口にする。空港、と彼は言う。どの空港です？　と運転手が訊く。ケネディ、ラガーディア、ニューアーク？ ラガーディア、とニックは言う。こうして車はラガーディアへ向かう。着くと、ニックは発券カウンターに行って、次の便はいつ出るかと訊ねる。どちらへの便です？ とカウンターの男は訊く。どこでもいい、とニックは言う。男は時刻表を見る。カンザスシティですね、と男は言う。あと十分で搭乗開始の便があります。それでい い、チケットを作ってくれ、とニックは言って、クレジットカードを相手に渡す。片道ですか、往復ですか？ と男は訊く。片道、とニックは言い、三十分後にはもう飛行機に乗って、夜の空をカンザスシティめざして飛んでいる。

彼をそうした状態に残して――空のただなかに宙づりにされ、不透明な、およそ怪しげな未来に向かって狂おしく飛んでいるままにして――その朝は終わりにした。どれくらいの時間書いていたのかよくわからなかったが、そろそろガソリンが切れてきた気がしたので、私はペンを置いて椅子から立ち上がった。青いノートは全部で八ページ分埋まっていた。ということは最低二、三時間は書いていたのだろうが、時間があっという間に過ぎたものだから、座っていたのはほんの数分だったような気がした。私は部屋を出て、廊下を進んでキッチンに入っていった。意外なことに、グレースがレンジのそばに立って紅茶を淹《い》れていた。

「いたとは知らなかったわ」と彼女は言った。

「さっき帰ってきたんだ」と私は言った。「仕事部屋にいたんだよ」

グレースは驚いた顔をした。「私のノック、聞こえなかったの？」

「うん。ごめんよ、きっと夢中になってたんだね」

「返事がないから、ドアを開けて覗いてみたのよ。でもあなたはいなかった」

「もちろんいたさ。机に向かっていたよ」

「でも私には見えなかったわ。どこかほかのところにいたのかしらね。トイレに行ってたとか」

「トイレに行った覚えはないなあ。僕が知る限り、ずっと机にかじりついていたよ」

グレースは肩をすくめた。そして「あなたがそう言うんならいいわ、シドニー」と答えた。明らかに、喧嘩《けんか》を吹っかけようなどという気分ではないようだ。聡明《そうめい》なるわが妻は、いつもの神々《こうごう》しい、謎《なぞ》めいた微笑みを私に向け、それから、紅茶を淹れる作業を終えようとレンジの方に向き直った。

午後なかばに雨が止《や》み、その数時間後、地元のカーサービスから来たぼろぼろの青いフォードに乗って、私たちはブルックリン橋を越え、ジョン・トラウズとの隔週ディナーに向かった。私の退院以来、私たち三人は二週に一度土曜の晩に集まることにしていて、ブルックリンのわが家に集うのと（その場合は私とグレースが食事を作った）ウエストヴィレッジの新しい高級レストラン〈シェ・ピエール〉で芸術的な料理を味わうのとを（こっちではジョンがいつも勘定を払うと言って聞かなかった）交互にくり返していた。今夜の当初の案は、シェ・ピエールのバーに七時半に集まるということだったが、何日か前にジョンが電話をかけてきて、どうも脚の具合が悪いから今週は中止にしてもらうしかなさそうだと言ってきた。医者に診てもらうと静脈炎（血栓が出来たために静脈に生じる炎症）だと判明したが、ジョンは金曜の午後にもう一度電話してきて、だいぶよくなってきたと言った。まだ歩いちゃいけないんだが、僕のアパートメントまで来てくれて中華の出前をとるのでよければディナーは中止にしなくて済むんじゃないかな。「君とグレーシーに会えないのは残念だからね」と彼は言った。「僕としてもどのみち何かは食べなきゃいけない。どうせなら一緒に食べないか？　悪い方の脚を上げていさえすれば、もうそんなに痛くないんだ」[4]

4　ジョンは彼女のことをいまだにグレーシーと呼ぶただ一人の人間だった。現在では彼女の両親すらそうは呼ばなかったし、彼女とつき合いはじめた時点から三年以上になる私自身、その愛称を使ったことは一度もなかった。でもジョンは彼女のことをずっと、文字どおり生まれた日から知ってきたのだ。長い年月のなかで、いくつかの特権が蓄積されていき、彼を家族ぐるみの友人から非公式の親族の地位に昇格させていった。言ってみれば、一番人気の叔父さんの座を得たようなものだ——あるいは、任務を伴わぬ名付け親《ゴッドファーザー》か。

ジョンはグレースを愛し、グレースもジョンを愛した。そして私も、グレースが選んだ伴侶《はんりょ》ということで、ジョンの愛情の中枢《ちゅうすう》に入れてもらえたのである。私が危機的状況にあった時期にも、多大な時間と労力を費やしてグレースが危機を乗り越えるのを助けてくれたし、死の一歩手前から私がどうにか帰還すると、毎日午後に病院へ見舞いに来てくれて、私の相手を（あとで悟ったのだが、私を生者の世界に引きとめるために）してくれた。その夜（一九八二年九月十八日）にグレースと私が夕食を共にしに彼のアパートメントを訪ねた時点で、ニューヨーク中の誰より私たちはジョンに近しかったと思う。そして私たちにとっても、ジョン以上に近しい人間は一人もいなかった。だからこそジョンも、土曜の夜の集いをあれほど大切に思ってくれて、脚の具合が悪くても中止にはしたくなかったのだと思う。ジョンは一人暮らしで、人前にはめったに顔を出さなかったから、私たちに会うことは彼の主たる社交的愉《たの》しみにもなっていた。邪魔も入らずに何時間か会話に興じることのできる、唯一《ゆいいつ》本物の機会だったのだ。

青いノートに書いている物語のなかでジョンのアパートメントを盗んだばかりだったから、バロー・ストリートに着いて、彼にドアを開けてもらって中に入ると、架空の空間に入ろうとしているような、そこにない部屋に足を踏み入れようとしているような、不思議な、かならずしも不快ではない気分に襲われた。トラウズのアパートメントにはもう数えきれないくらい来ているが、ブルックリンの自分のアパートメントで何時間かそこについて考えて過ごし、自分で捏造《ねつぞう》した登場人物たちを住まわせてみたいま、そこはもう、確固たる固形物と肉体を持った人間とから成る世界と同程度、虚構の世界にも属しているように思えた。意外にもその思いは消えなかった。むしろ、夜が進んでいくなかでますます強くなっていくように感じられ、八時半に中華料理が届いたころには、私は早くもこの（ほかにいい言い方もないのでこう呼ぶのだが）二重意識状態になじみはじめていた。一方で私は、自分の周りで生じつつある事態の一部であり、また一方ではそれから切り離されていて、頭のなかを自由に漂っていた。ブルックリンの自室の机に向かって青いノートにこの場所のことを書いている自分を思い描きつつ、同時にマンハッタンの二フロア・アパートメントの上階に置かれた椅子に座って、しっかり自分の肉体に錨《いかり》を下ろし、ジョンとグレースが交わしあう言葉に耳を傾け、自分の発言を差し挟みさえしていた。何かに没入している人間が、その場から遊離しているように見えることは珍しくない。だがポイントは、私は遊離していたわけではないということだ。ちゃんとそこにいて、起きつつあることにしっかりかかわっていた上で、同時にそこにいなかったのだ――なぜなら〈そこ〉はもはや本物の〈そこ〉ではなくなっていたから。それは私の頭のなかに存在する幻想の場であり、私はそこにもやはりいたのである。同時に二つの場所に私はいた。アパートメントのなか、物語のなか。私がいまだ頭のなかで書きつづけている、アパートメントのなかの物語のなか。

ジョンの痛みは、本人が認めているよりずっと悪そうだった。ドアを開けてくれたときも松葉杖《まつばづえ》をついていて、脚を引き引き階段をのぼって、ソファの定位置までようやっと戻っていくのを見ていても——真ん中の凹《へこ》んだ大きなソファにはクッションや毛布が山と積まれ、悪い脚を載せられるようにしてある——顔は見るからに歪《ゆが》み、一歩歩むごとに痛むらしかった。でもジョンは、そんなことで大騒ぎしたりはしない。第二次大戦末期、十八歳の一兵士として太平洋で戦った彼は、絶対に自分を哀れまぬことを面目の問題と考える世代に属している。他人があれこれ構おうとしても、侮蔑《ぶべつ》の色もあらわに身を引くだけだ。リチャード・ニクソンについて二、三ジョークを言う以外（大統領在任中、「静脈炎」という言葉にニクソンはある種コミカルな響きをもたらした）、ジョンは決して自分の病のことを話題にしなかった。いや、それは正確な言い方ではない。三人で上の階の部屋に入ったあと、ソファに身を落ち着けるのをジョンはグレースに手伝ってもらい、クッションや毛布を彼女が置き直すことも許したのだが、そうしながらも、彼言うところの「間抜けとしか言いようのない老衰」について謝りつづけたのである。それから、ひとたび定位置に収まると、私の方を向いて、「なあシド、君と私とで、大したペアだよな？　君は体がふらついて鼻血が出て、私はこんな脚を抱えている。私たちは宇宙のポンコツペアさ」と言った。

もともと自分の見かけに気を遣うたちではなかったが、その晩トラウズはいつにも増して服装が乱れて見えた。ブルージーンズと綿のセーターのくしゃくしゃ具合から見て――白い靴下の裏に広がった灰色っぽさは言うに及ばず――どうやらもう何日も続けて着ているらしかった。当然のごとく髪もぼさぼさで、この一週間ソファにずっと横になっていたせいか、うしろの髪はべったり固まっていた。要するにジョンは、やつれたように、いつになく老いているように見えた。とはいえ、痛みを抱え、そのせいできっとろくに眠れもしない人間に、元気一杯の姿を見せろという方が無理な注文である。だから私は慌《あわ》てなかった。ところが、ふだんは誰よりも冷静な人間なのに、グレースはジョンのそんな姿を見てうろたえ、取り乱しているようだった。食事を注文する作業もうっちゃって、きっちり十分間、医者、薬、回復の見込みなどについてジョンを質問攻めにし、それから、ひとまず死にかけているわけではないことを納得すると、今度は一連の現実的な問題に移っていった。食料の買出し、料理、ゴミの始末、洗濯等々の日課。マダム・デュマが全部やってくれているよ、とジョンは、この二年間アパートメントを掃除してもらっているマルティニーク出身の女性の名を挙げ、彼女が来られないときはその娘が来てくれるのだと言い足した。「二十歳で、実に頭がいい」とジョンは言った。「ちなみに容姿も悪くない。部屋のなかを、歩くというより滑るように進むんだ、まるで足が床に触れていないみたいにね。僕としてもフランス語の練習になる」

脚の問題を措《お》くとすれば、ジョンは私たちと一緒に過ごせるのを喜んでいるようだった。いつもより口もよく動き、晩の大半、休まずに喋《しゃべ》りまくった。確かなことは言えないが、たぶん痛みがかえって口を軽くさせ、話しつづける勢いを与えたのだと思う。脚を駆けめぐる混沌《こんとん》からの気晴らしを、一種狂おしいたぐいの息抜きを、言葉がもたらしていたにちがいない。それと、半端《はんぱ》ではない量を飲んでいたアルコール。ワインのコルクが新たに抜かれるたびに、真っ先に自分のグラスを差し出し、その晩みんなで三本空けたうちおよそ半分は彼の体内に入ったと思う。ということはワインが一本半、これに加えて最後の方で飲んだスコッチのストレートが二杯。そのくらい飲むのは前にも見たことがあるが、いくら飲んでも絶対酔ったようには見えなかった。ろれつが回らなくなったり、目がとろんと曇ったりはしない。一八五センチ、ほぼ九十キロの大男ジョンは、いくら飲んでも素面《しらふ》でいられたのだ。

「この脚の騒ぎがはじまる一週間くらい前に」とジョンは言った。「ティーナの弟の

リチャードから電話がかかってきた。[5] リチャードから連絡があったのはすごく久しぶ

5　ティーナはジョンの二番目の妻である。最初の妻エリナーとの結婚は十年間続いた末に（一九五四―六四）離婚に終わった。私の前ではいっさいその話はしなかったが、グレースによれば、彼女の家族の誰一人、エリナーのことが特に好きではなかったらしい。テベッツ家の人々から見たエリナーは、マサチューセッツの名門一族出、ブリンマー女子大卒の高慢ちきな女性であり、ニュージャージー州パタソンに住むジョンの労働者階級の一家をつねに見下す「お高くとまった」人間だった。エリナーが世に認められた画家であって、作家としてのジョンにほぼ劣らぬ評価を受けていることも足しにはならなかった。結婚が終わったときも彼らは驚かなかったし、彼女がいなくなるのを残念に思った者は一人もいなかった。グレースに言わせれば、唯一気の毒だったのは、ジョンがその後も彼女と連絡を保つよう強いられたことだった。べつに彼の方が望んだのではない。二人の悩める、きわめて不安定な息子ジェイコブの尋常ならざるふるまいが続いていたためである。

　ジョンは次に、ティーナ・オストローと出会った。ダンサー兼振付家の、彼より十二歳年下の女性で、一九六六年にジョンが彼女と結婚すると、テベッツ一族はその選択に喝采《かっさい》を送った。ジョンがやっと自分にふさわしい人を見つけた、と彼らは確信し、時とともにその正しさは証明された。小柄で生気あふれるティーナは本当に素敵な女性だったとグレースは言い、ジョンのことも「崇拝せんばかりに」（これもグレースの言葉）愛していた。この結婚の唯一の問題は、ティーナが三十七歳の誕生日を迎えることなく世を去ってしまったことだった。一年半にわたって、子宮癌《しきゅうがん》が彼女をじわじわジョンから奪っていき、彼女を埋葬したあとジョンは長いあいだ抜け殻状態だったとグレースは言った。「すっかり凍りついて、息をするのもやめたみたいな感じだったわ」。パリへ移って一年暮らし、それからローマに、次にポルトガル北岸の小さな村に移った。一九七八年にニューヨークへ戻ってきて、バロー・ストリートのアパートメントに落

ち着いたときには、最後の小説が出てからもう三年経《た》っていて、妻を亡くしてからトラウズは一言も書いていないという噂が流れた。この時点ではそれからさらに四年が過ぎていて、それでもまだ彼は何も生み出していなかった。少なくとも、人に見せようと思うものは何も。だが彼は書いていた。私はそのことを知っていた。私にそう言ったのだ。どういう作品かは知らないが、それは単に、訊《き》く度胸が私になかったからだ。

りだった。実際、葬式の日以来初めてだから、八年ぶりだね。いや、それ以上か。結婚していたあいだもティーナの家族とはそんなにつき合いがなかったから、彼女がいなくなってからは特に連絡もとっていなかった。それは向こうも同じだったし、こっちはそれで構わなかった。スプリングフィールド・アベニューで冴《さ》えない家具屋をやっていて、退屈な女房、平凡な子供たちと暮らしているオストローの男兄弟連中に興味はなかった。ティーナにはいとこも八人か九人いたけれど、ニュージャージーの小さな世界から脱出して何か成し遂げようと思う気概があるのは彼女一人だった。だからこのあいだリチャードから電話がかかってきて、ちょっと驚いたね。で、彼が言うには、いまはフロリダに住んでいて、たまたま出張でニューヨークに来ている。よかったら一緒に夕食でもどうです？　どこかいい店に行きましょう、僕がおごりますよ、というわけさ。こっちはほかに予定もなかったし、いいよと答えた。どうしてそう答えたのかよくわからないが、わざわざ断る理由もなかったから、翌日の夜八時に会うことにしたんだ。

リチャードがどういう人物か、一言言っておかないといけない。私は前々からあいつのことを、中身のない、ごく軽い人間だと思っていた。ティーナの一つ下だから、いまは四十三くらいで、高校でバスケット選手としてつかのま花形になった以外は、人生の大半、ふらふら腰の定まらない暮らしを続けてきた。大学を二校か三校落第して、パッとしない仕事を転々として、結婚もせず、いっこうに大人にならないままでいる。まあ性格は悪くないんだろうが、人間が薄っぺらだし、覇気のようなものが感じられない。いつも間の抜けた感じに口をぽかんと開けていて、それでどうも苛々させられるんだ。あの男で唯一私が気に入っていたのは、ティーナに対する献身的な愛情だけだ。とにかく私とまったく変わらず、彼女のことを心から愛していた。それは間違いない、反駁《はんばく》しようのない事実だ。あいつがティーナにとってよき弟だったこと、弟の鑑《かがみ》だったことを否定するつもりはない。君は葬式に来ていたよね、グレーシー。覚えているだろ。何百人もがやって来て、チャペルにいた誰もがすすり泣いて、うめいて、わあわあ声を上げていた。悲しみの波が場を包んでいた。あんなに多くの人が苦悶《くもん》に包まれているのを見るのは初めてだった。でもその部屋にいた参列者のなかで、誰よりも苦しんでいたのがリチャードだった。リチャードと私と二人で、最前列に座っていたんだ。式が終わると、リチャードは立ち上がろうとして危うく気絶しかけた。私はあわてて奴《やつ》を抱きかかえて、床に倒れ込むことだけは何とか免れさせた。でもそれは何年も前の話だ。そのトラウマを一緒に生き抜いたあとは、彼とのつながりも途絶えてしまった。このあいだの晩、夕食に同意したときも、きっと退屈な時間になるだろうな、ぎくしゃくした会話に二時間ばかり耐えたら店から飛び出してそそくさと家に帰るんだろうな、そう思ったのさ。ところがそれは間違いだった。間違いだったと言えて嬉《うれ》しいよ。自分の偏見と愚かさの新たな証《あか》しに出会うのは、いつだっていい刺激だ。自分ではわかっているつもりの半分もわかっていないことを知るのはいいものさ。

　まずそれは、リチャードの顔を見ることの嬉しさからはじまった。彼がどれほど姉に似ているか、二人がどれだけ顔の特徴を共有しているか、私はすっかり忘れていたんだ。目の佇《たたず》まいと傾き加減、丸みのあるあご、優雅な口、鼻柱の形。それは男の肉体に収まったティーナだった。少なくとも彼女のささやかな面影が何度も不意に飛び出てきた。そんなふうにふたたびティーナに出くわして、ティーナの存在をもう一度感じて、彼女の一部が弟のなかで生きつづけているんだと実感して、私はすっかり圧倒されてしまった。何回か、リチャードがある角度に顔を向けたり、あるしぐさをやったり、あるやり方で目を動かしたりしたとき、私はもう感きわまってテーブルの向こうに身をのばして彼にキスしたいくらいだった。もろに唇に、全開の接吻《せっぷん》をしたかったのさ。君らにはきっと笑われるだろうが、そうしなかったことをいまも残念に思っているよ。

リチャードは相変わらず、昔と同じリチャードだった。でも何となく前よりよくなっていて、自分自身に前よりなじんでいる感じだった。結婚して、女の子が二人生まれていた。それがよかったのかもしれない。それとも、八つ年をとったことがよかったのか。よくわからない。仕事の方は相変わらず冴えない職に明け暮れているらしくて、コンピュータ部品のセールスだったか、能率コンサルタントだったか、忘れたけどそんなたぐいの職種だった。晩は相変わらずいつもテレビの前で過ごしている。フットボール、ホームドラマ、警官物、ネイチャー特集、とにかくテレビなら何でも好きなんだ。でも本は全然読まないし、投票にも行かないし、世界の現状について意見を持っているふりすらしない。私と知りあって十六年になるが、その間ずっと、私の本を開こうとしたことさえない。もちろんこっちはそれで構わない。そのことをわざわざ言うのは、とにかく怠惰な人間であって、好奇心なんてこれっぽっちも持っていないことをわかってもらうためさ。それでもなお、このあいだの晩は一緒にいて楽しかった。お気に入りの番組のことや、女房と子供二人のことや、ますます上達したというテニスのことを奴が話すのを聞くのは楽しかった。フロリダで暮らす方がニュージャージーよりいいっていう話も聞かされた。気候がずっといいんですよ、吹雪もないし凍《い》てつく冬もないし、一年じゅう毎日が夏なんです、そう彼は言った。実にありふれた、自己満足もいいところの話さ。なのに——どう言ったらいいかな？　自分自身と心底和解していて、いまの暮らしに静かに充《み》ち足りているんだ。ほとんど妬《ねた》ましいくらいだったね。

かくして我々は、ミッドタウンの月並なレストランで月並なディナーを食べながら、どっちでもいいようなことを話していたわけだが、そのうちにリチャードがふっと皿から顔を上げて、ある物語を語り出したんだ。君たちにこんなことをえんえん喋ってきたのも、このことを話すため、リチャードの物語にたどり着くためだったのさ。君たちにもそう思ってもらえるかどうかはわからないが、私としてはこれほど興味深い話を聞くのは本当に久しぶりだったと思うんだよ。

三か月か四か月前、リチャードが家のガレージで、何かを探して段ボール箱をかき回していると、古い3Dビューアーが出てきた。たしか子供のころ両親が買った品だという気がしたが、どういう状況で買ったのかも、何に使ったのかも思い出せなかった。意図的に記憶を消したのでもない限り、自分が一度もそれを覗いて見たことがなく、両手に持ったことすらないことにはかなり確信があった。箱から出して、じっくり見てみると、観光地やら絶景やらの出来合いの写真を見るためのよくある安物なんかじゃないことがわかった。それはしっかりと作られた、立派な工学器械だった。五〇年初頭の3Dブームの見事な遺産だった。ブームは長続きしなかったが、発想は要するに、特製のカメラで自前の3D写真を撮って、現像してスライドにして、ビューアーで見るということだ。ビューアーが一種、三次元のアルバムになるわけさ。カメラは見つからなかったが、スライドは一箱出てきた。全部で十二枚しかなかったとリチャードは言った。つまり、たぶん両親はその変わり種カメラでフィルム一本だけ撮って、あとはどこかにしまい込んで、それっきり忘れてしまったんだろうね。

何が写っているのか見当もつかないまま、リチャードはスライドの一枚をビューアーに入れて、バックライトのボタンを押して、見てみた。一瞬にして俺の人生の三十年分が消し去られたんだと彼は言った。それは一九五三年のことで、彼はニュージャージー州ウエストオレンジの自宅の居間にいて、ティーナの十六歳の誕生日パーティの客たちに混じって立っていた。何もかも、すっかり思い出した。スイート・シックスティーンのお祝い、ケータリングの人たちが台所で食べ物の包みを開けてカウンターにシャンペングラスを並べ、玄関のベルが鳴る。音楽、話し声、シニョンに結ったティーナの髪、彼女の長い黄色いドレスが立てる衣擦《きぬず》れの音。一枚一枚、スライドをビューアーに入れて、リチャードは十二枚を全部見た。みんながそこにいたんだ、と彼は言った。両親、いとこたち、おじやおば、姉、姉の友人たち、そして彼自身。十四歳の、痩せっぽちの彼は、喉《のど》ぼとけが飛び出し、てっぺんが平らな髪型で、赤いクリップ式の蝶《ちょう》ネクタイを着けている。普通の写真を見るのとは違うんだ、と彼は言った。ホームムービーとも違うんだ。ああいうのは映像は揺れるし色は褪《あ》せてるしいかにも遠い過去って感じがして、いつだってがっかりさせられるよね。でもこの3D写真は全然古びてなくて、像も信じられないくらいシャープだった。そこにいる誰もが、生きていてエネルギーにあふれて見えた。みんなその瞬間にしっかり存在していて、もう三十年近く続いている永遠の現在の一部を成していた。色の明暗もくっきりしているし、ごく小さな細部までこの上なく鮮明に輝き、周りに空間があり奥行きがあるという幻想が生み出されている。見れば見るほど、中の人物たちが息をしているのが見える気がしたよとリチャードは言った。目を離して、次のスライドに移るたびに、もう少し長く、あとほんの一瞬でも長く見ていたら、本当にみんな動き出したんじゃないかって気がしたよと彼は言った。

一通り見終わると、もう一度通して見た。そうやって二度見ているうちに、写っている人の大半はもうこの世にいないんだという事実がじわじわ胸に浮かんできた。父親は一九六九年に心臓発作で死んだ。母親は腎臓《じんぞう》障害で七二年に死んだ。ティーナは七四年に癌で死んだ。その日出席していた六人のおじおばのうち、やはり四人がすでに土のなかに眠っている。ある一枚の写真で、リチャードは表の芝生に両親とティーナと一緒に立っていた。四人だけで、腕を組んで、たがいに身を寄せあい、にこにこ笑った顔が四つ並んで、みんな馬鹿《ばか》みたいに生き生きと、カメラに向かって誇張した表情を見せている。その一枚を二度目にビューアーに入れたとき、目から突如涙があふれ出てきた。あの一枚にやられたんだ、あれでもう参っちまったんだとリチャードは言った。自分は三人の幽霊と一緒に芝生に立っていて、三十年前のその午後の唯一の生き残りなのだ。ひとたび涙が出てくると、もはや止めようはなかった。彼はビューアーを下ろして、両手で顔を覆《おお》ってしくしく泣き出した。それが彼が使った言葉だった。私にその物語を語ったとき、いい、い、い、い、しくしく泣き出したとリチャードは言った。『俺はしくしく泣き出したんだ。体の中が空っぽになるまで、しくしく泣いたんだ』

いいかい、これはリチャードという、詩のかけらもない男、ドアの把手《とって》ほどの感受性もない男の話なんだ。それがいったんこのスライド写真を見つけて以来、もうほかには何も考えられなくなってしまった。ビューアーは魔法の幻燈機《げんとうき》だった。時を超えて死者の許《もと》を訪れることを可能にしてくれる機械だった。彼は朝出勤する前にスライドを見て、夕方帰ってきたあとも見た。いつもかならずガレージで、独りきりで、妻と子供たちから離れて、憑《つ》かれたように一九五三年のその午後に戻っていった。いくら見ても飽きなかった。呪縛《じゅばく》は二か月続き、やがてある朝、ガレージに入っていくと、ビューアーは動かなかった。どこかが引っかかってしまって、ライトを点《つ》けるボタンが押せなくなっていた。たぶん使いすぎたんだね、とリチャードは言った。直し方もわからなかったから、これで冒険も終わりなんだ、素晴らしいものが見つかったけれどそれももう永久に取り上げられてしまったんだと思った。悲劇的な破綻《はたん》、この上なく残酷な喪失。スライドを光にかざして見ることもできない。3D写真というのは普通の写真とは違って、ビューアーがあって初めて像が結ばれる。ビューアーがなければ像もない。像がなければ、過去へのタイムトラベルもおしまいだ。タイムトラベルはもうなし、喜びももうなし。またひとしきりの悲しみ、またひとしきりの悼《いた》み――まるで、いったん彼らを生き返らせた末に、もう一度埋葬させられたような思いだった。

二週間前、そういう状況のなかで私はリチャードに会ったわけだ。機械はすでに壊れ、彼はいまだ自分の身に起きたことを理解しようとあがいていた。その話に私はどれだけ心を打たれたことか。このがさつな、平凡な人間が、哲学的な夢想家に、到達しえぬものに焦がれる苦悩せる魂に変容するとは。協力できることなら何でもするよ、と私はリチャードに言った。ここはニューヨークだ、世界中のあらゆる物がここでは見つかる、だからきっとそれを直せる人間だっているにちがいないよ。私があまり熱狂するものだから、向こうはいくぶんバツが悪そうだったが、それでも私の申し出に礼を言って、その晩はそれで我々は別れたんだ。翌朝、私はさっそく探しにかかった。あちこち電話して、リサーチして、一日か二日で、たぶん直せると思うと言ってくれるカメラ店のオーナーが西三十一丁目に見つかった。リチャードはもうフロリダに戻っていて、私は朗報を知らせようとその夜に電話をかけた。きっと大喜びするぞ、どうやってビューアーを梱包《こんぽう》してニューヨークに送るかの相談がすぐにもはじまるはずだ、そう私は思っていた。ところが、電話の向こう側から届いたのは長い沈黙だった。『どうかなあ、ジョン』やっとリチャードは言った。『あんたと話して以来さんざん考えてたんだけど、もしかしたら、あの写真をいつも見てるのはあんまりいいことじゃない気がするんだ。女房はけっこうピリピリしていたし、俺も娘二人のことをおろそかにしていたしね。やっぱりこのままの方がいいんじゃないかな。人間、今を生きなきゃいけないって言うじゃないか。過去は過去、あの写真と一緒にいくら時を過ごしたって、過去が戻ってくるわけじゃないし』」

それで話はおしまいだった。がっかりさせられる結末だとジョンは思っていたが、グレースはそれに反論した。死者と二か月交流を続けて、その人は危険な状態に陥っていたのよと彼女は言った。たぶん深刻な鬱病《うつびょう》になるリスクもあったと思う、と彼女は言った。私はそこで何か言おうとしたが、ちょうど口を開けて自分の意見を披露しようとしたところで、またしても忌々《いまいま》しい鼻血が出てきた。入院する一、二か月前からはじまっていたこの症状は、ほかの症状はおおむね消滅したのにいまだ残っていて、決まってひどく間の悪いときに起きるように思えた。おかげでいつもひどく気まずい思いをさせられた。自分を制御できないことが私にはくやしかった。たとえばその晩のように、どこかの部屋にいて、人と会話をしていて、気がつけば突然、鼻から血がどくどく流れ出ていて、シャツやズボンに垂れているというのに、それを止めようにも私には何もできないのだ。心配は要りませんよ、医学的に何か影響があるわけじゃないし、厄介事が迫っている徴候もありませんから、と医者には言われたが、それでこっちの無力感、屈辱感が薄れるわけではない。鼻から血があふれ出るたびに、ズボンに小便を漏らした子供のような気分だった。

私は椅子《いす》から飛び上がって、ハンカチを顔に押しつけ、バスルームに飛んでいった。手伝いは要るかとグレースが訊いてくれたが、きっと私は何か棘《とげ》のある答え方をしたにちがいない。何と言ったかは思い出せないが、たぶん「要らないよ」とでも言ったのだろう。あるいは「放っといてくれ」か。いずれにしろ、そこにこもった苛立ちがジョンを面白がらせた。部屋を出ていきながら、彼の笑い声が聞こえたことをはっきり覚えているからだ。「間歇泉《かんけつせん》がまた吹き出したな」とジョンは言った。「オアの生理鼻。元気を出せよ、シドニー。少なくとも妊娠してないことはわかったじゃないか」

二フロアのアパートメントには、それぞれのフロアにバスルームがあった。ふだんならダイニングとリビングがある下の階で過ごすところだが、静脈炎に見舞われたいまジョンは一日の大半を上の階で過ごしていたので、その晩は三人で上にいた。こっちの部屋は予備の客間というか、大きな出窓のある小ぢんまりした場所で、三方の壁に本棚が並び、ステレオとテレビ用に作りつけのスペースがあって、回復途上の病人にはもってこいの空間である。この階のバスルームはジョンの寝室を抜けた隣にあって、まず寝室にたどり着くためには、彼が書きものをする書斎を通り抜けねばならない。寝室に入ったときに電灯のスイッチを点けたが、鼻血のことで頭が一杯だったので、そこに何があるのかろくに見もしなかった。バスルームではたっぷり十五分くらい、鼻孔を押さえつけたり首をうしろに傾けたりしていたにちがいない。そういう古めかしいやり方がやっと功を奏しはじめるまでに、ものすごく多量の液体が体内から流れ出ていたから、これは病院へ行って緊急輸血を受けた方がいいんじゃないかと思ったほどだった。磁器の洗面台の白さを背景にすると、血は何と赤く見えることか、そんなことも考えた。この色は何と生々しく構想され、衝撃的な美しさを有していることか。人間の体から出るほかのもろもろの液体は、これに較《くら》べればいかにもパッとしない、何とも生気のないほとばしりでしかない。白っぽい唾《つば》、乳色の精液、黄色い小便、緑がかった茶色の粘液。我々は秋の色、冬の色を分泌《ぶんぴつ》する。だが、血管のなかを人知れず巡っている、まさに我々を生かしつづけている源は、狂える芸術家が生み出した深紅、塗り立てのペンキのように鮮やかな赤色なのだ。

出血が終わると、私はしばし洗面台にとどまって、身なりを少しでも整えようと努めた。服の染《し》みを抜くのはもう手遅れだが（すでに血は錆《さび》っぽい小さな輪に固まっていて、落とそうとしてこすっても逆に広がるばかりだった）、手と顔はしっかり洗い、自分の髪も濡《ぬ》らして押さえつけ、仕上げにはジョンの櫛《くし》を借りた。そのころにはもう、自分を哀れむ気持ちも少しは薄れ、少しは立ち直ってきていた。シャツとズボンは依然として醜い水玉に彩《いろど》られていたが、川はもう流れていないし、鼻を刺すような痛みもありがたいことに和らいでいた。

ジョンの寝室を抜けて、書斎に入っていった私は、彼の机にちらっと目を向けた。べつに気を入れて見ていたわけではない。ドアに向かう途上、室内を何となく見回しただけだ。ところがそこには、何本かのペンや鉛筆、ごちゃごちゃした紙の山に囲まれて、すぐ目につくところに、青い、固い表紙のノートがあった。私がその日の朝ブルックリンで買ったノートとそっくりだ。作家の机は神聖な場所である。世界でもっとも私的な聖《サンクチュアリ》地である。許可もなしに他人が勝手に寄っていったりしてはならない。ジョンの机に近づいたことは一度もなかったが、とにかくひどく驚いて、そのノートが私のと同じかどうか好奇心をそそられたものだから、私は分別も忘れ、見てみようと机の方に行った。ノートは閉じてあって、小さな辞書の上に、表紙を上にして載せてあった。よく見ようとして身を屈《かが》めたとたん、それが自分の仕事部屋の机にあるノートと瓜二《うりふた》つであることを私は見てとった。なぜなのか、いまだに首をひねってしまうのだが、私はこの発見にものすごく興奮した。ジョンがどんなノートを使うかで、いったい何が違うというのか？　ジョンはポルトガルで二年ばかり暮らしたことがある。きっと向こうでは、これはごくありふれた、そこらへんの文房具屋でいくらでも売っている品なのだろう。ジョンがポルトガル製の、青い、固い表紙のついたノートを使って書いている。そうしていけない理由があるだろうか？　ありはしない。とはいえ、その朝自分が青いノートを買ったときに感じた甘美に快い感覚を想《おも》い、その午後に数時間このノートに文章を書いて生産的な時を過ごしたことを想い（それは私にとってはほぼ一年ぶりの文学的営みだったのだ）、この晩ジョンの住居に来たあともずっとそれについて考えていたことを想えば、驚くべきつながりを私はそこに見《み》出《いだ》さずにいられなかった。ささやかな黒魔術にすら思えた。

客間に戻ったとき、私としてはそのことを話題にするつもりはなかった。何となく、あまりに馬鹿げた、あまりに特異で個人的な話に思えたし、年じゅう彼の持ち物を盗み見ているのかとジョンに思われたくなかった。ところが、部屋に入っていって、ジョンが片脚を上げて横たわり、鬱々とした、打ちひしがれた目で天井と睨《にら》めっこしているのを見たとたん、急に気が変わった。グレースは下の階のキッチンに行って、皿を洗ったり出前の食べ残しを始末したりしている。そこで私は、さっきまで彼女が座っていた椅子に腰を下ろした。ソファのすぐ右、ジョンの頭から五、六十センチのところに置かれた椅子である。少しは気分がよくなったかね、と訊かれたので、ええ、ずっとよくなりましたよ、と私は答え、ジョンの方に身を乗り出して、こう言った。

「今日、ものすごく不思議なことがあったんです。朝の散歩の最中に、店に入ってノートを一冊買ったんです。すごくいい、何とも魅力的で惹《ひ》きつけられるノートだったものだから、もう一度書きたいという気になったんです。で、家に帰ったとたん、机に向かって、そのノートに二時間ぶっ続けで書きました」

「よかったじゃないか、シドニー」とジョンは言った。「また書きはじめたんだね」

「フリットクラフトのエピソードですよ」

「それはなおいい」

「とにかくやってみますよ。まだいまのところは大まかなメモだけで、大騒ぎするほどのものじゃありません。でもノートのおかげで元気になったみたいで、明日またそれに書くのが待ち遠しくて。濃い青のノートでね、すごく感じのいい色合いの濃い青で、背に布の帯が貼《は》ってあって、表紙は固い。何と、よりによってポルトガル製なんです」

「ポルトガル？」

「どの街かまではわかりません。でも裏表紙の内側に小さなラベルが貼ってあって、MADE IN PORTUGAL と書いてあるんです」

「そんなもの、どうやってこの街で見つけたんだ？」

「近所に新しい店が出来たんです。ペーパー・パレスといって、チャンという男が経営しています。四冊在庫がありましたよ」

「そのノートなら私も、リスボンへ行くたびに買ったものだよ。あれはすごくいい。すごくしっかりしている。いったん使い出したら、もうほかのは使う気がしなくなる」

「僕も今日同じような気分になりました。中毒になったりしないといいですけどね」

「中毒ってのは強すぎる言い方かもしれんが、ものすごく誘惑的なノートであることは間違いない。気をつけろよ、シド。何年も使ってる私が言うんだから確かだ」

「何だかえらく危険みたいに言うんですね」

「何を書くかによるのさ。すごく親身になってくれることもあるが、すごく残酷にもなりうるノートなんだ。ノートのなかに迷子にならないよう気をつけなくちゃいけない」

「あなたは迷子になってるようには見えませんけどね。それにいまバスルームを出たとき、一冊机の上にあるのを見ましたよ」

「ニューヨークに戻ってくるときにどっさり買い込んだのさ。残念なことに、君が見たやつが最後の一冊で、それもほとんど書き尽くしてしまった。アメリカで手に入るとは知らなかったな。製造元に手紙を書いてまた何冊か注文しようかと思ってたところなんだ」

「店の男がね、会社は倒産したようなことを言ってました」

「やれやれ。でも驚きはしないね。あんまり需要もなさそうだったし」

「よかったら月曜に一冊買っておきましょうか」

「青いのはまだ残ってるかな？」

「黒、赤、茶だけです。青の最後の一冊は僕が買ったから」

「残念。私が好きなのは青だけなんだ。会社が消滅してしまったからには、何か新しい習慣を身につけるしかないな」

「不思議ですね、僕もけさ四冊の山を見たとき、迷わず青を選んだんです。青い一冊に惹かれて、抗《あらが》えないみたいな気がしたんです。それってどういう意味だと思います？」

「意味なんかないさ。まあ君の頭のネジがちょっと緩んでるってだけだね。そして私のも同じくらい緩んでる。私も君も、本なんてものを書くわけだろう？　そんな奴らにほかに何が期待できる？」

土曜の夜のニューヨークはいつも混んでいるが、その晩の街はいつにも増して混雑がひどく、すったもんだあった末、帰りつくまでに一時間以上かかった。まず、ジョンのアパートメントを出てすぐのところでグレースがタクシーを拾ったまではよかったのだが、ブルックリンまで、と運転手に言ったら、ガソリンが足りないとか何とか言い訳されて乗車拒否された。私は事を荒立てようとしたが、グレースに腕をとられ、やんわりとタクシーの外に引っぱり出された。その後はいっこうにタクシーが通らなかったので、七番街まで出ようと、騒々しい酔っ払った若者の群れや半ダースばかりの頭の壊れた物乞《ものご》いのあいだを縫うようにして進んでいった。その夜ヴィレッジは活気にあふれ、すさまじい喧噪《けんそう》がいつ暴力に転じてもおかしくないように思えた。そういう人波に囲まれ、グレースの腕にしがみつきながらバランスを保つのはひどく疲れる仕事だった。バローと七番街の角でたっぷり十分待った末に、やっと空車が近づいてきた。さっきのタクシーから無理矢理降ろしたことをグレースは六回くらい謝ったにちがいない。「ごめんなさいね、せっかくあなたが文句を言おうとしてたのに」と彼女は言った。「私のせいね。こんな寒いところにあなたを立たせるなんて最悪よね。でも私、ああいう馬鹿な人たちと言いあうのは嫌なの。落ち着いていられないの」

だがその夜グレースの落ち着きを乱したのは、馬鹿なタクシー運転手だけではなかった。二台目のタクシーに乗り込んで少し経つと、彼女は突如不可解にも泣き出した。わあわあ泣くとか、息も切らせぬ涙が奔出するとかいうのではないが、両目の隅にじわじわ涙がたまっていったのだ。クラークソンの角の赤信号で車が停まって、街灯のぎらつきが車内に飛び込んでくると、そのまぶしい光のなかで涙がきらめき、小さな水晶がじわじわ大きくなるみたいに彼女の目のなかで膨らんでいくのが見えた。グレースはふだん絶対そんなふうに取り乱したりしない。泣いたり、感情を露骨にさらけ出したりもしないし、どんなに強いプレッシャーがかかったときでも(たとえば私が倒れたときや、絶望的と思えた入院当初の数週間)平静を保ち、最高に暗い真実と向きあう才能を生まれながらに有しているように思えた。どうしたの、と私は訊いたが、彼女は首を横に振って顔をそむけただけだった。その肩に手を置いてもう一度訊いてみると、肩をすくめて手を振り払った。そんなふうに反応したことはいままで一度もない。いかにも敵意のこもったしぐさというわけではないが、まるでグレースらしからぬふるまいだ。私としてもいくぶん傷ついたことは認めざるをえない。あまり押しつけがましくはしたくないし、傷ついたことを悟られたくもなかったので、私は後部座席の自分の側に引っ込んで、タクシーが七番街をのろのろ南下していくなか、黙って待つことにした。ヴァリックとキャナルの交差点まで来ると、道がおそろしく混んでいて数分間少しも進めなかった。それは何とも壮絶な渋滞だった。自家用車もトラックもクラクションを鳴らし、運転手同士卑猥《ひわい》な言葉を投げつけあう、ニューヨーク流騒乱の最も純粋な発露だった。そうした喧騒と混沌のただなかで、グレースがいきなり私の方を向いて謝った。「ジョンがあんなに悪そうに見えたものだから」と彼女は言った。「あんなに弱りきって見えて。私が愛する男たちがみんな崩れてしまうんだもの。いくら何でも辛《つら》すぎるわ」

私は彼女の言葉を信じなかった。私の体はよくなってきているのだし、ジョンの脚のつかのまの厄介にそこまで気落ちするなんて変だ。何か別のことが彼女の心を乱している。私にも打ちあける気になれない、ひそかな苦しみの種が何かあるのだ。でも、殻から出てくるようせっついたところで、事をさらに悪くするだけだということはわかった。私は腕をのばして、彼女の肩を抱き、ゆっくりその体を引き寄せた。今度は彼女も抗わなかった。筋肉が緩むのが感じられ、じきに彼女は私のかたわらで身を丸くし、頭を私の胸に委《ゆだ》ねていた。私は手を彼女の額に当てて、手のひらで彼女の髪を撫《な》ではじめた。それは私たち二人の、ずっと前からの儀式だった。私たち二人がいかなる存在なのかをいつも変わらず定めてくれる、言葉抜きの親密さの表現だった。グレースに触れることに、彼女の体のどこかに手を当てることに飽きるなんてことは絶対なかったから、私はなおもそのしぐさを続け、車が西ブロードウェイを進んでのろのろブルックリン橋に向かうなかで何十回と動作をくり返した。

何分かのあいだ、二人とも何も言わなかった。タクシーがチェンバーズ・ストリートで左折して橋に向かい出したころには、どこのランプも車がびっしりつながり、私たちはほとんど進まなかった。ボリス・ステパノヴィッチなる名のタクシーの運転手は、ロシア語で一人悪態をついていた。きっと、土曜の夜にブルックリン橋を渡ろうとすることの愚かしさを嘆いていたにちがいない。私は身を乗り出し、傷だらけのアクリルガラスの仕切りに開けられた、金を渡すための溝に口を寄せ、運転手に向かって言った――心配は要らないよ、君の辛抱は報われるから。へえ？　それ、何な意味？　と彼は言った。たっぷりしたチップだよ、と私は答えた。僕たちを五体満足で送り届けてくれたら、今夜最高のチップを出すから。

それ、何な意味？《ホワット・ミーンズ・ザット》――その誤用が聞こえたとき、グレースは小さな笑い声を漏らした。彼女の落ち込みが引いてきているしるしだ。私はふたたび深々と座って、彼女の頭を撫でるしぐさに戻っていった。車は橋の車道部分に入っていき、時速一マイルのペースでのろのろ進んで、私たちは川の上に宙吊り《ちゅうづ》にされ、背後に居並ぶ建物は煌々《こうこう》と輝き、右はるか向こうには自由の女神が見える。私はグレースに向かって話しはじめた。グレースの気を引きとめようと、彼女がふたたび私から離れてしまわぬようにと、ただ話すことを目的に話した。

「今夜、なかなか興味深い発見をしたよ」と私は言った。

「いい発見だといいけど」

「ジョンと僕は、同じ情熱を共有している」

「へえ？」

「僕たちは二人とも青という色に恋しているとわかったんだ。特に、かつてポルトガルで製造されていた、もはや手に入らない青いノートに」

「青はいい色よ。とても穏やかで、落ち着いていて。心にしっくりなじむ色よ。私も大好きだわ。気をつけないと、装幀《そうてい》していて全部の表紙に使ってしまいそうなくらいよ」

「色ってほんとに、そんなふうに気持ちを表わしているのかな？」

「もちろんよ」

「人格的なことは？」

「どんなふうに？」

「黄色は臆病《おくびょう》のしるし。白は純粋。黒は悪。緑は無垢《むく》」

「緑は嫉妬《しっと》」

「うん、それもある。だけど青は何を伝えるのかな？」

「どうかしらね。希望、かしら」

「それと悲しみ。ブルーな気分《アイム・フィーリング・ブルー》、とか。あるいは、憂鬱を抱えて《アイヴ・ガット・ザ・ブルーズ》」

「強き信念《トゥルー・ブルー》もあるわよ」

「うん、そのとおり。忠誠の青」

「でも赤は情熱。これは誰も異論がない」

「ビッグ・レッド・マシーン〔※一九七〇年代のシンシナティ・レッズにつけられたニックネーム〕。社会主義の赤い旗」

「降伏の白旗」

「無政府主義の黒旗。緑の党」

「でも赤は愛と憎しみでもある。戦争の赤」

「戦《いくさ》に行くのは軍旗を運ぶ《キャリー・ザ・カラーズ》。そう言うんだよね？」

「たしか」

「色戦争《カラー・ウォー》って言い方知ってる？」

「聞いたことないと思う」

「子供のころ使ってたんだ。君はヴァージニアで馬に乗って夏を過ごしていたけど、僕は母親に、ニューヨーク州北部のキャンプに送り出されたんだ。キャンプ・ポンティアック、インディアンの首長にちなんだ名前だよ。夏の終わりに、全員を二チームに分けて、そのあと四日か五日ずっと、両方のチームからいろんなグループが出て競いあうのさ」

「何を競いあうの？」

「野球、バスケット、テニス、水泳、綱引き。スプーンレース、歌のコンテストまであったね。キャンプの旗は赤白だったから、一方のチームは赤組、もう一方は白組だった」

「それで色戦争なのね」

「僕みたいなスポーツマニアには最高に楽しかったね。白組に入ったときもあったし、赤組に入ったこともあった。でもそのうちに、第三のチームが形成された。これは一種の秘密組織であり、同じ精神を共有する者たちの友愛団だ。もう何年も、考えたこともなかったけど、当時の僕にとってこれはすごく大事だった。青組」

「秘密の友愛団。なんかいかにも男の子っぽい、しょうもない話に聞こえるけど」

「そのとおりさ。いや……実はそうじゃないな。いま思い返してみると、全然しょうもない話じゃなかったと思う」

「じゃあそのころのあなたはいまと違ってたのね。いまはどんな組織にも入りたがらないもの」

「入ったんじゃないよ、選ばれたんだ。創立メンバーの一人として。すごく名誉だと思ったよ」

「もう赤にも白にも属してたわけでしょう。青の何がそんなに特別なの？」

「僕が十四歳のときにはじまったんだ。その年に新しいカウンセラーがキャンプに来てね、ほかのスタッフはだいたいみんな十九か二十の大学生だったけど、この人はもうちょっと年が上だった。ブルース……ブルース・何だっけな……名字もそのうち思い出すと思う。もう大学を出ていて、コロンビアのロースクールも一年終えていた。痩《や》せこけた地の精《ノーム》みたいな小男で、スポーツはまるっきり駄目、それがスポーツがすべてっていうキャンプで働くわけでさ。でも頭は切れて、剽軽《ひょうきん》だったし、いつも難しい質問を僕たちに突きつけるんだ。アドラー。そうそう。ブルース・アドラーだ。みんなは師《ラビ》って呼んでたけど」

「で、その人が青組を作ったの？」

「まあね。より正確に言えば、彼はそれを、ノスタルジアの実践として再創造した」

「わからないわ」

「その何年か前に、ブルースは別のキャンプでカウンセラーとして働いた。そのキャンプの色が青とグレーだったのさ。夏の終わりに色戦争がはじまると、ブルースは青組に配置され、メンバーを見回してみれば、何と自分の好きな連中ばかり、敬意を抱いている者ばかりではないか。グレー組はその正反対だった。泣き言ばかり言ってる嫌な感じの奴揃《ぞろ》い、キャンプのカスばかり。こうしてブルースの頭のなかで、『青組』は単なる、しけたリレー競走やら何やら以上のものになったんだ。それは人間の理想の象徴、寛容で思いやりある個人たちから成る緊密な集団、完璧《かんぺき》な社会の夢だった」

「だいぶ変な話になってきたわよ、シド」

「わかってる。でもブルースはそれを真面目《まじめ》に考えはしなかった。それが青組のいいところだったんだ。何もかもがジョークだったのさ」

「ユダヤの師《ラビ》がジョークを言っていいとは知らなかったわ」

「たぶんいけないんじゃないかな。でもブルースはほんとのラビじゃなかった。単にロースクールの学生が夏のバイトをしながら少しは楽しもうとしてただけさ。僕たちのキャンプで働きはじめて、カウンセラー仲間の一人に青組のことを話して、二人で新しい組を作ろう、秘密組織として再生させようって決めたのさ」

「あなたはどうやって選ばれたの？」

「真夜中にベッドでぐっすり眠っていたら、ブルースともう一人のカウンセラーに揺り起こされたんだ。『来いよ、話があるんだ』って言われて、僕とほかに二人の子とで、懐中電灯を手にした彼らについて森へ入っていった。小さなキャンプファイヤーが燃えていて、僕たちはその火を囲んで座り、青組が何たるか、なぜ僕らが創立メンバーに選ばれたかを聞かされた。僕たちがほかの子をメンバーに推薦したいと思う場合に備えて、いかなる条件が求められるかも伝えられた」

「いかなる条件が求められたの？」

「これと言って具体的なことは何もなかった。青組は一つのタイプに従ったりせず、メンバー一人ひとりが確固たる独立した個人である。けれどユーモアのセンスがない人間は入れてもらえない。ユーモアはどういう形で表われても構わない。年中ジョークばっかり言ってる奴もいれば、絶妙のタイミングで眉《まゆ》を吊り上げるだけでクラス中を大笑いさせる奴もいる。とにかくユーモアのセンス、人生の皮肉を楽しめる目、世界の不条理さを認める能力。けれどさらに、ある種の謙虚さと思慮深さ、他人に対する思いやり、寛大な心も求められる。自慢ばかりしてる奴、傲慢《ごうまん》な阿呆《あほう》、嘘《うそ》つき、泥棒はお断り。青組のメンバーは好奇心旺盛《おうせい》でなければならず、本もよく読み、世界は自分の意思どおり曲げられはしないという事実を認識していなければならない。鋭敏な観察者にして、微妙な道徳的判断も下せる人間、正義を愛する者。困っている人を見ればシャツを脱いで与えもするが、むしろ相手のポケットにそっと十ドル札を滑り込ませる方を好む。だんだん伝わってきたかな？　ピタッと一言で、こうと決めることはできないんだ。いま言ったことすべてであり、それぞれ別個の要素が、他のすべての要素と作用しあっているんだ」

「あなたが言ってるのは、要するにいい人ってことよ。それに尽きるわ。私の父親はそれを正直者と言った。ベティ・ストロウィッツは善人《メンシュ》という言葉を使う。ジョンは阿呆じゃないと言う。みんな同じことよ」

「かもしれない。でも僕はやっぱり青組がいいな。メンバー同士のつながり、連帯の絆《きずな》が伝わるからね。青組に入っていれば、自分の主義を説明する必要はない。ふるまいを通して立ちどころにわかってもらえるんだ」

「でも人間はいつも同じようにふるまうわけじゃないわ。ある瞬間いい人でも、一分後には悪い人になりもする。過《あやま》ちだって犯す。いい人だって悪いことをするのよ、シド」

「もちろんするさ。べつに完璧なんて話はしてないよ」

「してるわよ。自分は他人より上等な人間だって決めた人たちのことをあなたは話してるのよ。私たち下々の人間より道徳的に優れてると思ってる人たちの話よ。あなたたちきっと、秘密の握手とかあったんでしょ？　自分たちを下等な連中やぼんくらと区別するために、そうでしょ？　ほかの馬鹿な奴らには持てない、特別な知識を自分たちは持ってるんだって思うために」

「おいおいグレース。二十年前のちょっとしたお遊びだぜ。そこまでやり込めなくてもいいだろう」

「でもあなたはいまだにそのガラクタを信じてるのよ。声を聞けばわかる」

「何も信じてやしないよ。生きていること、信じてるのはそれだけさ。それと、君と一緒にいること。僕にとってはそれがすべてなんだよ、グレース。ほかには何もない。世界中どこにも、何ひとつないんだよ」

何とも気の滅入《めい》る会話の終わり方である。グレースを暗い気分から引っぱり出そうという、私の繊細とは言いがたい試みは、しばらくのあいだはうまく行ったものの、ついやり過ぎて、うっかり不適切な話題に触れてしまい、何とも辛辣《しんらつ》な糾弾を彼女から喰らったわけだ。あんなに喧嘩腰《けんかごし》で話すなんて、まるっきり彼女らしくない。この手の問題に関してグレースはめったに熱くなったりしないし、過去に似たような議論

（べつに特に何についてというわけでもない、ふわふわあちこちをさまよう、行きあたりばったりランダムに連想がつながっていく対話）になったときも、いつもだいたい、私が投げかけてくる意見を面白がるばかりで、それを真面目に取ったり反論を返したりはせず、こっちに話を合わせ、私が無意味な見解をくり出すのを放っておくのが常だった。ところがその晩は、問題の日の晩は、違っていた。そして彼女はにわかに、ふたたび涙をこらえはじめた。タクシーに乗った直後に襲われた悲しみにふたたび包まれていた。それを見て、彼女が本物の苦しみを抱えていることを私は悟った。自分を苛《さいな》んでいる、名前のないものについてくよくよ考えることを彼女はやめられずにいる。訊《き》きたいことはいくつもあったが、私は今回もまた我慢した。自分から話す気になるまでは――いつかそうなるとして――彼女が私に打ちあけはしないことはわかっていたのだ。

そのころにはもう車は橋を越えて、ヘンリー・ストリートを走っていた。この道は狭めの大通りで、両側にはエレベータのない赤煉瓦《あかれんが》の建物が並び、ブルックリン・ハイツから、アトランティック・アベニューのすぐ下、コブル・ヒルにある私たちのアパートメントまでつながっている。べつに私個人に対する怒りではないのだ、と私は思いあたった。グレースのささやかな感情の噴出は、私に向けられたものというより、私の言った内容に対する反応なのだ。私の言葉と、彼女自身の思考の流れとが、たまたま衝突して火花が生じてしまったのである。いい人だっていいことをするのよ。グレースは何か悪いことをしたのか？　誰か彼女に近しい人が悪いことをしたのか？　それは知りようもないが、とにかく誰かが何かについて疚《やま》しい思いを抱いているのだ。ああいうむきになった言動の引き金となったのはたしかに私の言葉だが、それは私とは無関係だという確信に近いものが私にはあった。あたかもそれを裏付けるかのように、車がアトランティック・アベニューを渡っていよいよ我が家も間近というあたりまで来ると、グレースは片手をのばし、私のうなじをつかんで、それから私を自分の方に引き寄せ、口を私の口に押しつけて、ゆっくり舌を差し入れ、長い、挑発的なキスをした。まさにトラウズ言うところの全開の接吻だった。「今夜私を愛して」と彼女は囁《ささや》いた。「中に入ったとたん私の服を剝《は》ぎとって愛してちょうだい。私を真っ二つにして、シド」

翌朝は二人とも遅くまで寝ていて、十一時半か十二時になってようやくベッドから這《は》い出た。今日はグレースのいとこが日帰りでニューヨークに来ている。グレースは彼女と二時にグッゲンハイムで待ちあわせて、そこからメトロポリタンにも足をのばして常設展をゆっくり見る予定だった。絵画を見るのはグレース好みの週末の過ごし方である。彼女は一時に、まあひとまず落ち着いた様子で出かけていった。[6] 地下鉄ま

6 彼女のグラフィックの仕事の大半は、芸術作品を見ることから霊感を得ていた。その年のはじめに私が倒れる前は、土曜の午後によく二人で一緒に画廊や美術館をぶらぶら見て回った。ある意味では、芸術が私たちの結婚を可能にしてくれたとも言える。芸術の力添えがなかったら、私に彼女を追いかける度胸が出ていたかどうかも疑わしい。ホルスト&マクダーモットという中立的な場、俗に言う仕事環境で会えたのは幸運だった。ほかの形で出くわしていたら（ディナーパーティ、バスや飛行機の中）、もう一度連絡を取ろうとすればこっちの意図をさらけ出すことになってしまっただろう。私は直感的に、この女性には慎重にアプローチしないといけないと思った。あまり早く手を見せてしまうと、永久にチャンスは失われてしまうとほぼ確信できた。

幸い、私には電話をかける口実があった。彼女は私の著書の表紙デザインを任されたのだから。新しいアイデアを思いついたから相談したいという名目の下、出会った二日後に私は彼女のオフィスに電話し、会いに行ってもいいかと訊いた。「いつでもどうぞ」と彼女は言ってくれたが、そのいつでもが意外に厄介だった。当時私はフルタイムで仕事をしていたので（ブルックリンのジョン・ジェイ高校の歴史教師）、四時にならないと彼女のオフィスに行けない。あいにくグレースはその週ずっと夕方は予定が詰まっていた。来週の月曜か火曜はどうかと彼女が言い、来週は朗読会で出かけてしまうのだと私が答えると（それは事実だった。事実でなくてもたぶんそう言っただろうが）、彼女も折れて出て、金曜の仕事が終わったあとに何とか時間を作ると言ってくれた。「八時から用事があるんですけど」と彼女は言った。「五時半にお会い

して一時間かそこら相談するなら問題ありません」

私の本のタイトルは、ウィレム・デ・クーニングによる一九三八年作の鉛筆ドローイングからの借用である。『架空の弟との自画像』は二人並んで立っている少年たちを繊細なタッチで描いた小品である。一方が一歳か二歳年上で、その子は長ズボンを、年下の方は膝丈《ひざたけ》ズボンをはいている。ドローイング自体も大好きだったが、それ以上に惹かれたのはそのタイトルである。それを書名に使ったのも、デ・クーニングに言及したかったからではなく、言葉自体が気に入ったからだ。いろんな連想を誘うし、私の書いた作品にも合うと思えた。その週、ベティ・ストロウィッツのオフィスで、デ・クーニングのドローイングを表紙に使ったらどうかと私は提案していた。そしていまは、あの案はやっぱりよくないとグレースに伝えるつもりだった。鉛筆の線が細すぎてよく見えないだろうから、インパクトを欠くと思う、そう言うつもりだった。でも実はどっちでもよかったのだ。もしかりにベティの部屋でドローイングに反対していたなら、今度はそれを支持したことだろう。とにかく望みはグレースにもう一度会うことだった。そして芸術は私にとって唯一《ゆいいつ》の入口、こっちの真意を露呈せずに済むただひとつの話題だった。

仕事時間外に会ってくれると言われたことで希望が湧《わ》いたが、と同時に、八時に用があると知らされたことでその希望もほとんど萎《な》えてしまった。間違いない、男と会う約束があるのだ（魅力的な女性は金曜の晩を男と過ごすに決まっている）。といっても、相手とどれくらい深いつながりかは知りようがない。初めてのデートかもしれないし、フィアンセとの、あるいは一緒に住んでいる恋人との静かなディナーかもしれない。彼女が結婚していないことはわかっていたが（初めて出会って、グレースが出ていったあと、ベティがそう言ったのだ）、それ以外にも親しい関係の可能性は無限にある。つき合ってる男性はいるのかな、とベティに訊いてみたが、知らないと言われた。グレースは私生活については何も話さず、社内の誰も、彼女が職場の外で何をしているのかまるで知らなかった。勤めはじめて以来、編集者が二人か三人誘っていたが、みな断られたということだった。

グレースがむやみに打ちあけ話をしない人物であることを、私はたちまち思い知った。結婚前の十か月のあいだ、彼女は何の秘密も明かさなかったし、それまでほかの男とあったしがらみもいっさいほのめかさなかった。むろん私としても、本人が話したがっていないことを無理に訊《たず》ねる気はない。それがグレースの沈黙の力だった。彼女のことを、彼女が求めるやり方で愛そうとするなら、彼女が自分と言葉のあいだに引いた線を受け容《い》れるしかないのだ。

(出会って間もないころ、子供のころの話をしていて、七歳のときに両親に買ってもらったお気に入りの人形のことを彼女が回想したことがあった。彼女はその人形をパールと名づけ、その後四、五年はどこへ行くにも連れて歩き、自分の一番の友だちと考えていた。パールがすごいのは、話すことができるし、言われたこともすべて理解できることだった。けれどグレースの前では、絶対一言も喋《しゃべ》らない。喋れないからではなく、喋らないと決めたからだった。)

私と出会ったとき、彼女の人生には一人の男がいた。これは確信がある。けれど私には男の名前もわからなかったし、その男のことを彼女がどこまで本気なのかもわからなかった。でも実はすごく真剣だったと思う。というのも、最初の半年は、私にとって波瀾《はらん》万丈の時だったのであり、結局彼女から、終わりにしよう、もう電話もかけてこないでほしい、と言われる結果に終わったのである。六か月にわたって、何度も失望を味わわされ、つかのまのはかない勝利や楽観のささやかな高まりもあれば、拒絶があり降伏があった。忙しくて会えないと言われる夜もあれば、ベッドを共にさせてもらえる夜もあった。けれども、死物狂いの、ついには破綻した求愛の浮き沈みを通してずっと、グレースは私にとって魔法の存在でありつづけた。欲望と世界とをつなぐ神々《こうごう》しい接点、こっちの意志ではどうにもならぬ愛の対象だった。私は言われたとおり電話をかけるのを控えたが、一月半くらいしていきなり彼女の方から連絡してきて、気が変わったと言われた。説明はいっさいなかったが、ライバルだった男がついに脱落したのだろうと思った。彼女はふたたび私と会ってくれるようになったばかりか、結婚したいとまで言い出した。結婚という一言こそ、私が彼女の前で決して言わずにいた言葉だった。彼女を初めて見た瞬間から私の頭にあったけれども、彼女がひるんで引いてしまうのが怖くて、口に出す勇気が出ずにいたのだ。それがいま、グレースの方からプロポーズしてくれている。これから一生、傷心を抱えて生きるものと諦《あきら》めていたのが、彼女と一緒に暮らしていいと――無傷の心で、彼女とともに、一生暮らせるのだと――彼女が言ってくれたのだ。

で送っていこうかと言ってみたが、もうそのころには遅刻気味だったし、駅まではけっこう距離があるので（モンタギュー・ストリートまでのぼって行く）、そんなに長く急ぎ足であなたを歩かせて体力を消耗させるわけには行かないと言われた。私は階段を下りて玄関から一緒に表には出たが、最初の四つ角で彼女と別れ、二人それぞれ反対の方角に歩いていった。グレースはコート・ストリートをつかつかとハイツに向かい、私はのんびり二、三ブロックの距離を歩いてランドルフィーズ・キャンディストアまで行って煙草《たばこ》を一箱買った。今日の運動はそれでおしまいだった。早く青いノートに戻りたかったから、いつものように近所を散歩するのもやめて、すぐ回れ右して引き返した。十分後、私はアパートメントにいて、廊下の奥の仕事部屋で机に向かっていた。ノートを開けて、土曜に書き終えたページまでめくって、仕事にかかった。それまで書いたことを読み返しもしなかった。すぐさまペンを手にとって、書きはじめた。

ニック・ボウエンは飛行機に乗って、夜の闇《やみ》をカンザスシティに向かって飛んでいる。ガーゴイルが落ちてきて、あとさき考えずに空港へ直行した。それがいまは、だんだん落ち着いていく感覚、心の内が静かに空っぽになっていく感覚が湧いてきている。自分が何をやっているのか、問うたりはしない。後悔はしないし、ニューヨークを去って仕事も棒に振るという決断を考え直しもせず、妻のイーヴァを捨てて出てきたことにも自責の念はまったくない。彼女にとってどれだけ辛いかはわかっているが、最終的には俺がいなくなった方が彼女にもいいんだ、俺が失踪《しっそう》したショックから立ち直ればもっと充実した人生を一からはじめられるはずだ、そう自分を言いくるめてしまう。立派な見解ではないし共感できる考えでもない。だがボウエンは一つの理念にしかと捕えられている。ものすごく大きな、自分のささいな欲求だの義務だのよりはるかに大きな、とにかく従うしかないと思える理念に。たとえ責任を放棄したふるまいに走り、つい一日前だったら人として卑劣と思えたであろう行動に訴えてでも、従うほかないのだ。「人はでたらめに死んでいく」とハメットはその理念を表現している。「生きているのは、盲目の偶然が見逃してくれているあいだのことでしかない。

(……)生活を整然と組み立てることによって、フリットクラフトは生の歩調から外れたのであって、歩調に合わせたのではない。落ちてきた梁《はり》から六メートルと歩かないうちに、彼は悟った。たったいま得た新しい生の認識に自分を適合させるまでは、二度と心の平穏も得られぬだろうと。昼食を終えたころには、もうその手段も見出していた。生は落ちてくる梁によってランダムに断ち切られうる。ならば、あっさり失踪することによってランダムに生を変えてしまうまでだ」

私はニック・ボウエンの行動にかならずしも賛成するわけではない。だが賛成しなくても、それを描くことはできる。ボウエンはフリットクラフトであり、フリットクラフトもハメットの小説において自分の妻に対して同じ仕打ちをした。それが物語の前提であって、前提は最後まで守るという、自分で定めた取決めを撤回するつもりはなかった。と同時に、これがボウエンだけで済む話ではないことも私は理解していた。すなわち、イーヴァについても考えないといけない。カンザスシティでのニックの冒険を追うのにいくら夢中になっても、ニューヨークにも目を向けて彼女の身に起きることともつきつめて考えなければ、物語を充分に活《い》かせはしない。彼女の運命も、夫のそれと同じくらい重要なのだ。ボウエンは無我の境地を求めている。あるがままの物事を、静謐《せいひつ》に肯定できる状態に到達せんとしている。一方イーヴァは、そうした姿勢と真っ向から対立している。彼女は状況の犠牲者である。四つ角での用事からニックが戻ってこなかった時点以降、彼女の心の中は、たがいに衝突するさまざまな感情の嵐《あらし》が吹き荒れる場と化す――パニックと不安、悲しみと怒り、絶望。その悲惨の只中《ただなか》に入っていくことを想うと私は楽しみだった。今後、そうしたいろんな情念をイーヴァとともに生き、それを書きつづる日々が待ち遠しかった。

飛行機がラガーディアから飛び立って三十分後、ニックは書類鞄《かばん》を開けて、シルヴィア・マクスウェルの原稿を抜き出し、読みはじめる。これが私の頭のなかで形をなしつつあった小説世界の第三の要素である。なるべく早くこれを導入すべきだと私は判断した。できれば飛行機がカンザスシティに着く前にやった方がいい。まずニックの物語、そしてイーヴァの物語、それから最後に、それらに並行してニックが読むことになるこの物語。要するに物語内物語である。ニックは何といっても文学がわかる人間であり、書物の力には敏感なはずだ。だんだん少しずつ、シルヴィア・マクスウェルの書いた言葉に関心を注ぐことを通して、自分と小説内物語とのつながりが彼には見えてくる。あたかも、何か遠回しな、きわめて比喩《ひゆ》的なやり方を通して、書物がニックに、ニック自身が現在置かれている状況の深い意味を語ってくれているかのように。

その時点では、『オラクル・ナイト』をいかなる作品にしたいのか、ごく漠然とした考えしかなかった。大ざっぱなアウトラインを、試しになぞったものがあるだけだった。ストーリーに関しては、これから逐一組み立てていかねばならない。が、とにかくそれが未来を予測することをめぐる短い哲学的な小説であること、時間というものをめぐる寓話《ぐうわ》であることははっきりしていた。主人公はレミュエル・フラッグという名の、第一次大戦中に塹壕《ざんごう》内で迫撃砲を被弾して視力を失ったイギリス人中尉《ちゅうい》である。傷から血を流し、錯乱し、痛みに悲鳴を上げながら、フラッグは戦場をふらふら離れて連隊からはぐれてしまう。両腕を闇雲にふり回し、よろめき、自分がいまどこにいるかもわからずに、アルデンヌの森に入っていって、地面に倒れ込む。その日の午後、気を失ったフラッグを二人のフランス人の子供が発見する。十一歳の男の子フランソワと、十四歳の女の子ジュヌヴィエーヴ。二人は森のなかの、打ち捨てられた山小屋に二人きりで住んでいる戦争孤児である。まったくのおとぎばなし的設定のなかの、まったくのおとぎばなし的人物二人だ。彼らはフラッグを運んで家に連れ帰り、元気になるまで看病する。何か月かして戦争が終わると、フラッグは子供二人を連れてイギリスに戻る。物語の語り手はジュヌヴィエーヴである。彼女が一九二七年の時点から、森で出会ったこの養父の奇怪な生涯と、やがて起きた自殺をふり返るのだ。盲目になったのと引き替えに、フラッグは未来を知る力を与えられた。突然トランス状態にも似た発作に陥って、ばったり倒れ込み、激しくばたばた暴れるのである。発作は八分から十分続き、その間、彼の心のなかには未来の像があふれ返る。それは前兆もなしにいきなりやって来て、止めようにも制御しようにも、本人にできることは何もない。この力は呪《のろ》いであり恵みである。それは彼に富と権力をもたらすが、同時に発作にはすさまじい肉体的な痛みが伴い、さらにまた、精神的な苦痛も大きい。なぜなら、フラッグが得る未来の像の大半は、できれば知らずにいたい事柄を知らせてくるからだ。たとえば、彼の母が死ぬ日。二百人の死者が出るインドの列車事故の現場。子供二人と一緒にひっそり暮らそうと彼は懸命に努力するが、その予言があまりに正確無比なものだから（内容は天気予報にはじまって、下院選挙の結果やクリケット選手権のスコアにまで及ぶ）、彼は戦後イギリスで指折りの有名人に仕立て上げられてしまう。やがて、名声の絶頂にあって、愛をめぐって不幸な事態が生じ、己の能力ゆえに彼は破滅に至る。すなわちフラッグはベティーナ・ノットという女性に恋をし、二年のあいだ彼女も愛を返してくれて、ついには結婚の申し込みにも応じてくれるのだが、結婚式の前夜、彼はふたたび発作に襲われ、一年が終わらぬうちにベティに裏切られるという未来を見てしまう。いままで予知が間違っていたことは一度もない。ゆえに結婚生活は呪われた運命なのだ。悲劇的なのは、ベティには何の罪もないことである。彼女には何ひとつ疚しいところはない。夫を裏切る相棒に、いまだ出会っていないのだから。運命によって用意された苦悩に直面できずに、フラッグは自分の胸を突き刺して死ぬ。

飛行機が着陸する。ニック・ボウエンは読みかけの原稿を鞄に戻し、ターミナルから出て、タクシーを拾う。カンザスシティのことは何も知らない。来たのも初めてだし、ここから百マイル以内のところに住んでいる人間に会ったことさえない。白地図で指せと言われても往生してしまうだろう。街で最高のホテルに行ってくれ、と運転手に言うと、でっぷり太った、何とエド・ヴィクトリーなる名の黒人の運転手はゲラゲラ笑い出す。お客さん、べつに迷信深くないですよね、と運転手は言う。

迷信深い？ ニックは答える。何の関係があるんだ？

だって最高のホテルでしょ。それだったらハイアット・リージェンシーです。新聞をご覧になったかどうか知りませんが、一年くらい前にハイアットで大事故があったんです。空中通路がね、天井から外れたんです。ロビーに落ちてきて、百人以上が死にました。

うん、覚えてる。ニューヨーク・タイムズの一面に写真が出ていた。

営業は再開したんですが、泊まるのはちょっとって怖気《おじけ》づく方がけっこういらっしゃるんです。お客さんが怖気づかなくて、迷信深くもないんでしたら、私としてはお薦めのホテルですよ。

わかった、とニックは言う。じゃハイアットだ。今日はもう、いっぺん稲妻に打たれたんだ。あちらがもう一度打ちたけりゃ、どうせ居所は知られてるさ。[7]

7　カンザスシティをニックの行先に選んだのはまったくの任意である。真っ先に頭に浮かんだ場所がそこだったのだ。たぶん、ニューヨークから遠く離れていて、大陸の中心部にしっかり収まった場所だからだろう。輝かしくも未知なるオズの地。だが、いざニックをカンザスシティに向かわせてみると、ハイアット・リージェンシーの惨事を私は思い出した。一年と二か月前（一九八一年七月）に起きた現実の事件である。そのときロビーには二千人近い人々が集っていた。千六百平方メートル近い広さの、巨大な吹抜け空間に居合わせた誰もが顔を上げ、頭上の通路（「浮かぶ通路」「スカイウェイ」などとも呼ばれていた）のひとつで行なわれていたダンス・コンテストを見物していた。その真っ最中、全体を支えている太いフランジ梁が固定位置から外れて、四階下のロビーに落下したのである。二十一年経ったいまも、アメリカ史上最大級のホテル事故に数えられている。

エドはニックの返答にあははと笑い、都心部に向かいながら二人は話を続ける。聞けばエドはタクシー業界から引退する直前だという。三十四年間続けてきて、今夜がその最後の一夜なのだ。最後の勤務、最後の空港帰り、そしてニックは最後の客。エドの車に乗って移動する一番最後の人間である。これからはどうやって過ごすつもりだいとニックが訊くと、エドワード・M・ヴィクトリーは（これが運転手のフルネームである）シャツのポケットに手を入れて名刺を取り出し、ニックに渡す。**歴史保存局**と名刺には書いてあり、エドの名、住所、電話番号が下の方に刷ってある。どういう意味なのかニックは訊こうと思うが、質問を言葉にまとめる間もなく、車はホテルの前に停まり、エドが最後の料金を受けとろうと片手を差し出す。ニックは料金に二十ドルのチップを上乗せして、めでたく引退と相成った運転手に幸運を祈り、回転ドアを通って、不運に見舞われたホテルのロビーに入っていく。

いまや現金が少なくなって、クレジットカードで払うしかないので、ニックは本名で記帳する。再建されたロビーはほんの数日前完成したように見え、自分とホテルとがおおよそ同じ状況にいるのだとニックは考えずにいられない。どちらも過去を忘れようと努め、どちらも新たに一からはじめようとしている。ぴかぴかの豪華な建物には、透明なエレベータ、巨大なシャンデリア、磨き上げたメタリックな壁が並び、一方彼は、着ている服、財布にクレジットカード二枚、そして革の鞄に読みかけの小説の原稿があるだけ。奮発して続き部屋《スィート》を取り、エレベータで十階に上がって、三十六時間ずっと降りていかない。ホテルのガウンの下には何も着ず、食事はルームサービスを取って、窓辺に立ち、バスルームの鏡で自分をじっくり眺め、シルヴィア・マクスウェルの本を読む。その晩、ベッドに入る前に読み終え、次の日は一日使ってもう一度読み、さらにもう一度、そして四度目、と、その二一九ページにあたかも自分の命がかかっているかのように読みふける。レミュエル・フラッグの物語にはひどく心を揺さぶられるが、『オラクル・ナイト』を読むのは感動しようとか愉《たの》しませてもらおうとかいう気からではないし、自分が次に何をすべきか決めるのを先送りするために小説に没頭しているのでもない。次はどうするかはもうわかっていて、この原稿はまさにそれを実行するために唯一手元にある手段なのだ。つまり、これからは過去について考えないよう自分を仕込まないといけない。それこそが、ガーゴイルが歩道に激突したときにはじまったこの狂える冒険の鍵《かぎ》だ。これまでの人生を失ったのならば、あたかもたったいま生まれたかのようにふるまわねばならない。いまや赤ん坊同様に、過去の重荷など背負っていないふりを貫かねばならない。もちろん記憶はある。だがそれらの記憶はもはや、新たにはじまった人生には関係ない。思いがふっと、かつてのニューヨークでの暮らしに――もう抹消された、もはや幻影でしかない暮らしに――戻るたび、ニックはありったけの力で、心を過去から引き離して現在に集中しようと努める。だからこそ原稿を読むのだ。だからこそ読みつづけるのだ。もはや自分に属していない生の、偽りの記憶から彼は己を引き剝がさねばならない。原稿は読まれるために全面的な屈服を、心身両方の絶え間ない集中を要求するから、そのページに浸っているあいだは自分がかつて何者だったかも忘れていられるのだ。

三日目、ニックはようやく街に出る。通りを歩いて、紳士用品店に入り、その後一時間、ラック、棚、バーゲン箱を見て回る。ズボンとシャツから下着と靴下に至るまですべて揃え、新しいコレクションを作り上げていく。ところが、支払おうとして店員にアメリカン・エキスプレスのカードを渡すと、カードは機械に撥《は》ねられてしまう。口座が解約されています、と店員が伝える。予想外の展開にニックはうろたえるが、顔だけはどうにか平静を保つ。構わないよ、ヴィザの方で払うから、と彼は言う。ところが店員がそっちのカードを機械に通しても、やはり無効になっている。何とも気まずい場面。冗談のひとつも言ってやり過ごしたいところだが、いかなる剽軽な物言いも浮かんでこない。どうもとんだご迷惑をおかけしまして、とニックは店員に謝り、そそくさと店を出る。

失態の原因は簡単である。ホテルに帰りつく前に、もう推理はついている。イーヴァがカードを解約した理由がわかってみると、自分も彼女の立場だったらやはり同じことをしただろう、としぶしぶ認めざるをえない。夫が手紙をポストに入れてくると言って出ていって、帰ってこない。妻はどう考えたらいい？　逃げた、というのももちろんひとつの可能性だが、そう考えるようになるのはもっとあとになってからだろう。まず第一の反応は、何かあったのでは、という不安、心配であり、考えうる事故や危険を妻は一通り検討してみるはずだ。トラックにはねられた、ナイフで背中を刺された、銃を突きつけられ金を取られてから頭を殴られた。強盗に遭ったのなら、相手は財布を奪ってクレジットカードも持って逃げただろう。どの仮説を支える証拠もないのだから(犯罪発生の報告もなく、街頭で死体が発見されてもいない)、カードを解約するのは最低限の用心というものだろう。

現金は六十八ドルしか残っていない。小切手帳も持っていないし、ハイアット・リージェンシーに帰る途中でATMに立ち寄ると、シティバンクのカードもやはり解約されていることが判明する。事態は一気に深刻になった。金への経路はすべて閉ざされてしまったのだ。月曜の夜に記帳したときに使ったアメリカン・エキスプレスのカードがもはや無効だとホテルに知られたら、きっとひどく気まずいことになるだろう。下手をすると刑事告発されて抗弁を強いられるかもしれない。イーヴァに電話して家に帰ろうかとも考えるが、ニックはどうしてもそうする気になれない。せっかくはるばるここまでやって来たのに、トラブルの最初の兆《きざ》しが見えただけであっさり尻尾《しっぽ》を巻いて帰るなんて冗談じゃない。そして実のところ、彼は家に帰りたいと思っていない。帰りたくなんかないのだ。代わりにエレベータで十階まで行き、スイートに入って、ニューヨークのローザ・レイトマンの番号をダイヤルする。彼女に何と言うのか、およそ何の考えもなしに、まったくの衝動に従ってそうする。幸いローザは留守で、ニックは留守番電話にメッセージを残す。自分自身にすらほとんど意味を成さない、まとまりのない独白。

いまカンザスシティにいます、と彼は言う。どうしてここにいるのかわかりませんが、とにかくいて、長くいることになるかもしれなくて、あなたと話がしたいんです。会ってお話しするのが一番いいんですが、さすがにいますぐここまで飛行機で来てくださいとはお願いできませんよね。おいでにはなれないとしても、どうか電話を下さい。ハイアット・リージェンシーの一〇四六号室に泊っています。お祖母《ばあ》さまのご本、何度か通読しました。彼女が書いた最高傑作だと思います。読ませてくださってありがとう。それと、月曜にオフィスまで来てくださってありがとう。こんなことを申し上げて動揺しないでいただきたいのですが、あれ以来あなたのことが頭から離れません。あなたはハンマーのように僕を打ちました。あなたが立ち上がって部屋から出ていったとき、僕の脳味噌《のうみそ》はもうバラバラでした。十分で恋をするなんてありうるでしょうか？　僕はあなたのことを何も知りません。あなたが結婚しているのか、誰かと一緒に住んでいるのか、自由の身なのか、それさえ知りません。でももしお話しできたらとても嬉《うれ》しいし、もう一度お会いできたら本当に嬉しいです。ところでここはとても綺麗《きれい》な所です。何もかも見慣れなくて、何もかもが平らです。僕はいま窓際《まどぎわ》に立っていて、街を見渡しています。何百軒もの建物、何百本もの道路が見えますが、すべてが静まり返っています。ガラスが音を遮断するんです。生活は窓の向こう側にあって、中にいるとすべてが死んで見えます。現実じゃないみたいに見えます。問題は、僕がこのホテルにもうあまり長くいられないことです。街の反対側に住んでいる男を一人知っています。これまでのところ知りあったのはこの男一人で、じきに彼を探しに出かけるつもりです。エド・ヴィクトリーという男です。ポケットに彼の名刺があるので、万一あなたが電話を下さる前にチェックアウトすることになった場合に備えて、彼の電話番号をお知らせしておきます。彼に訊いてくだされば僕の居所がわかるかもしれません。8 1 6―7 6 5―4 3 2 1。変ですね。いま気づいたのですが、数が順々に一ずつ減っていくんですね。4 3 2 1。もう一度言います。8 1 6―7 6 5―4 3 2 1。こんな電話番号、初めて見ました。何か意味があると思いますか？　たぶんないでしょうね。もちろん、あるとすれば話は別です。わかったらお知らせします。もしあなたからお電話がなかったら、二日くらいしてこっちからまたおかけします。アディオス。

一週間経《た》って、彼女はやっとメッセージを聞く。もしニックがあと二十分早くかけていたら、ローザは電話に出ていたことだろう。だが彼女はたったいまアパートメントを去ったところであり、したがって彼からの電話のことは知る由《よし》もない。ニックが留守番電話に言葉を吹き込んでいる最中、イエローキャブに乗っていて、ホランドトンネルの入口まであと三ブロックのあたりにいる。ニューアーク空港に行って、午後の便でシカゴに行くのだ。今日は水曜、姉が土曜日に結婚式を挙げるのである。式は彼女たちの両親の家で行なわれ、ローザは付添女性長《メイド・オブ・オナー》を務めるので早めに行って準備を手伝うつもりだ。両親にはしばらく会っていないから、この訪問を利用して、式のあとも二、三日余計にとどまる気でいる。ニューヨークには火曜の午前に帰る予定である。一人の男がたったいま留守番電話で彼女に愛を告白し、彼女がそれについて知るまでにまる一週間の時が経過することになる。

同じその水曜の午後、ニューヨークの別の一画で、ニックの妻イーヴァがやはりローザ・レイトマンに思いをめぐらしたところである。夫が行方不明になっておよそ四十時間。彼の人相書に適合するような男を巻き込んだ事故や事件の報《しら》せが警察から届きもしないし、誘拐犯から身代金《みのしろきん》要求の手紙や電話も来ないので、ニックが逃亡したという可能性、自らの意志で彼女を捨てて出ていったという線を、ここに至りイーヴァは考慮しはじめる。いまこの瞬間まで、夫が浮気しているなどと疑ったこともなかったが、月曜の夜レストランでローザについて夫が言ったことを思い返し、夫がどれだけ彼女に惹《ひ》かれていたかを想起してみると――魅せられていることを、あんなにはっきり口にしたのだ――これは不倫の逃避行のようなものではないだろうかと彼女は考える。いまごろはあの、とんがった金髪の痩せっぽちの娘の腕のなかにしっぽり収まっているのではないか。

電話帳でローザの電話番号を調べ、アパートメントにかけてみる。もちろん誰も出ない。ローザはもう飛行機に乗っているのだ。イーヴァは短いメッセージを残して電話を切る。向こうがかけ直してこないので、その夜もう一度電話して、もう一度メッセージを残す。このパターンが数日くり返される。朝に一回、夜に一回。相手の沈黙が長引けば長引くほど、イーヴァの憤怒《ふんぬ》は募っていく。とうとう彼女は、チェルシーにあるローザの住居に出向いていき、三階分の階段をのぼって、部屋のドアをノックする。反応なし。もう一度、こぶしで力一杯、蝶番《ちょうつがい》がガタガタ揺れるまで叩《たた》くが、それでも何も起こらない。イーヴァはこれを、ローザがニックと一緒にいることの動かぬ証拠と捉《とら》える。およそ合理的な推論とは言えないが、もうこの時点のイーヴァは、論理の届く域を超えてしまっている。夫の不在を説明すべく、自分の胸にある最高に暗い不安、結婚生活と自分自身とをめぐる最高に強い不安を素材に、途方もない物語を狂おしく縫い上げている。彼女は紙切れにメモを書き、ドアの下から滑り込ませる。いいいいいいいいいいいいいい、いいいいいいいいいいいい、ニックのことで話がありますとメモにはある。すぐに電話を下さい。イーヴァ・ボウエン。

このころにはもう、ニックはとっくにホテルを出ている。エド・ヴィクトリーは見つかった。街でも有数の荒廃した一画にある下宿屋の、最上階のちっぽけな部屋にエドは住んでいる。街外れの、崩れかけて放置された倉庫や、火事で焼けた建物が並ぶ界隈《かいわい》である。表をさまようわずかな人間はみな黒人だが、ここは戦慄《せんりつ》と荒廃の地であり、ニックがこれまでアメリカのほかの都市で見てきたどの貧しい黒人街とも全然似ていない。これは都会のゲットーなどではない。地獄の一画だ。空のワインボトル、使用済みの注射針、身ぐるみ剝がれて錆《さ》びきった車の骨組が転がっている無人地帯。エドの住む下宿屋は、そのあたりで唯一無傷で残っている建造物であり、八十年前、百年前のこの近所の面影を伝える最後の遺物にちがいない。ほかのどの通りにあったとしても、老朽化のため居住禁止となった建物と言って通りそうだが、この場にあると、ほとんど魅力的にすら見える。三階建の家屋の黄色いペンキは剝げかけ、階段や屋根は凹《へこ》み、九つある表側の窓には残らずベニヤ板が打ちつけてある。

ニックはドアを叩くが、返事はない。もう一度叩くと、少ししてから、緑のパイル地のガウンを着て安物の鳶色《とびいろ》のかつらをかぶった年配の女が目の前に出てきて、不安げで疑り深そうな顔で、何の用かと訊く。エド、とニックは答える。エド・ヴィクトリー。一時間ばかり前に電話で話したんです。私が来るのを待ってるはずです。ものすごく長いあいだ、女は何も言わない。ニックをじろじろ眺め回して、死んだような目つきで、彼が何か分類不可能な生物であるかのように見つめ、片手に持った革の書類鞄に一瞬目を移してからふたたび顔に戻し、白人男なんかがここへいったい何しに来たのか考えあぐねている。まっとうな用事で来たことをわかってもらおうと、ニックはポケットに手を入れてエドの名刺を取り出すが、女は目がろくに見えず、名刺を見ようと身を乗り出すものの、その字が読めないことをニックは見てとる。あの人、厄介事に巻き込まれてるんじゃないだろうね？と女は訊く。巻き込まれてません、少なくとも私の知る限りでは、とニックは答える。で、あんた警官じゃないんだね？と女は言う。アドバイスをしてもらいに来たんです、それを与えてくれるのはエド一人なんです、とニックは答える。ふたたび長い間《ま》が生じ、やっとのことで女は階段を指さす。3G、左側、と女は言う。行ったらしっかりノックするんだよ、あの人この時間はたいてい寝ていて、耳もあんまりよくないからね。

まさに女の言うとおりで、暗くなった階段をニックはのぼって通路の奥にあるエド・ヴィクトリーの部屋を見つけてドアをノックするが、十回か十二回くらいノックしてやっと、どうぞ、と元タクシー運転手の声が聞こえる。ドアを開けると、丸々とした巨体の、サスペンダーが肩から垂れてズボンの上方のボタンも外れたニックのカンザスシティ唯一の知人が、ベッドに腰かけて訪問者の胸に銃を突きつけている。ニックは誰かに銃を向けられたのは生まれて初めてだが、怖いという気持ちが湧いて部屋から退散する間もなく、エド・ヴィクトリーが武器を下ろして、ベッドサイドテーブルに置く。

あんたか、とエドは言う。ニューヨークの稲妻男だね。

何か厄介事がありそうなのかい?とニックは、自分の胸のなかに銃弾が入りえたことの恐怖をいまごろになって感じつつ訊く。

厄介事だらけの時勢だからね、とエドは言う。ここは厄介事だらけの街だし。いくら気をつけてもやり過ぎってことはない。特にこっちは、すばやく動くなんて無理な相談の六十七歳だからね。

弾よりも速く走れる人はいないよ、とニックは応じる。

エドは答える代わりにうなり声を漏らし、まあ座りなよ、とニックに言い、部屋にひとつしかない椅子《いす》を指しながら、意外にも『ウォールデン』の一節に言及する。私の家には椅子が三つあるってソローは言ったんだよな、とエドは言う。一つは一人でいるため、二つは友といるため、三つは社会のため。俺は一人でいるための一つしか持ってない。ベッドも勘定に入れさせてもらえば、まあ友といるための二つってことになるのかな。でもここに社会はない。そういうのはタクシーを運転していてさんざんやったから。

背もたれのまっすぐな木の椅子にニック・ボウエンはそろそろと腰を下ろし、狭い、小綺麗な部屋を見回す。修道士の独房か、隠者の隠れ場を思わせる部屋である。地味で質素な場には、ごく基本的な生活必需品以外ほとんど何もない。シングルベッド、引出し、電気コンロ、小型冷蔵庫。机、何十冊か本の入った本棚、うち十冊ばかりは辞書、それに使い込んだ『コリアーズ百科事典』二十巻セット。部屋は抑制と内向と規律から成る世界を伝えている。ベッドから穏やかな顔でこっちを見ているヴィクトリーに目を戻しながら、さっきは気づかなかったひとつの細部をニックは見てとる。壁には何の絵も掛かっていないし、写真などの個人的な形見もない。唯一の装飾は、タンスのすぐ上に掛けられたカレンダー――一九四五年、四月のところが開いている。

ちょっと困ったことになってね、とニックは言った。あなたに助けてもらえるかもしれないと思って。

話次第だな、とエドは答えて、ベッドサイドテーブルに置いたノンフィルターのポールモールの箱に手をのばす。木のマッチで煙草に火を点《つ》け、長々と吸い込み、たちまち咳込《せきこ》みはじめる。何年分も詰まった痰《たん》が縮んだ気管支のなかでカタカタ鳴り、二十秒間、痙攣《けいれん》性の咳が部屋中に響きわたる。発作が治まると、エドはニックに向かってニヤッと笑って言う。何で煙草喫《す》うんだって訊かれるたびにね、咳するのが好きだからさって答えるんだよ。

お邪魔をするつもりはなかったんだけど、とニックは言う。タイミング、あまりよくなかったですかね。

邪魔なんかじゃないよ。二十ドルのチップくれた人が、二日後にやって来て、困ってると言う。ちょっと興味そそられるよな。

仕事が必要なんです。どんな仕事でも構いません。僕は自動車修理なら腕がいいんです。あなただったら、勤めてらしたタクシー会社にコネがきくんじゃないかと思って。

ニューヨークから来た上等のスーツ着て革の鞄持ってる人が修理工になりたいって

言ってくる。タクシー運転手に法外なチップ出したと思ったら、文なしだって言う。で、お次は、質問は勘弁してほしいって言うんだろうね。そうでしょ？

質問はなしです。こっちは稲妻に打たれた人間なんですよ。僕はもう死んでるんだ。前にどういう人間だったかなんてもう関係ありません。唯一大事なのは今です。そして今は金を稼がなくちゃいけないんだ。

あすこの会社動かしてるのは悪党と阿呆ばかりだよ。やめときなさい、ニューヨークさん。けどほんとに困ってるんだったら、保存局の方で何かあると思うよ。重い物が持てて、数に強くないと駄目だけど。その条件が満たせれば、俺が雇ってあげる。給料もちゃんと出す。俺、文なし百姓みたいに見えるけど、金はどっさりあるんだよ、どうしたらいいかわからないくらいどっさり。

歴史保存局。あなたの商売ですね。

商売じゃないよ。むしろ博物館に近い。個人的な文書館《アーカイブ》だね。

重い物なら大丈夫だし、足し算引き算もできます。いったいどういう仕事なんです？

システムを組み替えてる最中なんだ。時間があり、空間がある。選択肢はその二つだけだ。これまでの構成は地理、空間に基づいている。俺はそこを転換して、時系列順にしたい。その方がいいやり方なんだよ。もっと早く思いつかなかったのが残念だね。で、けっこう重い物を持ち上げなくちゃいけなくて、俺の体じゃ一人でやるのは無理だ。人の助けが要る。

で、僕がその助けを提供しますと言ったら、いつはじめます？

あんたさえよければすぐにでも。ちょっとズボンのボタン閉めるあいだ待ってくれたら、いまから連れてくよ。行ってみて、興味が持てるかどうか自分で決めるといい。

そこまで書いて、軽く何か食べようと思っていったん中断し、クラッカーと缶詰のサーディンをコップ二杯の水で流し込んだ。もうじき五時で、グレースは六時か六時半に帰ってくると言っていたが、その前に青いノート相手にもう少し進みたかった。ぎりぎりまで続けていようと思った。廊下の奥の仕事部屋に戻る途中、バスルームに寄って小用を足して顔に水を浴びせると、気分も爽快《そうかい》になってまた物語と取り組む元気が出た。ところが、ちょうどバスルームを出たところで、玄関のドアが開いてグレースが入ってきた。顔色が悪く、疲れきっている様子だった。いとこのリリーが一緒に帰ってくる（私たちと一緒に夕食をとり、リビングルームの折りたたみソファで眠って、朝早くにニューヘイヴンへ戻る——リリーはイエールの建築学科二年生なのだ）はずだったのに、入ってきたのはグレース一人だった。どうしたのかとこっちが訊く間もなく、彼女は弱々しい笑顔を私に見せ、廊下を私の方に向かって駆けてきて、急に左に曲がって、バスルームに入っていった。入ったとたんくずおれて膝をつき、トイレに吐いた。

洪水が過ぎると、私は手を貸して彼女を立ち上がらせ、寝室に連れていった。顔からすっかり血の気が引いていた。私の右腕をその肩にかけ、左手で腰を包むと、体じゅう震えているのがわかった。まるで体内を小さな電流が貫いているみたいだった。昨日の中華料理がいけなかったのかもしれない、と彼女は言ったが、そんなことはないさ、僕は同じもの食べて何ともないんだから、と私は言った。君、何か病気にかかりかけてるんじゃないかな、と私は言った。そうね、そうよね、きっと何か菌《バグ》のせいよね、とグレースは、都市を漂って人々の血流や器官に入り込んでくる見えない病原体を言い表わすのに誰もが使うあの奇妙な一語を使って答えた。でも私、病気なんて全然ならないのに、とグレースは、私に大人しく服を脱がされベッドに入れてもらいながら言い足した。額に触れてみると、熱くも冷たくもなかった。ベッドサイドテーブルの引出しから体温計を探し出して彼女の口に突っ込んだ。平温だった。いい徴候だよ、一晩ぐっすり眠ったらきっと朝にはよくなってるさ、と私は言った。するとグレースは、よくならなきゃ困るのよ、明日は大事なミーティングがあるから絶対休めないものと答えた。

薄いお茶を淹《い》れて、バターなしのトーストを焼いてやり、その後一時間ばかり枕許《まくらもと》に座って彼女のいとこのリリーの話をした。メトロポリタンで、嘔吐《おうと》の第一の波に襲われてトイレに駆け込んだグレースを、リリーはタクシーに乗せてくれたという。そしていま、お茶を二口三口啜《すす》ると、吐き気が引いてきたとグレースは宣言したが、十五分後には戻ってきて、彼女はふたたび廊下の向かいのバスルームに飛んでいった。その二度目の襲撃のあとはやっと少し落ち着いてきたが、リラックスして眠りについたのはさらに三十分か四十分後だった。その間、私たちは少し話をし、しばらく何も言わず、それからまた話し、そのあいだずっと、彼女がやっと寝つくまで私は手のひらでその頭を撫《な》でていた。看護役に回るのも悪くないね、ほんの二、三時間でもね、と私は彼女に言った。長いことずっと逆だったから、家に自分以外にも病気の人間が出る可能性があることさえ忘れていたよ。

「わかってないのね」とグレースは言った。「私、昨日の夜の罰を受けているのよ」

「罰？　何のことだい？」

「タクシーのなかであなたに噛《か》みついたことよ。私、最低だったわ」

「そんなことないさ。そうだったとしても、神が胃炎性の風邪を与えて人を罰するとは思えないね」

グレースは目を閉じて微笑《ほほえ》んだ。「シドニー、あなたいつも私を愛してくれたわよね？」

「君を一目見た瞬間から、ずっと」

「私がなぜあなたと結婚したか知ってる？」

「いいや。訊《き》く勇気が出たためしがない」

「あなたになら絶対裏切られないってわかってたからよ」

「賭《か》けが外れたね。ここのところほぼ一年、僕は君を裏切りっ放しだった。まず病気になって君に地獄の苦しみを味わわせ、未払いの医療費請求書九百枚でもって僕たち二人を負債者の身に追い込んだ。もし君が働いていなかったら、僕たちはいまごろ路頭に迷っているよ。あなたは僕をおんぶしてくれてるんですよ、ミズ・テベッツ。僕は髪結いの亭主です」

「お金の話をしてるんじゃないわ」

「わかってる。でもとにかく、割の合わない目に遭ってるのは君だ」

「借りがあるのは私の方よ、シド。あなたにはわからないくらい――あなたには絶対わからないくらいたくさん。あなたが私に失望しない限り、私は何があっても生きていける」

「わからないね、何の話か」

「わからなくていいのよ。とにかくずっと私を愛してちょうだい。そうすればすべて何とかなるわ」

戸惑うほかない会話が、これで十八時間のうちに二度生じたことになる。今度もまた、グレースは何かをほのめかしておきながらそれをはっきり名指すことを拒んだ。何か胸の内の激しい混沌《こんとん》が彼女の良心を苛《さいな》んでいるのだ。私は途方にくれて、何がどうなっているのかをあてずっぽうに探るしかなかった。けれどその晩、彼女は何と優しかったことか。私のささやかな介抱を嬉しそうに受け入れて、私が枕許に座《おも》っていることを本当に喜んでくれていた。この一年、二人で切り抜けてきたことを想い、私の長患《ながわずら》いのあいだ彼女がつねに示してくれた落着き、揺るぎなさを想えば、彼女が私を失望させるようなことをするなんてありえないと思えた。かりにしたとしても、私は気にしないだろう。それほど私は愚かしく彼女を愛し、それほど強い忠節を感じている。死ぬまでグレースと夫婦でいたいのであって、どこかの時点で彼女がちょっと道からそれたり、自分で誇りに思えないことをやらかしたとしても、長い目で見てそれがどうしたというのか。私の務めは彼女を裁くことではない。私は彼女の夫であって、倫理警察の警部補なんかじゃない。何があろうと彼女の味方でありつづける。といいいいいいいいいい、にかくずっと私を愛してちょうだい。単純明快な指示である。いつか将来、その指示を彼女が解除しない限り、私は最後の最後まで従うつもりだった。

六時半より少し前に彼女は寝ついた。私は爪先《つまさき》立ちで部屋を出て、もう一杯水を飲みにキッチンへ向かいながら、泊まっていく予定をリリーが捨ててニューヘイヴンに早々帰ってくれたことに自分がほっとしていることに気づいた。グレースの年下のいとこを、べつに嫌っているわけではない。むしろ大好きと言ってもいいくらいで、グレースよりずっときついヴァージニア訛《なま》りを聞くのも楽しかったが、グレースが寝室で眠っているさなかに晩のあいだずっと彼女と会話するのはさすがに辛《つら》かっただろう。二人がマンハッタンから戻ってきたらもう仕事になるまいと思っていたが、ディナーも立ち消えとなったいま、青いノートに飛んで帰ってならない理由は何もない。まだ時間は早いし、グレースはもう寝かしつけた。サーディンとクラッカーの軽食で空腹もひとまず解消された。かくして私は廊下の奥まで歩いていって、机に向かい、さっき閉じたノートをふたたび開いた。そして椅子から一度も立ち上がることなく、休まず午前三時半まで仕事を続けた。

時は過ぎた。翌週の月曜、ニック・ボウエンの失踪後七日目、解約したアメリカン・エキスプレス・カードの最後の明細書が妻イーヴァの許に届く。請求一覧に目を通して、ページ末尾の最後の一項目にたどり着くと、それは先週月曜の、デルタ航空カンザスシティ行きフライトの料金である。イーヴァはそれを見て、にわかに悟る。ニックは生きているのだ。きっと生きている。でもなぜカンザスシティなのか？ 夫がいったいなぜ、何のつながりもない（親戚《しんせき》もいないし担当作家もいないし、過去の友人もいない）土地へ行ったりするのか、懸命に想像してみるものの、ただひとつの動機も思いつかない。と同時に、イーヴァはローザ・レイトマンをめぐる自説を疑いはじめる。あの女はニューヨークに住んでいる。もしニックが本当に彼女と駆落ちしたなら、どうして中西部に連れていったりするだろう？ もちろん、ローザ・レイトマンの故郷がカンザスシティだというなら話は別だが、それはいかにもこじつけに思える。当て推量もいいところだ。

もはやいかなる仮説にも、憶測の物語にも頼れなくなって、これまで一週間、イーヴァのなかで滾《たぎ》っていた怒りも徐々に鎮《しず》まり、やがて完全に消えてしまう。その後に生じる空虚と戸惑いのなかから、新しい感情が湧《わ》いてきて彼女の胸を満たす――希望、あるいは希望のようなもの。ニックは生きているのであり、クレジットカードの明細が航空券一枚のみの購入を告げていることから見て、彼は一人なのだ。イーヴァはカンザスシティ警察に電話をかけて、失踪人捜索課につないでくれるよう頼むが、電話を受けた巡査部長はおよそ協力的でない。亭主の蒸発なんて毎日起きてますからねえ、犯罪の証拠がない限り警察にできることは何もないんですよ、と巡査部長は言う。絶望の一歩手前まで追い込まれたイーヴァは、ここ数日にわたって胸のうちに蓄積されてきた緊張と失意を一気に外に出して、あんたは血も涙もない人間のクズだと巡査部長を罵倒《ばとう》して電話を切る。こうなったらカンザスシティまで行くしかない。行って自分でニックを探すしかない。興奮のあまりじっとしていられずに、もうその夜のうちに飛行機に乗ることに彼女は決める。

職場に電話をかけて、留守番電話に、この後一週間の仕事についての入念な指示を秘書に向けて吹き込み、それから、家庭の緊急の用事が生じたので対処しないといけない、何日かニューヨークを離れることになると思うが電話で連絡は取りつづける、と告げる。これまでニックの失踪のことは、何の助けにもなっていないニューヨーク警察以外誰にも言っていない。友人や同僚にはいっさい知らせず、両親にすら言わずにここまで来たのだ。火曜日にニックの勤め先から問い合わせの電話がかかってきはじめると、ウィルスに腸をやられて寝込んでいますと言い逃れた。次の月曜、もうすっかり回復し仕事に復帰してしかるべき時期になると、本人はよくなったんですが週末に母親が転んで怪我《けが》をして病院にかつぎ込まれたので飛行機でボストンに直行しまして、と答えた。これらの嘘《うそ》は自分を護《まも》る手段だった。恥ずかしさと、屈辱と、恐怖につき動かされた言動だった。夫の行方も説明できないなんて、いったいどういう妻か？　真実は種々の不確実性からなる沼だった。夫に捨てられたと誰かに打ちあけるなんて、彼女には思いつきすらしなかった。

ニックの最近のスナップ写真を何枚か携え、イーヴァは小さなスーツケースに荷物を詰めてラガーディアへ向かう。飛行機はあらかじめ九時半のフライトを予約してある。数時間後カンザスシティに降り立つと、タクシーに乗って、ホテルを勧めてくれと運転手に頼み、前の月曜に夫がエド・ヴィクトリーに言った言葉をほとんど一語一句なぞる。唯一《ゆいいつ》の違いは、最高のホテルと言う代わりにいいホテルと言ったことだが、その細かいニュアンスに差はあっても、運転手の反応はまったく同じである。運転手はイーヴァをハイアットに連れていき、夫の足跡をたどっているとは夢にも思わずイーヴァはチェックインして、シングルルームを所望する。彼女は高額のスイートに金を浪費するような人間ではないのだ。それでも、部屋はやはり十階であり、ニックがこの街に着いて最初の二晩泊まった部屋の並び、廊下をもう少し先へ行ったところにある。彼女の部屋の方がほんのわずか南を向いていることを別とすれば、窓からの眺めも夫が見たのと同じである。同じビルの連なり、同じ道路網、ニックが窓辺に立ってローザ・レイトマンの留守番電話に吹き込んだときに語ったのと同じ雲が宙に浮かぶ空。そのメッセージを残したあと、ニックは宿代を払わずにホテルを出て、それっきり姿をくらましたのだ。

慣れないベッドでよく眠れず、空気も乾燥しているので、イーヴァは夜のあいだ三度か四度目を覚ましてそのたびにバスルームへ行き、水を一杯飲んで、デジタルの目覚まし時計の明るい赤色の数字を呆然《ぼうぜん》と眺め、天井の通気孔で回っている換気扇のうなりを聞く。五時にうとうとと寝入り、三時間ばかり途切れなしに眠ったあと、ルームサービスで朝食を注文する。九時十五分、すでにシャワーも浴びて服も着て、ポット一杯のブラックコーヒーを飲んで力もつけて、捜索を開始すべくエレベータで一階に降りていく。望みはひとえに、ハンドバッグに入れた写真にかかっている。街を歩き回って、できるだけ多くの人にニックの写真を見せるつもりだ。まずはホテルやレストランからはじめて、次は店やマーケット、それからタクシー会社、オフィスビル、それからあとはどこへ行くか、とにかく誰かが彼を認識して手がかりを与えてくれることを祈るのだ。一日やってみて成果が挙がらなかったら、写真のどれかを大量にコピーして、街じゅうに貼《は》って回り——塀、街灯、電話ボックス——カンザスシティ・スターをはじめここで読まれているすべての新聞に載せてもらう。エレベータでロビーに降りていくさなかにも、ビラに添えられた文面をイーヴァは構想している。**尋ね人**。あるいは、**この人を見ませんでしたか？**　そのあとにニックの名前、年齢、身長、体重、髪の色。それから電話番号と、謝礼金について。エレベータのドアが開いても、彼女はまだ謝礼の額を決めあぐねている。千ドル？　五千ドル？　一万ドル？　それでも駄目だったら次は私立探偵を雇おう。いちおう探偵の免許を持っているだけの元警官などではなく、エキスパートを雇うのだ。失踪者《しっそうしゃ》の行方を、この世から消えてなくなった者の行方をつき止めることを専門とする人を。

　ロビーに出て三分後、奇跡のようなことが起きる。勤務中のフロント係にニックの写真を見せたところ、その金髪にぴかぴか白い歯の女性に、この顔には見覚えがありますと言われるのだ。宿泊者名簿を調べてみると、一九八二年のコンピュータの緩慢さをもってしても、ニックがこのホテルに二泊しチェックアウトせずに姿を消したことが確認されるまでに大した時間はかからない。クレジットカードの刻印はファイルしてあったので、ホテル側がアメリカン・エキスプレスのシステムに番号を通してみたところ、カードは無効になっていることが判明したのだった。イーヴァはニックの勘定を済ませようと、支配人に会わせてくれと頼む。支配人室に座って、滞納額を支払うべく、新たに有効にした自分のカードを支配人に手渡すとともに、イーヴァは泣き出す。夫が行方不明になって以来、彼女は初めて本格的に取り乱す。ご婦人の苦悶《くもん》をさらけ出されて支配人ロイド・シャーキー氏は当惑してしまうが、そこはサービス業のベテラン、慇懃《いんぎん》にして滑らかな物腰で、当方にできることは何でもいたしますと申し出る。数分後、ボウエン夫人は十階に戻って、一〇四六号室の掃除を担当しているメキシコ人客室係の話を聞いている。客室係が言うには、ニックの部屋は滞在中ずっとDO NOT DISTURBのサインがドアノブに掛かっていたので、顔は一度も見なかったという。その十分後、今度は階下のキッチンで、ニックの部屋に何度か食事を届けたルームサービス係のウェイター、リーロイ・ワシントンの話を聞く。イーヴァが見せた夫の写真を彼は認識し、ミスタ・ボウエンは気前よくチップを下さる方でした、でもあまりお喋《しゃべ》りはなさらず何か「思いつめている」ようなご様子でしたと述べる。一人だったか、女性と一緒だったかとイーヴァは訊《たず》ねる。お一人でした、とワシントンは答える。バスルームかクローゼットにご婦人が隠れていらしたら別ですが、食事の注文はいつもお一人分でしたし、見る限りベッドも片側しか使ってらっしゃいませんでした。

ニックが残していったホテル代を精算し、よその女と駈落《かけお》ちしたのでないこともほぼ確かとなったいま、イーヴァの胸に、自分は妻なのだという気持ちが戻ってくる。一人前の妻が、夫を見つけて結婚生活を救おうと奮闘しているのだ。ハイアット・リージェンシーの従業員にはさらに何人か話を聞くが、新しい情報は何も出てこない。ホテルを出たニックが次にどこへ行ったのかは見当もつかないが、なぜかイーヴァは励まされたような気持ちでいる。あたかも、彼がここにいたのがわかったこと、いま自分がいるこの場所にいたのがわかったことが、彼がさほど遠くないところにいることの徴《しるし》のように思えてくるのだ――たとえそれが意味ありげな重なり、何の実質もない空間上の一致にすぎないとしても。

ところが、ひとたび街頭に出てみると、状況の望みなさが一気に彼女を打ちのめす。ニックが一言もなしに出ていったという事実は厳然として残っている。彼女を捨て、仕事も捨て、ニューヨークにあるすべてを捨てて彼は出ていったのであり、いまイーヴァに思いつく説明はただひとつ。ニックは精神が崩壊しかけているのだ、ひどい神経衰弱のただなかにあるのだ。彼女との暮らしが、ニックをそこまで辛い気持ちにしたのか？　かくも劇的な手段に訴えることへ追いやった張本人は彼女なのか？　私のせいであの人は捨て鉢の行動に走ったのだろうか？　そうなのだ、と彼女は胸のうちで言う。きっと私のせいでこんなことになってしまったのだ。しかも悪いことに、あの人はいま文無しだ。哀れな、なかば狂気に陥った人間が、ポケットに一銭もなしに見知らぬ街をさまよっている。それも私のせいなのだ、と彼女は自分に言う。何から何まで私の責任だ。

イーヴァがカンザスシティ繁華街のレストランや店舗に出入りして空《むな》しい聞き込みを開始しはじめたその朝、ローザ・レイトマンが飛行機でニューヨークに戻ってくる。午後一時にチェルシーのアパートメントのドアを開けてみると、まず目に飛び込んでくるのが、敷居のところに転がったイーヴァのメモである。不意をつかれ、メッセージにこもった切迫感にも面喰らった彼女は、荷ほどきもせず鞄《かばん》を放り出し、メモの一番下に書いてある二つの電話番号の、まず最初の方にかけてみる。それはバロー・ストリートのアパートメントの番号であり、誰も出ないが、ローザは留守番電話にメッセージを残す。これまでずっと留守にしていましたが、これからは自宅の番号で連絡がつきます、と。次にイーヴァの勤務先に電話をかける。秘書が出て、ミセス・ボウエンは出張中ですが今日後刻に電話が入ることになっていますからかかってきたら伝言をお伝えしておきますと言われる。ローザとしては訳がわからない。ニック・ボウエンには一度会ったきりで、彼のことなど何も知らないのだ。彼のオフィスでの話し合いはとてもうまく行ったと思うし、たしかに彼が自分に惹かれている気はしたけれど（目つきでわかったし、目をずっと彼女から離さずにいる様子からも感じられた）、物腰はあくまで紳士的で控え目で、ほんの少しよそよそしいと言ってもいいくらいだった。攻撃的というよりも、どこか途方にくれた感じの、疑いようのない悲哀の気配を漂わせた人だった。そうか、結婚していたのか。ならば手の届かない、考えても仕方のない人。でもどこか胸に残る、心根の優しそうな人だった。

鞄の中身を空けて、郵便物に目を通してから、ローザはようやく自分の留守番電話に入ったメッセージを聞く。時刻はもう二時近い。まず聞こえてくるのが、ニック・ボウエンの、彼女への愛を告白した、カンザスシティに来てほしいと乞《こ》う声である。ローザはその場に立ちつくし、畏怖《いふ》の念にも似た戸惑いとともにそれを聞く。ニックが自分に向けて発している言葉にあまりに動揺したせいで、もう二度メッセージの終わりの方に戻ってようやく——きれいに一ずつ減っていく数のディミヌエンドがその番号を忘れようにも忘れ難いものにしているにもかかわらず——エド・ヴィクトリーの電話番号を正しく書きとめたことを確信する。留守番電話を止めてすぐさまカンザスシティに電話したい誘惑にローザは駆られるが、ニックがまたかけてきたかもしれないと思って、まずは残り十四のメッセージを通して聞いてみることにする。思ったとおりだ。金曜日、そしてさらに日曜日。「先日僕が言ったことで、あなたが怯《おび》えてしまわなかったならいいですが」と第二のメッセージははじまる。「でもあれはすべて本気です。あなたのことが頭から追い払えません。あなたは一日じゅう僕の心のなかにいるんです。どうやらあなたは興味ないとおっしゃっているみたいですが――何も言ってこないのはそういうことですよね？――電話だけでもいただけたらありがたいです。少なくともお祖母さまのご本については話しあえますよね。前にもお知らせしたエドの番号を使ってください。８１６－７６５－４３２１です。ところで、この番号は偶然ではありません。エドが意図して頼んだそうです。メタファーなんだと本人は言っています――何のメタファーかはわかりませんが。自分で考えろということらしいです」。最後のメッセージが一番短く、ニックはもうほとんどあきらめている。「僕です」と彼は言う。「もう一度だけ試みています。どうか電話を下さい。僕と話したくないと知らせるだけでも結構ですから」

ローザはエド・ヴィクトリーの番号をダイヤルするが、誰も出ない。十回以上ベルを鳴らした末に、これは古い電話機であり留守電機能も付いていないのだと判断する。自分がどういう気持ちでいるのか確かめずとも（自分がどういう気持ちでいるのか彼女にはわからない）、電話を切ったローザは、ニック・ボウエンに連絡をとる倫理的義務が自分にはあるのだと――しかもできるだけ早くそうしなくてはならないのだと――確信している。電報を打とうかとも考えるが、カンザスシティの電話番号調べにかけてオペレーターにエドの住所を訊いてみると、この番号は名簿に載っていないのでお知らせできませんと言われる。ローザは次に、ニックの妻がもう電話してきたかと、彼女の勤務先にもう一度かけてみるが、まだ連絡はありませんと秘書に言われる。実のところイーヴァは、カンザスシティでのドラマに没頭してしまい、その後数日にわたって勤め先への電話を怠ることになる。ようやく秘書と連絡をとるころにはもう、ローザ自身ニューヨークを出て、グレイハウンドバスでカンザスシティに向かっている。なぜ行くのか？　なぜなら、それまでの数日間、百回近くエド・ヴィクトリーの番号にかけてみて誰も出なかったから。なぜなら、ニックからその後連絡がないことから見て、彼が困ったことになっているのだと彼女は思い込んでいるから――ひょっとしたら深刻な、命も危ない目に遭っているかもしれない。なぜなら、彼女は若く、冒険好きで、目下仕事もないから（フリーのイラストレーターをしていて、いまは仕事と仕事のあいだの空白期間)。そしておそらく――これについては推測するほかないが――ろくに知らない男から、あなたのことが忘れられないとあからさまに告白されたという事実、自分が一人の男を一目惚《ひとめぼ》れさせたのだという事実に魅せられているから。

前の週の水曜、ニック・ボウエンがエドの住む下宿屋の階段をのぼって、歴史保存局助手の職を提供された時点まで私は戻り、わが現代のフリットクラフトの年代記を再開した。

エドはズボンのボタンを留め、喫いかけのポールモールをもみ消して、ニックを従えて階段を降りていく。二人は早春の肌寒い午後のなかに出ていき、九、十ブロック歩いた末に左へ曲がり、右へ曲がり、荒廃した街路の網目をのろのろ通り抜けて、やがて川のそばの、使われなくなった家畜置場にたどり着く。その川が、街のミズーリ側とカンザス側とを隔てる境界を成している。二人は水がすぐ前に見えるところまで歩きつづける。もはや建物は一軒も見当たらず、目の前には五、六本の線路があるだけ。たがいに平行に走っている線路は、レールの酸化した状態や、周りの砂利や土に無数の折れたり裂けたりした枕木が積まれていることから見て、もはや使われていないらしい。川から強い風が吹いてくるなか、二人の男は一本目のレールを踏み越える。ニックは月曜の夜のニューヨークの街路での、ガーゴイルが落ちてきて危うく頭を叩き割られるところだった直前に吹いていた風のことを考えずにいられない。一方エドは、長い道のりを歩いてきたせいでゼイゼイ息を切らしながら、三本目のレールを越えたところでいきなり立ちどまって地面を指さす。雨風にさらされた、ペンキも塗っていない四角い板が砂利のなかに埋め込まれていて、一種のハッチ、跳ね上げ戸を形成している。それがあまりにさりげなく周囲に溶け込んでいるものだから、もし一人だったらニックの目にはとまらなかっただろう。そいつを持ち上げて脇《わき》に置いてくれるかな、とエドが彼に頼む。ほんとなら自分でやるところなんだが、近頃はすっかり貫禄《かんろく》がついちまって、いまじゃもう屈《かが》み込んだらそのままぶっ倒れちまうと思うんだ。

新たな雇用主の要求をニックは実行し、ほどなく二人の男は、セメントの壁に据えつけられた鉄の梯子《はしご》を下りている。地表から三メートル半くらい降りたところで底にたどり着く。頭上の開いたハッチから注ぐ光に助けられて、そこが狭い通路になっていて正面にはのっぺらぼうのベニヤ板のドアがあることをニックは見てとる。把手《とって》もノブも見えないが、右側、おおよそ胸の高さに南京錠《ナンキンじょう》がある。エドはポケットから鍵《かぎ》をひとつ取り出して、錠の底面にある差込み口に挿入する。バネが解除されて、エドは南京錠を手に持つと、閂《かんぬき》を親指で外してから、南京錠の外れたツルの端を穴に戻す。それがスムーズな、やり慣れた仕種《しぐさ》であることをニックは見てとる。この湿った地下の隠れ家を、きっと何年にもわたって数限りなく訪れているにちがいない。エドがドアを軽く押し、蝶番を軸にドアが回って開くと、ニックの目の前に闇《やみ》が現われる。何も見えない。エドがそっと彼を脇へ押しやり、敷居をまたぐと、次の瞬間、電灯のスイッチがパチンと鳴るのが聞こえ、それからもうひとつ、さらにひとつ、ひょっとすると四つ目も聞こえたかもしれない。あたかも吃音《きつおん》のように閃光《せんこう》が連なり、ブンというなりを伴った振動が生じて、頭上に数列並んだ蛍光灯が徐々に点灯して、気がつけばニックの前に大きな物置部屋が広がっている。縦およそ十五メートル、横十メートルの、窓のないスペースである。部屋中、きっちり縦に何列も、グレーの金属製の本棚が並んでいて、それぞれが高さたぶん三メートル弱の天井までのびている。どこかの秘密の図書館の書棚に入り込んだという印象をニックは受ける。しかるべく儀式を経た者のみが読むことを許される、禁じられた書物のコレクションを収めた場という趣。

歴史保存局だ、とエドが、小さく手を振りながら言う。まあ見てくれ。触っちゃいかんが、好きなだけ見てくれ。

何とも奇怪な、およそ予期していなかった状況に、何が待ち受けているのかニックにはまるで見当がつかない。とりあえず目の前の書棚と書棚のあいだの通路を歩いてみると、両側どの棚にも電話帳がぎっしり詰まっていることが判明する。何百冊、何千冊という電話帳が、都市別にアルファベット順、時代順に並んでいる。たまたま目の前の列にはボルチモア（Baltimore）とボストン（Boston）の電話帳がある。背表紙に記された年を見てみると、ボルチモアの一番古いものは一九二七年刊である。その後いくつか抜けがあるが、一九四六年以降は現在の一九八二年まで完全に揃《そろ》っている。ボストンの最初の本はさらに古く一九一九年刊で、やはり何冊かは欠けているが、一九四六年からあとはすべての巻が並んでいる。まだ乏しい証拠だが、これに基づいてニックは、エドが一九四六年に収集を開始したものと推測する。第二次大戦終了直後のその年は、たまたま自分が生まれた年でもある。巨大な、見たところ無意味な営みに、三十六年間という、ニック自身の人生のスパンともぴったり重なる年月が献《ささ》げられてきたのだ。

アトランタ、バッファロー、シンシナティ、シカゴ、デトロイト、ヒューストン、カンザスシティ、ロサンゼルス、マイアミ、ミネアポリス、ニューヨーク五区、フィラデルフィア、セントルイス、サンフランシスコ、シアトル——アメリカ中の大都市が揃っていて、加えて何十ものもっと小さな都市から、アラバマの田舎のもろもろの郡、コネチカットの郊外町、メイン州内の自治体非認可地域まである。しかもアメリカで終わりではない。金属製の本棚がそびえる、それぞれ表裏ある二十四列のうち四列は、外国の市や町を収めているのだ。こっちのコレクションはアメリカ国内ほど完全でも網羅的でもないが、カナダとメキシコに加えて、東西ヨーロッパの大半の国は入っている。ロンドン、マドリード、ストックホルム、パリ、ミュンヘン、プラハ、ブダペスト。驚いたことに、ワルシャワの一九三七／三八年の電話帳まで入手してある——Spis Abonentów Warszawskiej Sieci TELEFONÓW（ワルシャワ電話加入者リスト）。その一冊を棚から引き出したい誘惑に抗《あらが》いながら、そこに記載されたほとんどすべてのユダヤ人がもうずっと前に死んでいることに——エドのコレクションがまだはじまりもせぬうちに殺されたことに——ニックは思いあたる。

ツアーは十分か十五分続き、ニックがどこへ行っても、エドは軽いニヤニヤ笑いを顔に浮かべてついて来て、訪問者の当惑を面白がっている。部屋の南端の、最後の一列にたどり着くと、エドはようやく口を開く。主人公は面喰らっている、とエドは言う。主人公は胸のうちで問う、いったいどうなってるんだ？

まあそういう言い方もできますね、とニックは答える。何か仮説は？　それともまるっきりお手上げかね？

よくわかりませんが、とにかくこれがあなたにとってただの遊びじゃないんだとは思います。そこまでは理解したつもりです。あなたは単に集めたいから集めるような人じゃありません。壜《びん》のふた、煙草《たばこ》の包み紙、ホテルの灰皿、象のガラス人形、人はあらゆるたぐいのガラクタを集めることに時間を費やします。でもこの電話帳はガラクタじゃない。あなたにとって何らかの意味がある。

この部屋には世界が入ってるんだ、とエドは答える。少なくとも世界の一部が。生者と死者の名前。歴史保存局は記憶の家なんだ。でも同時に、現在を祀《まつ》る聖堂でもある。その二つを一か所にまとめることによって、人類がまだ終わっちゃいないことを俺は自分に証明するんだ。

よくわかりませんね。

俺はすべてのものの終わりを見たんだよ、稲妻男さん。地獄の底に降りていって、終わりを見たんだ。そういう旅から帰ってきたらね、あとどれだけ生きつづけようと、自分の一部はずっと死んだままなんだよ。

いつのことです？

一九四五年四月。俺の部隊はドイツにいた。俺たちがダッハウを解放したんだ。三万人の、息をしてる骸骨《がいこつ》たち、写真はあんたも見たことあるだろうけど、写真じゃそれがどんなだったかはわからない。そこへ行って、自分で臭《にお》いを嗅《か》がないとわからない。そこにいて自分の手で触らなくちゃいけない。人間が人間に対してそれをやったんだ、これっぽっちも疚《やま》しく思わずに。それが人類の終わりだったんだよ、ミスター高級靴さん。神が人類から目をそむけて、永久に世界から去ったんだ。そして俺はそこにいて、自分の目で見たんだ。

収容所にはどれくらいいらしたんです？

二か月。俺は料理係だったから、厨房《ちゅうぼう》で働いていた。生き残った奴《やつ》らに飯を食わせるのが仕事だった。きっとあんたも読んだことあるだろう、いくら食べてもやめられなかった連中もいたっていう話。餓死寸前だった奴らだよ。あまりに長いあいだ食べ物のことを考えてきたから、やめようにもやめられなかったんだ。奴らは胃が破裂するまで食べて、死んだ。何百人も。二日目に、一人の女が赤ん坊を抱いて俺のところにやって来た。この女は正気をなくしていた。見ればわかった。両目が眼窩《がんか》のなかで休まず躍ってるのを見ればわかった。おそろしく痩《や》せていて、ひどい栄養失調で、どうして立っていられるのか不思議なくらいだった。女は俺に、食べ物をくれと言うんじゃなくて、赤ん坊にミルクをやってくれと頼んだ。いいとも、と俺は喜んで引き受けたが、女から赤ん坊を渡されると、赤ん坊が死んでいることが一目でわかった。死んでからもう何日も経《た》っていた。顔は萎《しぼ》んで真っ黒だった。俺の顔よりもっと黒いんだ。小さな体は重さもほとんどゼロだった。萎《しな》びた皮膚、乾いた膿《うみ》、重さのない骨、それだけだった。ミルクをやってください、と女が何度も言うんで、俺は赤ん坊の口に少し注いでやった。ほかにどうしたらいいかわからなかった。死んだ赤ん坊の唇に俺がミルクを注いで、それから女が赤ん坊を受けとった。すごく喜んでいた。すごく喜んで、女はハミングをはじめた。ほとんど歌ってると言ってもいいくらいで、あやすみたいな、さも楽しそうな声で歌ってるんだ。あの瞬間のあの女ほど嬉《うれ》しそうな人間の顔は見たことがないと思う。死んだ赤ん坊を両手に抱いて、やっとミルクを飲ませてやれたことを喜んで、歌いながら女は帰っていった。俺はそこに立って、女が歩いていくのを見守った。よたよたと、五メートルも進んだあたりで、女の膝《ひざ》がくずおれた。俺が飛んでいってつかまえてやる間もなく、女は泥のなかに倒れて死んだ。それが俺にとってのはじまりだったんだ。その女が死ぬのを見たとき、何かしなくちゃいけないとわかったんだ。戦争が終わってただ故郷《くに》に帰ってあっさり忘れるわけには行かない。俺はあの場所を頭のなかに保ちつづけなくちゃいけない。死ぬまでずっと毎日、あそこのことを考えなくちゃいけないんだ。

ニックにはまだわからない。エドが体験したことの途方もなさは把握できるし、彼にいまだ取り憑《つ》く苦悩と恐怖にも共感できる。だがそうした感情が、いったいどのようにして電話帳を集めるという常軌を逸した営みにつながるのかはニックの理解を超えている。強制収容所での体験を、生涯続く行動に置き換えるやり方はほかにいくつも思いつくが、こんな世界中の人間の名前で満たした奇怪な地下文書館なんて訳がわからない。とはいえ、自分に他人の情熱を裁く資格などあるか？ こっちは仕事が必要なのだし、エドと一緒にいるのは楽しいし、これから何週間か何か月かを、無意味な仕事ではあれ、エドが電話帳の保管システムを再編するのを手伝って過ごすことに自分としても異存はない。二人の男は給料、勤務時間などについて合意に達し、契約を結んだしるしに握手を交わす。だがニックは依然、給料の前借りを頼まねばならないという気まずい立場にある。服も要るし住む場所も要るし、札入れに残った六十数ドルではとうてい足りない。だが彼の新たなボスはすでに一歩先を行っている。ここから一キロちょっとのところにグッドウィル〔※古着などを売る慈善団体〕がある、とエドは言う。いまからそこへ行けば、ほんの何ドルかで服を買い込めるよ。もちろん全然お洒落《しゃれ》じゃないけど、ここで働いてもらうからには要るのは仕事用の服であって上等なビジネススーツじゃない。それにビジネススーツだったらあんたすでに一着持ってるし。街へくり出そうって気になったら、またそいつを着ればいい。

衣服の問題が解決すると、エドはただちに住宅問題も解決してみせる。ここには寝泊まりできる部屋があるんだ、と彼はニックに言う。地下で夜を過ごすのが怖くなけりゃ、無料《ただ》で住んでくれていい。ついて来いとニックに合図して、エドは真ん中あたりの列を、腫《は》れて痛む足首をかばうようにしてそろそろ歩き、やがて部屋の西側の端の、グレーのブロック塀で出来た壁にたどり着く。俺もよくここに泊まっていくんだ、とエドは言いながら、ポケットに手を入れて鍵束を引っぱり出す。居心地いいところだよ。

金属のドアが壁に埋め込まれていて、壁自体と同じ色合いのグレーなので、何分か前にそこを通ったときにはニックはまったく気づかなかった。反対側の木製の入口ドアと同じで、こっちもノブや把手はついておらず、エドの手がそっと押すと内側に開く。うん、居心地よさそうなところですね、とニックは中に足を踏み入れながら礼儀正しく言うが、内心はずいぶん気の滅入《めい》る場所だと思っている。下宿屋のエドの部屋と同じで、がらんとしていて家具も最低限。まあでも基本的なものは一通り揃っている(もちろん窓はなく、外の見晴らしは望めないが)。ベッド、テーブルと椅子《いす》、冷蔵庫、電気コンロ、水洗トイレ、缶詰を満載した食器棚。実のところそう悪くない。結局のところ、これ以外どんな選択肢がある？　ニックがここに泊まることにしたのをエドも喜んでいる様子で、ドアに鍵をかけて二人で地上に出るべく梯子の方へ向かいながら、あの部屋は二十年くらい前に作りはじめたんだとニックに打ちあける。六二年の秋、キューバミサイル危機の真っ最中だったとエドは言う。でっかい爆弾を落とされると思ったから、しばらくこもる場所が要ると思ったんだ。ほら、何て言うんだっけ。

核シェルター。

　そうそう。で、壁をぶち抜いて、あの部屋を足したわけさ。出来上がる前に危機は終わったけど、何があるかわからないからな、そうだろ？　世界を仕切ってる狂った奴らは何だってやりかねないからな。

　エドがそういう話をやり出すとニックはわずかに恐怖を感じる。世界の支配者について同感でないわけではないが、自分は頭のたがが外れた人物と組んでしまったのではないか、この男は精神の安定を失った、あるいは／かつ錯乱に陥った人物ではないか。大いにありうることだ。だが運命は彼にエド・ヴィクトリーという男を送ってよこした。落下するガーゴイルの原理を貫こうと思うなら、好むと好まざるとにかかわらず、選んだ方向に進み続けるしかない。でなければ、ニューヨークからの出奔も空《くう》疎《そ》な子供っぽいお遊びに堕してしまう。いま起きていることを受け入れられないなら――受け入れ、積極的にそれと取り組まないなら――あっさり負けを認めて、これから帰ると妻に電話すべきなのだ。

結局、こうした心配は杞憂《きゆう》だと判明する。何日かが過ぎて、二人一緒に線路の下の地下室で作業し、スケートボードを付けた木のリンゴ箱に電話帳を入れて部屋じゅう移動させているうちに、エドが信念の確かな人間であること、信頼に足る言葉通りの人間であることをニックは知る。雇った助手に対して、自分が何者か説明しろとか、身の上を語れとかいったこともいっさい言わない。その思慮深さにニックはだんだん感嘆の念を抱くようになっていく。何しろ本来はひどく饒舌《じょうぜつ》な、世界に対する好奇心を体じゅうから発散させている人間なのだ。それが、ニックの名前さえ訊かぬほど遠慮してくれている。あるときニックは、よかったらビルと呼んでください、とボスたる男に言うが、その名が捏造《ねつぞう》であることは相手も感じとり、エドはめったにそれを使わず、相変わらず稲妻男、ニューヨークさん、ミスター高級靴などと呼びつづける。ニックもそれでまったく異存はない。グッドウィルで揃えたもろもろの服を着ていると（ネルのシャツ、ジーンズ、カーキズボン、白いチューブソックス、すり切れたバスケットシューズ)、これを元々持っていた男たちに思いが流れていく。古着の出所は二種類ある。衣類が捨てられる理由は二つに一つだ。持ち主がその服に興味がなくなって慈善団体に寄付するか、それとも持ち主が死んで遺族たちがわずかな税控除《こうじょ》のために持ち物を処分するか。死者の服を着て日々を過ごしているという思いがニックは気に入る。もはや自分は存在することをやめたのだから、やはり存在することをやめた人間の衣服をまとうのは、いかにも相応《ふさわ》しい気がする。そうやって二重に否定することで、過去の抹消がより完璧《かんぺき》に、より永続的になる気がする。

だがそれでも、油断は禁物である。仕事中、二人は頻繁に休憩をとり、作業を中断するたびにエドはお喋りに興じて、しばしば自分の言葉に句読点を刻むかのように缶ビールをぐいと一口飲む。エドの最初の妻ウィルハミーナについてニックは知る。一九五三年のある朝、彼女はデトロイトから来た酒のセールスマンとともに姿を消した。ウィルハミーナの後継者ロッシェルは三人の娘を産み、心臓を悪くして一九六九年に死んだ。エドが聞き手を惹《ひ》きつける話し上手であることをニックは知るが、自分の方からあまり具体的な質問はしないよう気をつけねばならない。でないと、自分に関する問いを誘発してしまう。たがいの秘密について探ったりしないという暗黙の了解が、二人のあいだで築かれていく。たとえばニックとしては、ヴィクトリーというのがエドの本名なのか知りたいと思うし、歴史保存局となっているこの地下スペースは彼が所有しているのかそれとも勝手に占有して当局に嗅ぎつけられずに済んでいるだけなのかも訊いてみたいが、そういうことはいっさい口に出さず、エドが自ら進んで語る話を聞くだけに甘んじている。もっと危険なのは、自分から身の上を明かしてしまいかける時である。そうなるたびに、言葉にもっと気をつけないと駄目だぞ、とニックは己に言い聞かせる。ある午後、第二次大戦中に兵士だった体験を語っている最中、エドがふと、四四年末に連隊に入ってきた若い一兵卒の名前を口にする。ジョン・トラウズ。まだ十八歳だったけど、とにかくあんなに頭の回転の速い、あんなに利口な男は見たことがない。いまじゃ有名な作家だよ、それも当然だよな、何しろ頭の切れる奴だったものなあ。ニックが致命的なへまをしかけるのはその時である。その人知ってますよ、とニックは言い、顔を上げたエドに、まだ元気でやってるかい、と訊かれると、あわててごまかす。いや、知りあいだっていうんじゃなくて。本を知ってるってことで。何冊か読みましたよ。それっきりその話題は打ちきりになって、二人はほかの話に移っていく。だが実のところニックはジョンの担当編集者であり、ジョンの既刊の増刷なども彼の仕事だ。事実、つい先日、トラウズ作の一連の長篇のペーパーバック版の新しい表紙を一揃い作り終えたばかりである。まだ一月も経っていない。

ジョンとは長いつき合いだし、そもそもいま勤めている（というか数日前まで勤めていた）出版社に職を求めたのも、そこがジョン・トラウズの小説を出しているからだったのだ。

エドの下でニックが仕事をはじめるのは木曜の朝である。電話帳を並べ替えるのは気の遠くなるような作業であり、対処すべき重量は膨大というほかない。一冊千ページの本を何冊も何冊も、すさまじいかさと重さを、棚から下ろしては部屋のほかの箇所に運んでいき、別の棚に載せる。仕事はなかなか進まない。実際、当初思ったよりずっと進みがのろいので、週末も休まず作業を続けることにし、翌週の水曜日になると（その日まさにイーヴァはコピー店に入って行方不明の夫の情報を世に広めるポスターを作り、また同日ローザ・レイトマンはニューヨークに戻って留守番電話でニック・ボウエンの愛の告白メッセージを聞く）、エドの健康に関するニックの懸念《けねん》はいっそう本格的な心配に拡大することになる。この六十七歳の元タクシー運転手は、少なくとも六十七ポンド〔※約三十キロ〕体重過多である。ノンフィルターの煙草を一日三箱喫《す》い、歩くにも呼吸するにも難儀するし、コレステロールのぎっしり詰まったその動脈一本一本でトラブルの種が日に日に肥大している。すでに心臓発作を二度体験していて、とうていニックと二人でやろうとしている仕事に適した体ではない。毎日梯子を昇り降りするだけでも途方もない集中と意志の力が必要であり、昇り着くか降り立つかするたび、ろくに息もできない有様になっている。これにはニックもはじめから気づいていて、座って休むようたえずエドに促し、大丈夫、僕一人でできますからと請けあってきたが、エドもそこは頑固である。彼はビジョンを持った人間なのであり、電話帳博物館を再構成する夢がようやく軌道に乗ったいま、ニックの忠告になど耳も貸さず、事あるごとに飛び上がって手伝おうとする。水曜の朝、事態はとうとう暗転する。ニックが部屋の反対側から空のリンゴ箱を引いて戻ってくると、エドが床に座り込んで書棚に寄りかかっている。目は閉じられ、右手はぎゅっと心臓を押さえつけている。

胸が痛むんですね、とニックは一目で悟って言う。どのくらい痛いんです？

ちょっと休ませてくれ、とエドは言う。すぐよくなるから。

だがニックはその答えを受け入れず、最寄りの医療施設の救急室に連れていくと言いはる。エドも一応しばし反論するものの、結局同意する。

二人がタクシーの後部席に座って、セントアンセルム慈善病院に向かいはじめるころには、すでに一時間以上が経過している。まず第一に、エドの半端《はんぱ》でない巨体を梯子の上まで押し上げて外に出すという難儀な作業がある。次に、このすさんだ、見捨てられた界隈《かいわい》でタクシーをつかまえるという、劣らず困難なステップ。ニックが二十分駆け回ってやっと壊れていない公衆電話が見つかり、レッド・アンド・ホワイト社（エドが勤めていたタクシー会社である）に何とか電話がつながると、車がやって来るまでさらに十五分かかる。川べりの線路に行ってくれ、とニックは運転手に指示する。ますます弱ってきた、相当な痛みに包まれて炭殻の上で大の字になっているエドを（だがまだ意識はあって、二人に助けられて車に乗せてもらいながらも一つ二つジョークを飛ばすくらい頭ははっきりしている）運転手と二人で運び込んで、病院へ向かう。

その日の後刻、ローザ・レイトマンがエドに電話してもつながらなかったのは、この緊急事態が原因である。ヴィクトリーとして知られる、だが運転免許証とメディケアカードにはジョンソンと記されている男は、三度目の心臓発作に見舞われたのだ。ローザがニューヨークのアパートメントから電話したころには、すでにセントアンセルムの集中治療室に入れられて、ベッドの足側に吊《つ》されたカルテに書かれた心血管をめぐるデータを見る限り、下宿屋には当分戻りそうにない。その水曜日から、カンザスシティに向けて発《た》つ土曜の朝まで、ローザは昼も夜も一日じゅうダイヤルしつづけるが、そのベルが鳴ったのを誰かが聞くことは一度としてない。

病院へ向かうタクシーのなかで、エドはすでに先のことを考え、朗報ではありえない診断を想《おも》って覚悟を決めるが、それでも顔では平気なそぶりを見せる。俺は太った男だ、と彼はニックに言う。太った男は絶対死なないんだよ、それは自然の法則なんだ。世界からいくらパンチを喰らったって、俺たち何も感じないのさ。こんなに詰め物持ってるのもそのためさ。こういうときに身を護るためにあるんだよ。

喋らない方がいい、力を使わない方がいいですよ、とニックは言う。胸のなかと、左腕と、あごの奥で暴れまくる痛みを懸命にこらえながら、エドの思いは歴史保存局へと向かっていく。たぶんしばらく入院してなきゃならんと思う、とエドは言う。せっかくはじめた仕事を中断すると思うと辛《つら》いよ。大丈夫です、僕が一人で続けますよ、とニックが請けあう。助手の忠誠心にエドは心を打たれて、ひとりでに湧いてきた涙を押さえ込もうと目を閉じ、君はいい奴だとニックに言う。それから、自分でそうする力はないので、ズボンのポケットに手を入れて財布と鍵束を出してくれとニックに頼む。ニックが二つの品をエドのズボンから引き抜くと、今度は財布を開けて中の現金を出すようエドは命じる。二十ドルだけ残してくれ、あとは君が取るんだ、今後の給料の先払いだよ、とエドは言う。そのとき初めてエドの本名がジョンソンであることをニックは知る。が、そんなのはどうでもいいことだととっさに判断し、何も言わない。代わりに金を数えて――六百ドル以上ある――札束を自分のズボンの右前ポケットに入れる。それからエドは、ほとんど息もできぬなか、祈りの文句を連ねるかのように、痛みをおして、束についた鍵一つひとつの用途をニックに伝える。下宿屋の表玄関の鍵、二階の自室の鍵、地元の郵便局の私書箱の鍵、保存局の木のドアの南京錠、地下の宿泊室の鍵。ニックが自分用の鍵を束に加えていると、今週ヨーロッパから大量の電話帳が届くはずだとエドに聞かされる。だから金曜日に郵便局へ行って見てきてくれ、とエドは言う。その一言のあと長い沈黙が生じ、エドは自分の内に退いて、ふたたび何とか息をしようと喘《あえ》ぐ。が、タクシーがそろそろ病院に着くかというころ、目を開けて、よかったら俺がいないあいだ下宿屋に泊まってくれていいよとニックに言う。ニックはちょっと考えて、その申し出を断る。ご親切ありがとう、でもいまのまま何も変える必要はありませんから、とニックは言う。穴蔵の暮らしに満足してるんです。

エドが危機を脱したのを見届けてから帰ろうと、ニックは何時間か病院にぐずぐずとどまっている。三重バイパス手術の予定が翌朝に組まれ、三時にセントアンセルムから立ち去りながらニックは、これでもう明日の午後戻ってきたらエドがしっかり回復に向かっているものと信じている。少なくとも心臓科医の話を聞く限り、そう思えたのだ。だが医療にあって絶対ということはありえず、特に、病んだ肉体をメスが切り進むとなればなおさらである。そして木曜の朝、エドワード・M・ジョンソン、別名エド・ヴィクトリーが手術台の上で息を引きとると、あれほど頼もしい診断をニックに言って聞かせた心臓科医にできることがあるとすれば、診断が間違っていたことを認めるくらいなものである。

だがそのころには、ニックはもはや、なぜ友が持ちこたえられなかったのか医者を問いつめる状況にはない。水曜日、地下の文書庫に戻って一時間と経たぬうち、ニック・ボウエンは人生最大の過《あやま》ちのひとつを犯すのだ。そして彼は、エドが生きるものと決めているから——ボスが死んでからもまだそう決めているから——どれほど巨大な災難をわが身に招いてしまったのかも知らずにいる。

保存局の入口に通じる梯子をニックが這《は》い降りていくとき、エドから渡された鍵束と現金はどちらもズボンの右前ポケットに入っている。木のドアの南京錠を外すと、ニックは鍵束を左のポケットにしまう。ところが、グッドウィルで買った、年代物のカーキズボンはその左ポケットに大きな穴が開《あ》いていて、鍵は穴をまっすぐ抜けて、脚にそって降りていき、ニックの足下に落ちる。ニックは屈み込んでそれを拾うが、右のポケットに戻す代わりに、手に持ったまま、仕事をはじめるつもりの場所まで運んでいき、電話帳の並ぶ棚の手前の方に置く。ズボンに入れると鍵の塊が脚に食い込んで、持ち上げたり運んだりしゃがんだり立ったりする上で邪魔になると思ったのである。地下の空気はその日いつにも増して冷たく湿っている。仕事をすれば体も暖まるかと思って三十分ばかり作業に励むが、冷気はますます骨に染《し》み込んでくるので、ここはひとつ奥の宿泊室に退散しようと決める。そっちには小型の電気ストーブがあるのだ。鍵のことを思い出して、束を置いた場所に戻り、ふたたび手にとる。ところが、まっすぐ宿泊室へ行く代わりに、初めてエドに連れられてきたとき目を惹かれた、一九三七／三八年のワルシャワの電話帳のことにふっと頭が行く。そこで部屋の反対側まで行って、宿泊室で休憩しながら眺めようとその一冊を探す。そしてふたたび鍵束を棚に置くが、今回は電話帳を探すのに夢中で、それが見つかったあとも鍵を持っていくことを忘れてしまう。いつもだったら、何の問題もなかっただろう。宿泊室のドアを開けるには鍵が必要で、ひとたび己の過ちに気づいたら、鍵をとりに行っただけの話だっただろう。ところがその朝は、エドが突然倒れた騒ぎのせいで、ドアは開けっ放しになっていた。そしていまニックは、ドアに向かって歩きながら、早くもワルシャワの電話帳をぱらぱらめくりはじめ、一九四五年をめぐってエドから聞かされた陰鬱《いんうつ》な話をあれこれ思い出していて、いま自分がやっていることにろくに注意を払っていない。かりに鍵束に何か思いが行ったとしても、右ポケットに入れたものと決めつけてしまうだろう。というわけでニックはまっすぐ宿泊室に入っていき、天井の電灯を点《つ》けて、ドアをうしろに蹴《け》って閉める。こうして彼は自分を部屋に閉じ込めてしまう。このドアは自動ロックになっていて、いったん中に入ったら、鍵を使わない限り外には出られないのだ。

鍵はポケットに入っているものと思っているから、ニックはまだ自分のヘマに気づいていない。電気ストーブのスイッチを入れて、ベッドに腰かけ、ワルシャワの電話帳をじっくり読みはじめる。茶色に変色しパリパリに固くなった一ページ一ページ、丹念に目を通す。一時間が過ぎて、もう仕事に戻れるくらい暖まったかと思ったところで、ニックはやっと己の過ちを悟る。とっさの反応は笑い声を上げることだが、自分がしでかしたことのおぞましい真実がじわじわ実感されてくるとともに、笑うのをやめて、その後二時間、外に出る方法を必死に探す。

これは水爆シェルターであり、普通の部屋とは違う。二重に絶縁された壁は厚さ一メートル二十、コンクリートの床は足下九十センチのびていて、一番狙《ねら》い目ではとニックが思った天井さえも漆喰《しっくい》とセメントのおそろしくがっしりした混合物で、およそ難攻不落である。四方の壁はどこも上の方に通気孔があるが、そのきっちりはめ込まれた金属の覆《おお》いをやっと一つ外してみると、すきまはあまりに狭く、いくら小柄の彼でもとうてい入れないことがわかる。

地上では、午後の明るい陽ざしのなか、ニックの妻が彼の顔写真をカンザスシティの繁華街のあらゆる塀と街灯に貼って回っている。翌日、近郊も含む都市の住民たちがベッドから這い出し、朝のコーヒーを流し込みにキッチンに向かうと、朝刊の七ページ目でそれと同じ顔に出くわすことになる――**この人を見ませんでしたか？**

探し回って疲れはてたニックは、ベッドに腰かけ、落ち着いて状況を見直す。困った状況ではあれ、パニックに陥る必要はないという結論に彼は至る。冷蔵庫と食器棚には食べ物が詰まっているし、水とビールの蓄えもたっぷりあって、最悪の事態に至ったとしても二週間はまずまず快適に暮らせるだろう。でもそんなに長くかからないさ、と彼は胸の内で言う。その半分だってかかるまい。エドはほんの数日で退院するはずだ。梯子を降りられる元気が戻り次第、保存局にやって来てニックを解放してくれるのだ。

ほかに選択肢もないので、ニック・ボウエンはこの独房監禁が終わるのを待つ態勢に入る。この馬鹿《ばか》げた難局に耐えぬくだけの忍耐と気丈さが自分にあることを祈るしかない。ニックは『オラクル・ナイト』の原稿を読み、ワルシャワの電話帳に目を通して過ごす。考え、夢を見て、腕立て伏せをはてしなくくり返す。将来の計画を立てる。過去のことは考えぬよう努める。ニックは神を信じないが、神が自分を試しているのだ、この不運を優雅かつ沈着に受け入れなくてはいけないのだ、と自分に言い聞かせる。

日曜の夜、ローザ・レイトマンの乗ったバスがカンザスシティに着くころには、ニックがこの部屋に入ってもう五日目になっている。もうじき救いの手が訪れるさ、エドがいまにも来るはずさ、とニックは自分に言い、そう考えた十分後、天井の電灯が焼き切れる。ニックは闇のなかに一人座って、電気ストーブのほのかに光るオレンジ色のコイルを呆然《ぼうぜん》と眺めている。

回復は規則正しい生活と毎晩の充分な睡眠にかかっていると医者には言われていた。午前三時半まで仕事するのはおよそ賢明とは言いがたいが、何しろ青いノートに没頭していて時間の流れを見失っていたのだ。四時十五分前に寝室に行き、グレースの隣にもぐり込んだときには、不養生の代償を払わされるものと覚悟していた。また鼻血が出るか、体のふらつきが戻ってくるか、あるいは強度の頭痛が長時間続くか、とにかく何かに体のシステムを揺さぶられ、難儀な一日が生じるだろう。ところが、九時半に目を開けると、いつもの目覚めとべつに変わらない気分だった。ひょっとしたら、治る秘訣《ひけつ》は休むことより働くことなのか。書くことこそ、私をすっかり健康に戻してくれる薬なのか。

日曜にあれだけひどい嘔吐《おうと》があったからには、グレースが月曜休みをとるものと思っていたが、彼女がまだ寝ているかと左の方に寝返りを打ってみると、ベッドのそちら側は空っぽだった。バスルームにも行って探してみたが、やはりいない。キッチンに入ってみると、テーブルの上に書き置きが載っていた。ずっとよくなりましたと彼女は書いていた。だから仕事に出かけます。昨日の夜はありがとう。シド、あなたは本当に優しい人です、掛け値無しの青組です。そして名前のサインがあって、その下に追伸が書き添えてある。忘れるところでした。セロテープがなくなりました。父の誕生日に間に合うようプレゼントを今夜包みたいので、散歩に出かけるとき買っておいてもらえますか？

小さなことだとわかってはいるが、この依頼にグレースのよさがすべて凝縮されている気がした。彼女はニューヨークの大手出版社でグラフィックデザイナーをしていて、セロテープなら部署にいくらでもあるだろう。アメリカ中、ほとんどすべてのホワイトカラー労働者がオフィスから物をくすねている。無数の給与所得者が、毎日のようにペン、鉛筆、封筒、クリップ、輪ゴムを着服し、そうしたささやかな窃盗にわずかでも良心の呵責《かしゃく》を感じる者はまずいない。だがグレースはそういう人たちとは違う。つかまるのが怖いとかいうのではない。自分のものでない物を自分のものにするという発想が、頭に浮かんだことすらないのだ。法を尊ぶからではなく、融通の利《き》かない独善ゆえでもなく、子供のころ受けた宗教的教育のせいで十戒の言葉を恐れているというのでもない。盗むという考え方自体が彼女という人間には無縁なのであり、彼女が自分の人生をどう生きたいかをめぐる本能的衝動すべてに反しているのだ。概念としては支持しないかもしれないが、グレースこそ根っからの、筋金入りの青組メンバーである。書き置きのなかで、彼女が青組に触れてくれたことに私は胸を打たれた。これもまた、土曜の夜のタクシーでカッとなったことを詫《わ》びているのだ。控え目な、いかにも彼女らしい謝り方。これぞグレイシー。

朝食時にいつも飲む四錠の薬を口に放り込み、コーヒーを飲んで、トーストを二枚食べてから、私は廊下の奥まで行って仕事部屋のドアを開けた。昼食どきまで物語の続きを書くつもりだった。昼になったら出かけて、チャンの店を再訪する。グレースに頼まれたセロテープを買うだけでなく、残っているポルトガル製のノートを買い占めるためだ。私は青でなくても構わない。黒、赤、茶、何でも同じことだ。とにかくできるだけたくさん持っておきたい。いますぐは使わなくても、将来の仕事に備えて。チャンの店に行くのを延ばせば延ばすほど、ノートがなくなっている確率は高くなってしまう。

これまでのところ、青いノートに書く作業は、快楽以外の何ものでもなかった。舞い上がるような、躁病《そうびょう》的な充実感がそこにはあった。まるで他人の言葉を口述筆記しているみたいに、言葉が体から湧《わ》き出てきた。夢、悪夢、抑圧を解かれた思考、それらと同じ透明な言語で語る声がセンテンスをくり出し、私はそれをただ書きとっていた。ところが九月二十日の朝、問題の日から二日後、声はにわかに沈黙した。ノートを開いて、眼前のページに目を落としたとたん、流れを見失ったことを私は悟った。もはや自分が何をやっているのかもわからなかった。私はニック・ボウエンをあの部屋に入れた。鍵をかけて電気を消したいま、彼をどうやってそこから出せばいいのか、まったく見当がつかなかった。解決策は何十と頭に浮かんだが、どれも陳腐で、機械的で、つまらなく思えた。ニックを地下シェルターにとじ込めるというのは力強いアイデアだと思えた。恐ろしいと同時に謎《なぞ》めいていて、およそ合理的な説明を受けつけない。このアイデアは捨てたくなかった。とはいえ、ひとたびその方向に話を持っていった時点で、この営みの本来の前提からは逸《そ》れてしまったとも言える。私のヒーローはもはや、フリットクラフトがたどった道筋を進んでいない。ハメットはコミカルなひねりでその寓話《ぐうわ》を締めくくっていて、たしかにそこにはある種の必然性が伴っているものの、その結着のつけ方は、私の好みで言うと少し出来すぎている。二年ばかり放浪を続けた末に、フリットクラフトはスポーカンに流れつき、最初の妻のほとんど分身のような女性と結婚するのだ。サム・スペードはブリジッド・オショーネシーに言う。「タコマで溝から飛び出したこの男は、実はすんなり元の溝に収まったことを、自分では最後まで知らずじまいだったんだと思う。でも俺はそこのところが前々から気に入っているんだ。梁《はり》が落ちてくることに奴は適応して、それからもう落ちてこなくなって、今度は梁が落ちてこないことに適応したのさ」。気が利いている。シンメトリーがあって、皮肉も生きている。けれどこれでは、私が語りたい物語には強さが足りない。私はペンを手に持って一時間以上机に向かっていたが、一言も書けなかった。ひょっとするとこれがジョンの言っていた、ポルトガル製ノートの「残酷さ」だろうか。しばらくのあいだは、ノートに乗って空を飛んでいく。体に力がみなぎっている気分に運ばれて、精神のスーパーマンもかくやと、ケープをはためかせて明るい青空を飛翔《ひしょう》し、それから、いきなり何の前触れもなしにどさっと墜落してしまう。あれほどの興奮、あれほどの希望的観測のあとに(白状すれば、これならひょっとして短篇を長篇に発展させられるんじゃないか、そうしたらそれなりに金にもなってふたたび家計に貢献できるんじゃないか、といった夢想まで描きはじめていたのだ)、襲ってきたのは嫌悪感《けんおかん》であり、己を恥じる思いだった。ほんの三十ページ書き殴っただけで、一大進歩を遂げたなんて思い込むとは。実のところ、成し遂げたのは、自分を袋小路《ふくろこうじ》に追いやったことだけだ。もしかしたら出口があるのかもしれないが、当面は何も見えなかった。その朝私に見えたのは、わが不運なヒーローの姿だけだった。地下の部屋で、ニック・ボウエンは真っ暗闇のなかに座り、誰かに救い出されるのを待っている。

暖かい陽気の日で、気温も十五度を超えていたが、雲は戻ってきていて、十一時半にアパートメントを出てみると、いまにもひと雨来そうな空模様だった。だが私は傘をとりに戻りはしなかった。もう一度三階分の階段を昇り降りするのは、あまりに体力を消耗する。ここは一かばちか、帰ってくるまで雨が待ってくれる方に賭《か》けることにした。

コート・ストリートをゆっくり下っていくと、夜更《よふ》かしのツケが回ってきて少し足下が怪しく、かつてのぐらつき、混乱がいくらか戻ってきた。キャロルとプレジデントのあいだまでたどり着くのに十五分かかった。靴修理の店は土曜の朝と同じに開いていたし、二軒下った食料雑貨店も同様だったが、両者にはさまれた店は空っぽだった。ほんの四十八時間前、チャンの店はフル稼働《かどう》していて、ウィンドウは見栄《みば》えよく飾られ、店内にはぎっしり文房具がひしめいていたのに、それがいまは、心底驚いたことに、まったく何もなくなっていた。南京錠のかかった伸縮扉が店の前面に広がり、菱形《ひしがた》の格子《こうし》のすきまから覗《のぞ》いてみると、小さな手書きの掲示がウィンドウに貼《は》られていた――貸店舗　858―1143。

ひどく面喰らって、私はしばし呆然と立ちつくし、何もない室内に見入っていた。あまりに流行《はや》らないせいで、チャンは衝動的に店を畳むことにしたのか？　狂おしい悲しみと敗北感につき動かされて、たった一度の週末で在庫すべてを運び去ったのか？　そんなことがありえるだろうか。少しのあいだ、土曜の朝にペーパー・パレスを訪れたというのは私の妄想だったのではないか、そんなことまで考えた。あるいは、頭のなかで時間の順序がごっちゃになってしまって、ずっと前に起きたことを――二日前ではなく二週間前、二か月前のことを――思い出しているのか。私は食料雑貨店に入って、カウンターにいた男に訊《き》いてみた。ほっとしたことに、男も私とまったく同じくキツネにつままれた思いでいた。あの店、土曜の昼間はちゃんとあったし、七時にあたしが帰ったときにもあったんですけどねえ。「きっとその夜のあいだだったんだね」と男はさらに言った。「じゃなきゃ昨日か。あたしは日曜、休みですから。ラモンに訊いてごらんなさい。日曜にはあいつが出るんで。けさあたしがここに来たときには、もうすっかり取り払われてました。いやあ、不気味だよねえ。どっかの魔法使いが魔法の杖《つえ》をひょいと振って、あぁら不思議、中国人は影も形もなくなった」

セロテープはよそで買ってから、ランドルフィーズまで行って煙草（エド・ヴィクトリーを偲《しの》んでポールモール）を買い、昼食のときに読む新聞も仕入れた。ランドルフィーズから半ブロック行ったところに、リータという小さいにぎやかなコーヒーショップがあって、私は夏の大半の時間をそこで過ごしたのだった。ほぼ一月ぶりだったが、入っていくとウェートレスもカウンター係も温かく挨拶《あいさつ》してくれたのは嬉しかった。その日の調子はいまひとつだったから、自分が忘れられていないと知るのはいい気分だった。私はいつものグリルドチーズ・サンドを注文し、新聞を手に腰を落ち着けた。まずニューヨーク・タイムズ、それからデイリー・ニューズのスポーツ欄（メッツ、土曜の対カージナルスのダブルヘッダーに連敗）、最後にニューズデイを覗く。時間つぶしとなれば私はもうすっかり熟練していたし、仕事は行き詰まったし、帰っても急ぐ用事は何もなく、早く帰ろうという気持ちは少しも出てこなかった。おまけに雨が降り出していて、こっちは出かける前に階段をのぼって傘をとって来る気力もなかったのだ。

リータにあそこまで長居して、二つ目のサンドイッチと三杯目のコーヒーを注文したりしなかったら、ニューズデイ三十七ページの一番下に載った記事を見ることもなかっただろう。つい昨日の晩、私はエド・ヴィクトリーのダッハウ体験について何段落かの文章を書いていた。エドは架空の人物だが、彼が語る、死んだ赤ん坊にミルクを与える話は本当である。前に読んだ、第二次世界大戦をめぐる本から借用したのだ。[8]

8　パトリック・ゴードン＝ウォーカー著『蓋《ふた》が持ち上がる』（ロンドン、一九四五）。近年、ダグラス・ボッティング『帝国の廃墟《はいきょ》から　一九四五―四九年のドイツ』（ニューヨーク、クラウン社、一九八五）四十三ページでも同じ物語が語り直された。

念のため言っておくと、私は一九三七／三八年ワルシャワの電話帳を一冊持っている。ジャーナリストをしている友人で、一九八一年の「連帯」の活動を取材に行った男にもらったのだ。彼はそれをどこかの蚤《のみ》の市で見つけたらしく、私の父方の祖父母が二人ともワルシャワで生まれたことを知っていたので、ニューヨークに帰ってきてからプレゼントしてくれたのである。私はその電話帳をわが幽霊たちの書と呼んだ。二二〇ページの下の方に、ヴェイネルタ19番地在住の夫婦の記載がある。ヤニーナ、ステファンのオルロフスツィ（Orlowscy）夫妻。これは私の姓のポーランド語式の綴《つづ》りである。この二人が私の親族かどうかは定かではないが、たぶんそうだろうという気がした。

いまだエドの言葉が耳に響いているなか（「それが人類の終わりだった」）、私は以下のような、ぎこちない文章で語られた、もうひとりの死んだ赤ん坊をめぐるニュースに、地獄の底から届いたもうひとつの報告に出くわしたのである。記事はいまも目の前にあるので、一字一句違《たが》わず引用できる。二十年前のその午後、新聞から破りとって、以来ずっと財布に入れて持ち歩いているのだ。

トイレで生まれた赤ん坊捨てられる

クラックでハイになった、娼婦《しょうふ》と見られる22歳の女性が、ブロンクスの一部屋アパートのトイレで出産し、のち死んだ赤ん坊を戸外のゴミ箱に捨てたと昨日警察が発表した。

警察によれば、女は昨夜午前一時ごろ客とセックスし、男と一緒に使用していたサイラス・プレイス四五〇番地の部屋を出て、クラックを喫いにバスルームに入った。トイレに座っていると、女は「膜が破れて水が流れて、何かが出てくるのを感じた」とマイケル・ライアン巡査部長は述べた。

だが警察によれば、女はクラックで朦朧《もうろう》としており、出産した自覚がなかったと思われる。

二十分後、便器に死んだ赤ん坊が浮かんでいることに女は気づき、それをタオルに包んで、ゴミ箱に捨てた。それから客のもとに戻ってセックスを再開したと巡査部長は述べた。ところがまもなく支払いをめぐって言い争いが生じ、警察によれば女は午前一時十五分ごろ客の胸部をナイフで刺した。

警察によれば、キーシャ・ホワイトなる名のこの女は、一八八丁目の自分のアパートに逃げ帰った。のちにホワイトはゴミ置場に戻ってきて、赤ん坊を回収した。だが戻ってきたところを近所の住人が目撃し、警察に通報した。


この記事を初めて読んだとき、私は胸の内で、こんなひどい話は読んだことがないと思った。赤ん坊に関する情報を受けとめるだけでも充分辛かったが、四段落目の刺傷事件まで来たところで、自分はいま人類の終わりをめぐる話を読んでいるのだと思いあたった。ブロンクスのその一室は、人間の生命が意味を失ったまさにその地点なのだ。私は一息つこう、体の震えを抑えようと少し間《ま》を置いて、それからもう一度記事を読んだ。今回は目に涙があふれた。あまりに突然の、予想外の涙に、私は人に見

SPIS ABONENTÓW WARSZAWSKIEJ SIECI

TELEFONÓW

POLSKIEJ AKCYJNEJ SPÓŁKI TELEFONICZNEJ

ROK 1937/38

07 Biuro Zleceń 07
05 Zegar 05

Numery oznaczone gwiazdką * należy brać ze Spisu Abon. 1936/37 r. do czasu ogłoszenia w gazetach o uruchomieniu centrali w Mokotowie.

11 40 44 Orlean Ch., Karmelicka 29
12 20 51 Orlean Josef, m., Muranowska 36
12 08 51 Orlean Josek, m., Św. Jerska 9
2 37 68 Orlean Mieczysław, m., Chłodna 22
12 07 94 Orlean Ruta, m., Gęsia 29
6 18 99 Orleańska Paulina, Złota 8
2 06 98 Orleański D., m., Moniuszki 8
8 83 21 Orleńska O., artystka teatr. miejsk., m., Marszałkowska 1
12 61 33 Orlewicz Stanisław, dr., płk., Pogonowskiego 42
12 69 99 Orlewicz Stefan, m., Pogonowskiego 40
11 91 94 „Orlę", Zjedn. Polsk. Młodzieży Prac., okr. Stoł., Leszno 24
2 14 24 Orlicki Stanisław, adwokat, Orla 6
11 77 10 Orlik Józefa, m., Babice, parc. 165
10 06 84 Orlikowscy B-cia, handel win, wódek i tow kolonj., Ząbkowska 22
6 24 38 Orlikowska Janina, m., Alberta 2
9 28 26 Orlikowski Antoni, lek. dent., pl. 3-ch Krzyży 8
10 12 19 Orlikowski Jan, skł. towarów kolonjalnych, Targowa 54
10 26 02 Orlikowski Jan, m., Targowa 19
12 73 03 Orlikowski Stanisław, m., Zajączka 24
4 22 70★ Orliński Bolesław, m., Racławicka 94
5 85 97 Orl ński Maks, dr. med., chor. nerw., Wielka 14
8 11 10 Orliński Tadeusz, dziennik., Jerozolimska 31
9 96 24 Orlot Leroch Rudolf, mjr., Koszykowa 79a
„Orlorog", daw. Orłowski L., Rogowicz J. i S-ka, Sp. z o. o., fabr. izol. kork.. bud. wodochr., bituminy, asfaltów
9 81 23 — wydz. techn., pl. 3-ch Krzyży 13
— „ — — (dod.) gab. inż. J. Rogowicza
— „ — — (dod.) biuro i buchalterja
5 05 59 — fabryka, Bema 53
8 07 66 Orłow Grzegorz, m., Mokotowska 7
7 01 69 Orłów Ludwik, przeds. rob. budowl., Buska 9
11 52 63 Orłow P. A., sprzed. lamp i przyb. gazowych, Zamenhofa 26
4 19 01★ Orłowscy Janina i Stefan, m., Wejnerta 19
8 80 57 Orłowska Halina, m., Polna 72
3 16 29 Orłowska Lilla, Kopernika 12
4 28 36★ Orłowska Marja, kawiarnia, Rakowiecka 9
12 52 54 Orłowska Marja, m., Cegłowska 14
9 27 63 Orłowska-Czerwińska Sława, artystka Opery, Wspólna 37
3 19 47 Orłowska Stefanja, mag. kapeluszy damsk., Chmielna 4
9 40 41 Orłowska-Świostek Zofja, lek. dent., Wspólna 63
8 61 75 Orłowska Zofja, m., Al. 3 Maja 5
6 88 98 Orłowski Adam, inspektor skarb., Chłodna 52
8 16 66 Orłowski Edward, dr. med., Hoża 15
2 47 59 Orłowski Feliks, szofer, Elektryczna 1
11 06 01 Orłowski Izrael, m., Gęsia 20
8 53 04 Orłowski Jan, m., 6-go Sierpnia 18
5 98 63 Orłowski Juljan, Sienna 24
2 57 24 Orłowski M., handel win i tow. kolonj., Marjensztat 7
5 24 65 Orłowski Maksymiljan, dr. med., rentgenolog, Graniczna 6

11 69 91 „ „
12 61 62 Orth Anna, „
Orthwein, Karasi
5 01 58 — dyrektor,
— „ — — (dod.) mi
2 63 45 Ortman Stefa
2 10 21 „Ortopedja",
11 56 93 „Ortozan",
8 75 14 Ortwein Edw
2 22 30 „Orwil", Sp.
5 86 86 „ „
9 39 69 „Oryginalna
9 55 89 Orynowski W
8 14 23 Orynżyna Jan
7 10 92 Orzażewski E
10 17 29 Orzażewski K
8 16 19 Orzażewski R
11 69 79 Orzech J. B.,
9 98 19 Orzech L., d
2 16 01 Orzech M.,
5 33 43 Orzech Maur
12 13 01 Orzech Moric
5 38 00 Orzech Paweł
11 84 29 Orzech Pinku
6 59 39 Orzech Szym
2 16 01 Orzechowa N
6 44 22 „
9 42 28 Orzechowska
2 63 15 Orzechowska
9 71 24 Orzechowska
8 32 16 Orzechowska
10 17 31 Orzechowska
8 93 81 Orzechowska
4 08 59★ Orzechowska
8 84 02 Orzechowski
6 50 92 Orzechowski
5 36 59 Orzechowski
12 74 22 Orzechowski
6 35 30 Orzechowski
5 83 80 Orzechowski
5 04 72 Orzechowski
5 30 09 Orzechowski
9 66 51 Orzechowski
4 35 24★ Orzechowski
12 52 55 Orzechowski
4 32 85★ Orzechowski
5 83 22 Orzechowski
12 58 23 Orzechowski
2 76 02 Orzechowski
2 04 23 Orzechowski
11 41 31 Orzelski Marj
6 77 66 „Orzeł", zob.

られぬようあわてて両手で顔を覆った。コーヒーショップが客で一杯でなかったら、きっとこらえ切れずにその場で泣き出していただろう。そこまでは行かなかったが、自分を抑えるにはありったけの力が必要だった。

　雨のなかを歩いて帰った。濡《ぬ》れた服を剝《は》ぎとって、乾いた服に着替えると、仕事部屋に入って、机の前に座り、青いノートを開けた。いままで物語を書いていたページにではなく、裏表紙の内側の左、最後のページを私は開けた。記事にあまりに心をかき乱されたので、何か書きとめぬわけには行かない気がしたのだ。記事が引き起こした苦痛と悲嘆に渡りあわずには済まない、そう思った。私は一時間ばかり書きつづけた。ノートをうしろから前に戻っていき、九十六ページ目からはじめて九十五ページ、九十四ページ、と進んでいった。わが長広舌を終えると、ノートを閉じて、机から立ち上がり、廊下を抜けてキッチンに行った。オレンジジュースをグラスに注いで、カートンを冷蔵庫に戻しながら、ふと、部屋の隅の小さなテーブルに載った電話に目をやった。驚いたことに、留守番電話のランプが点滅していた。リータでの昼食から戻ったときには何のメッセージも入っていなかったのに、いまは二件ある。不思議だ。ささいなことではあるが、とにかく不思議だ。私にはベルが鳴るのが聞こえていなかったのだ。書くことに夢中になっていて気づかなかったのか？　それもありうる。でもそうだとしたら、そんなことは生まれて初めてだ。この電話はすごくやかましいベルがついていて、たとえドアが閉まっていても、いつだってしっかり廊下を伝って私の仕事部屋まで聞こえてくるのだ。

一件目はグレースからだった。〆切に間に合わせないといけないので七時半か八時まで会社を出られないと思います、と彼女は言っていた。お腹《なか》が空《す》いたら先に夕食をはじめてください、私は帰ったら残り物を温めますから。

二件目は私のエージェントのメアリ・スクラーからだった。どうやらロサンゼルスから彼女に電話があって、私がまた映画の脚本を書く気がないか問い合わせてきたので、詳しいことを伝えたいから電話してほしいという。[9] さっそくこっちから電話をか

9　四年前、私はデビュー作の短篇集『タブラ・ラーサ（白紙）』の一短篇を、ヴィンセント・フランクという若い監督に依頼されてシナリオ化したことがあった。それは長患《ながわずら》いから回復して人生を少しずつ立て直すミュージシャンをめぐる（いま思えば予言的だったわけだ）ささやかな低予算映画で、一九八〇年六月に封切られると、かなりの反響があった。各地のアート系映画館で上映されただけだったが、批評家には好評で、（メアリが好んで指摘したとおり）いわゆる一般大衆に私の名を知らしめる上でも役立ってくれた。たしかにどの本の売れ行きも少しよくなったし、九か月後に次の長篇『人間的感情小事典』の原稿を渡すと、メアリはホルスト&マクダーモット社相手に、前作の二倍の前払い金を取りつけてくれた。これに脚本で得たそれなりの金も加わって、過去七年間にわたって生活の糧《かて》だった高校教師の仕事を辞めるこ

とができた。それまで私は、朝の五時から七時まで書き、夜と週末に書くたぐいの、無名の、時間に追われる作家の一人だった。夏休みにもどこへも行かず、うだるように暑いブルックリンのアパートメントにこもって失われた時間を補っていた。それがいま、グレースと結婚してから一年半経《た》って、独り立ちした自営業の文士という贅沢《ぜいたく》な立場になったのである。私たちはとうてい裕福とは言いがたかったが、私は着実なペースで作品を生み出しつづけたから、二人の収入を合わせれば何とか溺《おぼ》れずにいられそうだった。『タブラ・ラーサ』の封切りとともに、もっとシナリオを書かないかという誘いもいくつか来たが、どの話にも興味が持てなかったので、みな断って長篇を書き進めた。けれども、一九八二年二月にホルスト&マクダーモットから長篇が刊行されたとき、私はそれが出たということすら意識していなかった。その時点では入院してすでに五週間が経ち、何ひとつ意識していなかったのだ──この男はあと数日の命だと医者たちが思っていたことも。

『タブラ・ラーサ』は映画組合の製作だったので、脚本のクレジットを得るには文芸家協会に入らねばならなかった。会員になることで年に四回会費を納め、収入の一部も天引きされたが、その見返りのひとつに、まずまずまっとうな健康保険があった。もしあの保険がなかったら、私は病気のせいで負債者刑務所に入っていただろう。費用の大半は保険がカバーしてくれたが、医療保険の常として、勘定に入れるべき事項は無数にあった──控除《こうじょ》免責金額、実験的治療に対する追加負担、さまざまな薬剤や消耗品に対する難解なパーセンテージとスライド式計算法。結局、莫大《ばくだい》な数の請求書ゆえ、私は三万六千ドルの借金を抱え込むに至った。グレースと私はそのような重荷を負ったのであり、元気が戻ってくればくるほど、どうやってこの借金から抜け出したものか、私はますます気に病むようになった。グレースの父親が協力を申し出てくれたが、判事とはいえ裕福な人ではなかったし、グレースの妹二人もまだ大学に行っていることを思えば、彼の援助を受けるわけには行かなかった。とにかく毎月少しずつ返済して、山を少しずつ削っていくことにしたが、このペースでは高齢市民になってもまだ払いつづけていそうだった。グレースは出版社勤めだから給料がいいわけはなかったし、私の方はもう一年近くまったく稼ぎがなかった。ごくわずかな印税、翻訳権の前払い金はあったが、それだけである。メアリのメッセージを聞いてすぐに電話を返したのもそのためである。シナリオを書くことなどそれまで考えてもいなかったが、今回は話の条件がよければ断る気はなかった。

けたが、メアリはなかなか本題に入らなかった。私と親しい人はみなそうだったが、彼女もまず私の具合を訊《たず》ねることからはじめた。あいつはもう駄目だと一度は思ったものだから、こっちはもう退院して四か月になるのに、みんなまだ私が生きていることが信じられずにいる。年のはじめあたりに、どこかの墓地に私を埋葬しなかったことが、いまだ信じられないのだ。

「絶好調だよ」と私は言った。「まあときどき少し下り坂になったりするけど、基本的にはいいよ。毎週ますますよくなってきてる」

「あなたが書きはじめたっていう噂《うわさ》があるんだけど。マル？　バツ？」

「誰から聞いた？」

「ジョン・トラウズ。けさ電話してきて、たまたまあなたの名前が出たの」

「本当だよ。でもまだどうなるかわからない。全然駄目かもしれない」

「そうなりませんように。映画の人たちには、長篇を書きはじめましたからたぶん興味を持たないと思いますって言ってあるの」

「いや、興味あるよ。すごくある。特に、しっかり金が出るなら」

「五万ドル」

「すごいな。五万ドルあれば、グレースと僕も借金から抜け出せる」

「阿呆な話よ、シド。全然あなた向きじゃないわ。SFよ」

「あ。なるほど。たしかに僕の領分じゃないね。でもそれって、虚構的な科学の話かな、それとも科学的な虚構の話？」

「違いがあるの？」

「どうかな」

「『タイムマシン』のリメークっていう企画なの」

「H・G・ウエルズ？」

「そう。監督はボビー・ハンター」

「あの大予算アクション映画作ってる奴《やつ》かい？　あいつが僕のことなんて何を知ってるんだ？」

「ファンなのよ。あなたの本全部読んだらしいし、『タブラ・ラーサ』の映画版もすごく気に入ったんだって」

「光栄に思うべきなんだろうね。でもまだ合点が行かない。何で僕なんだ？　というか、何で僕にこの仕事を？」

「心配しなくていいわよ。私が電話して断っておくから」

「二日ばかり考えさせてくれないか。本を読んでみるから。ひょっとしたら、何か面白いアイデアが湧くかも」

「オーケー、ボスはそっちだから。検討中ですって言っておくわ。確約はしない、決める前にじっくり考えたいと言ってますって伝えるわ」

「きっとこのアパートメントのどこかに本があると思う。中学のころ買った古いペーパーバックがあるはずだ。すぐ読みはじめて、一日か二日したらまた電話するよ」

ペーパーバックは一九六一年刊、価格は三十五セントで、ウエルズ初期二作の『タイムマシン』『宇宙戦争』が入っていた。『タイムマシン』は百ページ足らずで、読み終えるのに一時間ちょっとしかかからなかった。読んでみて、私はとことんがっかりした。文章も稚拙な駄作であり、冒険物語の体裁をまとった社会批判だが、冒険物語としても社会批判としてもうまく行っていない。こんな本をストレートに映画化しようと思う人間がいるなんて考えられない。そういうバージョンならもうあるわけだし、あのボビー・ハンターとかいう奴が本当に私の作品をよく知っているのなら、物語に何かひねりを加えることを私に望んでいるにちがいない。本の外に飛び出して、この素材で何か新しいことをやる道を探れということだろう。そうでなければ、私に依頼してくるはずがない。私より経験豊富なプロのシナリオ作家ならゴマンといるのであって、その誰がやったって、ウエルズ作品をそれなりに使える台本に翻案してみせるに決まっている。たぶんそれは、私が子供のころ観《み》たロッド・テイラー＝イヴェット・ミミュー主演作と似たりよったりのものになるだろう。まあSFXだけはもっと派手だろうが。

この本で何か惹《ひ》かれるところがあったとすれば、その前提となっている発想、すなわち時間旅行という概念そのものである。だがウエルズ本人はこの点でもやり損なっている気が私にはした。彼は主人公を未来へ送り出すが、じっくり考えれば考えるほど、たいていの人間はむしろ過去に行きたがるはずだという確信が募っていった。義弟と3Dビューアーをめぐるジョン・トラウズの話なども、死者がいかに強く我々を捉《とら》えているかを示している。前に進むか後ろに戻るかが選べるなら、少なくとも私は迷うまい。いまだ生まれざる者たちのなかに紛れ込むより、もはやこの世にない者たちと一緒になる方がずっといい。解決すべき歴史上の謎《なぞ》は無数にあるのだ。ソクラテスのアテネが、トマス・ジェファソンのヴァージニアがいかなる場だったか、どうして好奇心を覚えずにいられよう？　あるいは、トラウズの義弟のように、失った人びとと再会したいという欲求にどうして抗《あらが》えよう？　たとえば、初めて二人出会った日の母と父を見たくないか？　子供だった祖父母と話してみたくないか？　そうした機会を捨てて、未知の、理解不能な未来を選びとる者などいるだろうか？『オラクル・ナイト』のレミュエル・フラッグは未来を見て、それによって破滅した。自分がいつ死ぬか、自分が愛する人にいつ裏切られるか、そんなことを我々は知りたくない。でも死ぬ前の死者のことはぜひ知りたいと思う。生者としての死者に出会いたいのだ。ウエルズが主人公を未来に送り込んだのは、イギリスの階級制度の不正を指摘するためだということは理解できた。舞台を未来に据えることで、その不正を破滅的な規模にまで誇張することができるのだ。だがそうすることの正当性は認めるとしても、この本にはもうひとつ、もっと根本的な問題がある。十九世紀のロンドンに生きる人間がタイムマシンを発明できるのなら、未来の人びとにも同じことができると考えるのが道理である。かりに自力では無理としても、時間旅行者の助けを借りれば。そしてもし、未来の人びとが年や世紀を自由に行き来できるとしたら、過去にも未来にもいずれ、その時代に属していない人びとがたくさんいるようになるに違いない。最終的にはあらゆる世代が汚染されて、よその時代から来た侵入者や観光客であふれてしまう。ひとたび未来の人間が過去の出来事に影響を及ぼし、過去の人間が未来の出来事に影響を及ぼすようになったら、時間というものが本質から変わってしまうだろう。一方向のみに少しずつ進んでいく個別の瞬間の連なりではなく、巨大な、すべてが同時に起きる靄《もや》と化すだろう。要するに、一人の人間が時を超えて旅行しはじめたとたん、私たちの知っている形での時間は破壊されてしまうのだ。

それでも五万ドルは大金である。論理的欠陥がいくつかあることなど構ってはいられない。私は本を置いて、アパートメントのなかを歩き回りはじめた。あちこちの部屋を出入りし、棚に並んだ本のタイトルを一つひとつ眺め、カーテンを軽く開いて窓の外の眼下に広がる街路を眺め、数時間のあいだ何ひとつ成し遂げなかった。七時になると、キッチンに入って、グレースが帰ってきたときに間に合うよう夕食の支度をはじめた。マッシュルームオムレツ、グリーンサラダ、ボイルドポテト、ブロッコリ。私の料理の幅は広くないが、かつて軽食堂のコックをやったこともあって、ありあわせの素材で簡単な食事を作る才はそれなりにある。まずはジャガイモの皮を剝《む》こうと、茶色い紙袋の上で包丁を当てたとたん、やっとストーリーが思い浮かんだ。まだほんのはじまりであり、大ざっぱな箇所もたくさんあっていろんな細部をあとで加えねばなるまいが、これは行けるという手応《てごた》えはあった。いいと思ったからではなく、ボビー・ハンターなら気に入るんじゃないかと思ったのだ。いまはとにかく、あの男の反応だけが問題なのだから。

時間旅行者は二人だ、と私は決めた。過去から来た男と、未来から来た女。物語は二人のあいだを行ったり来たりし、やがてそれぞれが旅に乗り出して、映画がはじまって三分の一くらいの時点で、両者が現在において出会うのだ。二人を何と呼んでいいかはまだわからなかったから、とりあえずジャックとジル、としておいた。

ジャックはウエルズの小説のヒーローに似ているが、ただしイギリス人ではなくアメリカ人で、いまは一八九五年、テキサスの牧場に住み、二十八歳、もう亡《な》くなった家畜王の御曹子である。自分の財産もちゃんとあって、家業を継ぐ気はさらさらなく、牧場の経営は母と姉に任せっきりで、自分はもっぱら科学的調査と実験に没頭している。二年間にわたってたゆまず研究を続け失敗をくり返した末に、とうとうタイムマシンを完成させる。そしてさっそく第一の旅に出かける。ウエルズの主人公のように数千年後の未来にではなく、ほんの六十八年先へ飛んで、ぴかぴかの機械から這い出て、一九六三年十一月下旬の、肌寒い晴れた日にジャックは降り立つ。

　ジルは二十二世紀なかばに属している。時間旅行はそのころにはもう完成の域に達しているが、めったに行なわれず、その実践には厳しい制限がいくつも設けられている。混乱や惨事につながる可能性を認識した政府によって、一人の人間が旅行できるのは生涯に一度と限定されている。それも、別の時代を見る楽しみのためではなく、大人になるための入門儀礼として。これは二十歳に達した時点で行なわれる。成人の祝宴が催され、その夜、新たな大人は過去に送り出されて、一年にわたって世界を巡り、先祖を観察する。自分の誕生の二百年前、つまりおおよそ七世代前からはじめて、徐々に現在へ戻ってくるのである。この旅の目的は、謙虚さと同情心、そして他人に対する寛容の精神を養うこと。何百人もの祖先に出会うなかで、人間としての可能性の全領域が目の前で演じ尽くされるはずである。遺伝子の宝くじの、すべての番号が現われるのだ。自分がさまざまな矛盾の作り出す巨大な釜《かま》から生まれていることを、旅人は理解するに至る。祖先のなかには乞食《こじき》や阿呆もいれば聖者や英雄もいるし、障害者も美女も、心優しき者も暴力的犯罪者もいるし、利他的な人間もいれば盗《ぬす》っ人《と》もいる。短期間のうちにかくも多くの人生に晒《さら》されることによって、自分をめぐって、そして世界における自分の位置をめぐって新たな見識が生じる。自分を、自分より大きい何ものかの一部として見るようになり、かつ自分を一個の個人、取り返しようのない未来を抱えた先例なき存在として見るようにもなる。自分を自分という人間にしているのはあくまで自分自身の責任であることを、ついには理解するに至るのだ。旅のあいだ、いくつかのルールが旅行者の行動を縛る。まず、自分の正体を明かしてはならない。他人の行動に干渉してはならない。タイムマシンに人を乗せてはならない。こうしたルールをひとつでも破れば、自分の時代から追放され、生涯流浪《るろう》の身で暮らさねばならない。

ジルの物語は二十歳の誕生日の朝にはじまる。祝宴が終わると、彼女は両親や友人たちに別れを告げ、政府支給のタイムマシンに乗り込み、シートベルトを締める。彼女はいくつもの人名が並んだ長いリストを携帯している。旅のあいだに会うことになる先祖たちに関する資料である。コントロールパネルのダイヤルは一九六三年十一月二十日、誕生のちょうど二百年前に合わせてある。もう一度だけ資料に目を通し、ポケットにつっ込んで、エンジンを始動させる。十秒後、友人や家族が涙ながらに手を振るなか、マシンは宙に消え、ジルは旅立つ。

一方、ジャックのマシンはダラス郊外の草地に降り立った。いまは十一月二十七日、ケネディ暗殺の五日後で、オズワルドもすでに、市警本部の地下通路でジャック・ルビーに撃たれて絶命している。到着して六時間のうちに、ジャックはもう充分、新聞、ラジオ、TVを通して、全国的悲劇のただなかに行きついたことを理解している。自らも大統領暗殺を経験してきたし（ガーフィールド、一八八一年）、そこから生じたトラウマと混沌《こんとん》の痛ましい記憶はいまも抱えている。二日にわたって難題を考え抜き、歴史の事実を変える倫理的権利が自分にあるかどうか思案した末、ある、という結論に彼は至る。国のためになる行動をとろう、ケネディの命を救うためにできる限りのことをしようと決心するのだ。草地に残してきたタイムマシンに戻って、時間計のダイヤルを十一月二十日に据え、九日間過去にさかのぼって行く。操縦席から外へ出てみると、三メートルと離れていないところにもう一台タイムマシンがある。彼のより洒落《しゃれ》た作りの、二十二世紀バージョンである。少しふらついた、髪も乱れた姿のジルが出てくる。そこにつっ立ち、呆然と彼女に見とれているジャックを見ると、ジルはポケットから人名リストを引っぱり出す。すみませんちょっとお訊ねします、と彼女は言う。リー・ハーヴェイ・オズワルドという人を探しているのですが、もしかしてどこにいるか御存知ではないでしょうか。

そのあとの細部はまだあまり考えていなかった。ジャックとジルが恋に落ちなくてはならないことはわかっていたし（何といってもハリウッドなのだから）、最終的にはジャックがジルを説き伏せて、オズワルドがケネディを殺すのを阻止しようと二人で力を合わせることも――それによって彼女は無法者となって、自分の時代に帰れなくなるわけだが――わかっていた。二十二日の朝、二人はライフルを持ったオズワルドがテキサス教科書倉庫ビルに入ろうとするところを待ち伏せ、彼を縛り上げ、何時間か監禁するだろう。だが、彼らの努力にもかかわらず、何も変わりはしないだろう。ケネディはやはり撃たれて死に、アメリカの歴史はコンマひとつ分も変わらない。自分は「身代わり」なのだと称したオズワルドの言葉は事実であった。彼が大統領に向けて発砲したにせよしなかったにせよ、陰謀に絡《から》んでいた狙撃手《そげきしゅ》は彼一人ではないのだ。

ジルはもはや元の世界に帰れず、ジャックはジルを愛していて彼女を置き去りにしていくことなど考えられないから、彼もジルと一緒に一九六三年にとどまることにする。ラストシーンにおいて、二人はそれぞれのタイムマシンを破壊し、草地に埋める。それから、目の前に陽が昇るなか、過去を捨てて共に未来へ向かおうとする二人の若者は、十一月二十三日の朝へと歩み出ていく。

もちろんまったくの出任せ、とびっきり安っぽい夢想のカスである。でも映画としてはありだと思えたし、私がめざしているのはそれだけだった。向こうの望みの定型に合うものがひねり出せればそれでいい。べつに変節ではない。金銭上のやりとりである。こっちはとにかく金が要るのだ。雇われ仕事で手っとり早く稼ぐことにためらいは感じない。何にしても落ち着かない一日だった。書いていた物語は突然進まなくなるし、チャンの店に行ったら跡形もなくなっているし、そして昼食のときはあのおぞましい新聞記事。『タイムマシン』について考えることは、少なくとも苦痛なしの気晴らしになってくれたのであり、八時半にグレースが帰ってきたときには、私はまずまず上機嫌になっていた。テーブルはセットされ、冷蔵庫で白ワインが一本冷えていて、オムレツもフライパンに注ぐばかりになっている。私が待っていたことにグレースは少し驚いたと思うが、それについて何も言いはしなかった。疲れている様子で、目の下には隈《くま》が出来ていて、動きも何となく重たげだった。私は彼女がコートを脱ぐのに手を貸し、それからすぐキッチンに連れていって、テーブルの前に座らせた。「さあ、どうぞ」と私は言った。「きっとお腹ペコペコだろ」。彼女の前にパンと、皿に盛ったサラダを置き、オムレツを作りにレンジの方に行った。

料理がおいしいと褒めてはくれたが、それ以外グレースは食事中あまり喋《しゃべ》らなかった。食欲が戻ってきたのを見て私も嬉《うれ》しかったが、と同時に彼女がどこか別の場所にいるような、いつもほどそこにいないような気がした。セロテープを買いに行って、チャンの店が不可解にも閉店していたことを話しても、ろくに聞いていないみたいだった。シナリオの依頼のことを知らせたい誘惑に駆られたが、いまはその時でない気がした。夕食のあとがいいかなと思い、それから、テーブルを片付けようと私が立ち上がったところで、グレースは私の方を見て、「シド、私妊娠したと思うの」と言った。

あまりにも唐突に宣言されたものだから、私はひとまず座り直すしかなかった。

「生理がもう六週間近くないの。私がいつもは定期的だってことは知ってるわよね。それに昨日はあんなに吐いたし。ほかに考えられないでしょう？」

「何だかあんまり嬉しくなさそうだね」私はやっと言った。

「自分でもわからないのよ、どういう気持ちなのか。私たち、子供を作る話はずっとしてきたけど、いまは最悪のタイミングだっていう気がするの」

「そうとも限らないんじゃないかな。検査してはっきりわかったら、何か考えるさ。みんなそうやってるんだよ、グレース。僕たちは馬鹿《ばか》じゃない。何か思いつくさ」

「アパートメントは狭すぎるし、私たちお金はないし、私は三か月か四か月仕事を休まないといけない。あなたがすっかり復活していたら、それでも全然構わない。でもあなたはまだそこまで来てないわ」

「君を妊娠させたのは僕だろう？　来てないってどういうことだい？　少なくとも俺の配管は問題ないじゃねぇか」

グレースはにっこり笑った。「じゃあ賛成に一票ね」

「もちろんさ」

「ということは賛成一票、反対一票。ここからはどう進む？」

「本気で言ってるんじゃないよね」

「どういう意味？」

「中絶だよ。まさか君、堕《お》ろそうなんて考えてないよね？」

「わからない。嫌な話だけど、でも、子供を持つのはもう少し先にした方がいいかもしれない」

「結婚してる人間は子供を殺したりしないよ。愛しあってる夫婦がそんなことはしない」

「シドニー、そういう言い方はないでしょう。よしてよ」

「君昨日言ったじゃないか、『とにかくずっと私を愛してちょうだい。そうすればすべて何とかなるわ』って。僕はそうしようとしてるんだよ。君を愛して、君を護《まも》ろうとしてるんだよ」

「これは愛がどうこうっていう話じゃないわ。私たち二人にとって何が一番いいか考えるってことよ」

「君、もうわかってるんだろう？」

「何を？」

「妊娠していることをさ。してるかもしれないって思ってるだけじゃないんだろう。君はもうすでに、妊娠したことを確かめたんだ。いつ検査を受けた？」

めぐり逢《あ》って以来初めて、グレースは話すときに私から顔をそむけた。私を見ることができずに、壁に向けて言葉を発した。私に嘘《うそ》を見破られた屈辱はあまりに大きかったのだ。「土曜の朝」と彼女は言った。聞きとれるのがやっとの、蚊の鳴くような声だった。

「どうしてそのとき言わなかったんだ？」

「言えなかった」

「言えなかった？」

「あまりに動揺していたから。事実を受け入れたくなかったし、吸収する時間が必要だった。ごめんなさい、シド。本当にごめんなさい」

私たちはなおも二時間話しつづけた。結局私の粘り勝ちだった。気の進まぬ彼女をえんえん攻め立て、子供は堕ろさないと約束させた。これまで二人でくり広げたなかでもおそらく最悪の葛藤《かっとう》だった。現実的な観点から見るなら、彼女が躊躇《ちゅうちょ》するのはまったく正しい。だが、その迷いが理に適《かな》っているからこそ、それが私のなかの、何か病的な、非合理な恐怖を誘発したようだった。狂おしい、感情的な、ろくに意味をなさない議論を私はさんざん彼女に浴びせた。話題が金のことに及ぶと、シナリオの件と、青いノートにアウトラインを書いている短篇の件の両方を持ち出し、前者がまだ仮の問い合わせであって約束などというには程遠いことも、後者が早くも暗礁《あんしょう》に乗り上げたことも黙っていた。万一どっちもうまく行かなかったら、アメリカ中の大学の創作科の教員募集に応募するさ、と私は言った。それも駄目だったら、また高校で歴史を教えるよ、と、フルタイムの仕事に耐える体力がまだ自分にないことを充分知りつつ私は言った。要するに、私は彼女に嘘をついた。私の目的はただひとつ、子供を堕ろすのをやめるよう彼女を説き伏せることであり、そのためならどんな不正直な真似《まね》でもやる気だった。問題は、なぜ、である。えんえん理屈を並べ立て、野蛮で強引なレトリックの砲撃をくり出し、彼女の静かな、完璧《かんぺき》にまっとうな発言を一つひとつ粉砕していくさなかにも、どうしてこんなに熱くなるのか自分でも不思議だった。胸の奥では、自分が父親になる覚悟ができているのか、まったく自信はなかった。いまは時期が悪い、私がすっかり回復するまで子供のことは考えない方がいい、というグレースの言い分がもっともだということも承知していた。何か月も経ってから、私はようやく、その晩の自分の気持ちを理解した。問題は赤ん坊ではなく、私だったのだ。グレースと出会って以来、私はずっと、いつか彼女を失ってしまうのではないかと本気で怯《おび》えながら過ごしてきた。結婚前にも、一度は失っているのだ。それがいま、体を壊して半病人になってみると、一種恒久的な無力感に私はじわじわ屈しつつあった。私がいない方が彼女は幸せではないか、そういうひそかな信念が募ってきていた。一緒に子供を持てば、その不安は解消され、彼女が逃げようという気持ちも抑えられるだろう。反対に、産みたくないと彼女が言っていることは、出ていきたいというしるし、彼女がすでに私から離れつつあるしるしに思えたのだ。あの夜私があそこまで興奮したことも、そう考えれば説明がつく。いかなるインチキ弁護士にも劣らぬ非情さでもって私は自分を弁護した。例のおぞましい新聞記事を財布から取り出して、彼女に無理矢理読ませるという卑劣な手段にまで訴えた。**トイレで生まれた赤ん坊捨てられる。**記事の終わりまで行きつくと、グレースは目に涙をためた顔を上げて私を見て、言った。「ひどいわ、シドニー。こんな……こんな悪夢が私たちと何の関係があるの？　あなたときたらダッハウの死んだ赤ん坊の話をして、子供が持てない夫婦の話をして、そして今度はこんなものを私に読ませる。いったいあなたどうなってるの？　私はただ、私たちの生活を壊すまいと精一杯やってるだけなのよ。あなたにはそれがわからないの？」

翌朝私は早起きして二人分の朝食を作り、七時、目覚まし時計が鳴る一分前にトレーを寝室に運んでいった。タンスの上にトレーを置いて、目覚ましを切って、それからベッドの上、グレースの隣に腰かけた。彼女が目を開けたとたん、私は両腕をその体に回して、頬、首、肩にキスしはじめ、自分の頭を彼女の体に押しつけて、昨日の夜に並べ立てた救いがたく馬鹿な科白《せりふ》を詫《わ》びた。君の好きにする自由が君にはある、すべて君次第であって君がどう決めようと僕はそれを支持する、と私は言った。美しきグレース、朝起きたときも決して腫《は》れぼったかったりぼうっとして見えたりしないグレース、つねに新兵や幼子に負けぬ敏捷《びんしょう》さで眠りから出てきてほんの数秒のうちに底深い忘却から完全なる覚醒《かくせい》へと昇ってくるグレースは、両腕で私をくるんで私を抱き返し、一言も言わずに、喉《のど》の奥から小さなゴロゴロという音を発した。いくつも連なって出てくるその音が、私が許されたこと、私たちの不和がすでに過去のものになったことを語っていた。

彼女をベッドにとどまらせたまま、私は彼女に朝食をサーブした。まずオレンジジュース、次にミルクを入れたコーヒー、それから二分半火を通した卵二個とトースト一枚。彼女の食欲は上々で、吐き気やつわりの徴候もなかった。私は自分のコーヒーを飲み、自分のトーストを食べながら、いまほど彼女が素晴らしく見えたことがあっただろうかと考えていた。僕の妻は神々《こうごう》しい存在なのだ。こうして彼女の隣に座っている自分がいかに幸運かを忘れるようなことがあったら僕なぞ雷に打たれてしまえ、そう胸の内で言った。

「すごく不思議な夢を見ていたの」とグレースは言った。「いろんなことが入れ替わり立ち替わり出てくる、むちゃくちゃでぐじゃぐじゃのマラソンみたいな夢。でもすごくはっきりしていた——現実以上にリアルって言うか」

「思い出せるの？」

「だいたいはね。でももうどんどん消えていってる。はじまりはもう見えなくなったし。でもどこか途中で、あなたと私とで私の両親と一緒にいたの。みんなで新しい住みかを探していた」

「もっと広いアパートメントを、だろうね」

「いいえ、アパートメントじゃなかった。一軒家よ。どこかの街を車で走っていたわ。ニューヨークでもシャーロッツヴィルでもなくて、どこかよその、私が行ったことのない場所。それで、私の父親が、ブルーバード・アベニューの物件を見に行こうって言ったのよ。どこから出てきたんだと思う、ブルーバード・アベニューなんて？」

「さあなあ。でもいい名前じゃないか」

「あなた、夢のなかでもそう言ったのよ。いい名前だって」

「夢がほんとに終わったって確信できるかい？　もしかしたら僕たちまだ眠っていて、一緒に夢を見てるのかも」

「馬鹿ねえ。私たち、私の両親の車に乗ってたわ。あなたは私と一緒に後部席にいて、あなたが私の母親に『いい名前ですね』って言ったのよ」

「それから？」

「古い家の前に停まったわ。すごく大きな家で――お屋敷、邸宅ね――四人で中に入って見て回ったの。どの部屋も空っぽで、家具も全然なくて、どこも美術館の展示室かバスケットボールのコートみたいにすごく広くて、自分たちの足音が壁に反響するのが聞こえるの。で、私の両親は階段を上がって二階を見ることにしたんだけど、私は地下に行きたかったの。はじめあなたは行きたがらなかったけど、私はあなたの手をとって、ほとんど引っぱっていった。行ってみたら、一階とだいたい同じで、どの部屋も空っぽだったんだけど、最後の部屋の真ん中に跳ね上げ戸があったの。私が引っぱって開けてみると、梯子《はしご》があって下に通じていた。降りていったら、今度はあなたもぴったりついて来てくれた。もうそのころにはあなたも私と同じに興味津々《しんしん》で、何だか一緒に冒険をしてるみたいだった。何かこう、子供が二人で知らない家に入って、二人ともちょっと怖いんだけど、すごくわくわくしてる感じ」

「梯子の長さはどれくらいだった?」

「どうかしら。三メートルとか、三メートル半とか。だいたいそれくらい」

「三メートルか三メートル半……それから?」

「そこは部屋になっていた。上のどの部屋よりも小さくて、天井もずっと低くて。部屋じゅう本棚がぎっしり並んでいた。金属製の、グレーに塗装した、図書館で使うような本棚。二人で本のタイトルを見ていったら、それがシド、みんなあなたが書いた本だったのよ。何百冊も何百冊もあって、どの背表紙にもあなたの名前が入っていた

——シドニー・オア」

「怖いね」

「ううん、全然。私はあなたのことがものすごく誇らしかった。しばらく二人で本を見てから、私はまた歩き回って、そのうちにドアが見つかった。開けてみたら、中は完璧な小ぶりの寝室なの。すごく豪華で、ふわふわのペルシャ絨毯《じゅうたん》が敷いてあって、座り心地よさそうな椅子《いす》が並んで、壁に絵がいくつも掛かっていて、テーブルの上にお香が焚《た》いてあって、ベッドには絹の枕《まくら》や赤いサテンの掛け布団《ぶとん》。私はあなたを呼んで、あなたが中に入ってきたとたん、あなたに抱きついて口にキスしはじめたの。私はすっかり熱くなっていた。とことんその気になって、体じゅう疼《うず》いていた」

「僕は？」

「あなたは生涯最大の勃起《ぼっき》を抱えていた」

「続けてくれよ、グレース。それよりもっと大きくなりそうだ」

「私たちは服を脱いでベッドの上を転げはじめた。二人とも汗びっしょりで、おたがいを求めて飢えていた。最高に素敵だったわ。二人とも絶頂に達して、それから、息も継がずにまたやり出して、二匹の獣みたいに相手を攻め立てた」

「何だかポルノ映画みたいだね」

「ワイルドだったわ。どのくらい長くやってたかわからないけど、途中どこかで、私の両親の車が走り去る音が聞こえたの。私たちは気にしなかった。あとで追いつけばいいよねって言いあって、またやりはじめた。終わると、二人ともへなへな倒れ込んだ。私はしばらくうとうと眠って、目が覚めるとあなたが裸でドアのそばに立ってて、把手《とって》を引っぱりながら、何だかちょっとあせった顔をしてるの。『どうしたの』って訊《き》いたら、『閉じ込められたみたいだ』ってあなたは言ったの」

「こんな奇妙な話、聞いたことない」

「ただの夢よ、シド。夢はみんな奇妙なものよ」

「僕最近、寝言言ったりしてないよね？」

「どういうこと？」

「君が絶対に僕の仕事部屋に入らないのは知ってる。でももし入っていって、僕が土曜日に買った青いノートを開けてみたら、土曜から僕が書いている物語が、君の夢とよく似てることがわかるはずさ。梯子が地下の部屋に降りていて、図書館の本棚があって、奥に小さな寝室がある。僕のヒーローは目下その部屋にとじ込められていて、僕は彼をどうやって出したらいいかわからないんだ」

「不気味ね」

「不気味なんてものじゃない。ぞっとするよ」

「それがね、私の夢はそこで終わったの。あなたは怯えた表情を顔に浮かべていたけど、私が何をしてあげられる間もなく、目が覚めたのよ。そしたらあなたはベッドにいて両腕を私の体に回していて、夢でしてくれたのと同じように私を抱きしめていた。素敵だったわ。目覚めたあとも、夢がまだ続いてるみたいだった」

「じゃあ僕たちが閉じ込められたあとどうなるかは知らないんだね」

「そこまでたどり着かなかったわ。でもきっと、何か出口が見つかったはずよ。人間は自分の夢のなかで死んだりしないのよ。ドアに鍵《かぎ》がかかっていても、何かが起きて、私たちを出してくれたはずよ。そういうふうになってるのよ。夢を見ている限り、いつだってかならず出口はあるのよ」


グレースが出かけたあと、私はタイプライターに向かって、ボビー・ハンターに依頼された映画台本に取り組んだ。あらすじを四ページにまとめようとしたが、結局六ページになってしまった。書いてみると、詳しく説明しないと伝わらない箇所がいくつかあって、物語に穴があいてしまうのは嫌だったのだ。まず第一に、成人の儀式としての旅がそれほど危険に満ち、かつそれほど厳しい罰を受ける可能性があるのなら、なぜわざわざ過去に行きたがるのか？　私はその旅を任意のものとし、人びとが強制されてではなく自ら希望して行くことにした。第二に、二十二世紀の人々は、旅行者がルールを破ったことをどうやって知るのか？　これに対しては国家警察に特別な課を設けて、その任に当たらせることにした。時間旅行監視員たちは図書館にこもって、書物、雑誌、新聞を読み漁《あさ》る。そして若い旅行者が過去の誰かの行動に干渉すると、書物に書かれた言葉が変化するのだ。たとえばリー・ハーヴェイ・オズワルドという名が、突如ケネディ暗殺に関するあらゆる著作から消えたりする。その場面を想像しながら、こうした変化は派手なビジュアル効果をつけられるはずだと私は思いあたった。何百もの単語が、印刷されたページの上でばたばた動き出し、小さな狂った虫のように右に左に這《は》いずり回って、新たな配列に落ち着くのだ。

タイプし終えると、読み直してタイプミスをいくつか修正し、廊下を歩いてキッチンに行って、スクラー・エージェンシーに電話した。メアリは別の電話に出ていたが、私はアシスタントのアンジェラに、いまから一、二時間のうちにそちらへ原稿を届けに行くと告げた。「早かったですねえ」とアシスタントは言った。

「うん、まあね」と私は答えた。「でもそういうものだよ。時間を旅行するんだから、一秒だって無駄にできないさ」

私の面白くもない科白にアンジェラは笑った。「わかりました」と彼女は言った。

「ではあなたがいらっしゃるとメアリに伝えます。でも急ぐには及びませんよ。郵送していただければ、わざわざおいでにならなくても」

「郵便を信じちゃあいけませんぜ」私は得意のオクラホマ・カウボーイの鼻声を使った。「そんなもんこれまでも、これからも、おいら絶対信じませんぜ」

電話を切ると、私はもう一度受話器を取り上げ、ジョン・トラウズの番号をダイヤルした。メアリのオフィスは五番街、十二丁目と十三丁目のあいだにあって、ジョンの住んでいるところからも遠くない。誘ったらジョンが昼食を一緒に食べる気になるかもしれないと思ったのだ。それにジョンの脚の具合も知りたかった。土曜の夜以来話していないから、そろそろ最新の報告を問い合わせないといけない。

「何も新しい話はない」とジョンは言った。「前より悪くもないし、よくもない。医者に抗炎症の薬を処方してもらって、昨日初めて飲んでみたんだが、ひどい副作用が出た。吐いて、頭がくらくらして、さんざんだった。まだ少し力が抜けてる感じだ」

「少ししたらメアリ・スクラーに会いにマンハッタンに行くんで、そのあとそちらに寄ろうかと思いまして。昼飯でも一緒にどうかと思ったんですが、あまりいいタイミングじゃないみたいですね」

「明日来ないか？　明日にはもうよくなってるさ。ならなきゃ困るぜ」

　私は十一時半にアパートメントを出て、バーゲン・ストリートまで歩いていってマンハッタン行きのF列車に乗った。途中何度か不可解なトラブルがあって――トンネル内での長い停車、四駅にわたって続いた車内の停電、ヨーク・ストリート駅から川を越える際の異様にノロノロの進行――メアリのオフィスに着くと彼女はもう昼食に出てしまっていた。私はシナリオをアンジェラに預けた。ぽっちゃりした体つき、チェーンスモーカー、日々電話に受け答えし小包を発送するのが仕事のアンジェラは、不意にデスクの向こうから立ち上がって私にさよならのキスを浴びせた。左右の頬に一度ずつ、イタリア式のダブルヘッダーである。「残念ねシド、あなたが結婚していて」と彼女は囁《ささや》いた。「あなたと私とで、美しい愛の音楽を奏《かな》でられたのに」

　アンジェラはいつもこんなふうにふざけている。三年間にわたって律儀《りちぎ》に練習を重ねた末、私たちはなかなか洗練された展開を編み出していた。こっちも自らの役割どおり、求められている答えを口にした。「何ごとも永遠には続かないよ」と私は言った。「待っていたまえ、天使の君よ、いずれ僕も自由の身になるから」

　ブルックリンにまっすぐ帰る気もしないので、午後はヴィレッジを散歩して最後にどこかで何か食べてから帰りの地下鉄に乗ることにした。五番街から西へ行って、十二丁目の、小綺麗《こぎれい》なブラウンストーン建築と手入れの行き届いた小ぶりの木々が並ぶ道をのんびり歩き、ニュースクールを過ぎて六番街も近くなったころには、もうすでに考えに没頭していた。ニック・ボウエンはまだあの部屋にとじ込められたままであり、グレースの夢の心乱される内容がいまだ頭のなかで反響しつづけるなか、ニックの物語に関していくつか新しいアイデアが浮かんでいた。そのあとはもう、自分がいまどこにいるかも念頭になくなって、三十分か四十分のあいだ闇雲《やみくも》に街路をさまよい、マンハッタンにいるというよりもカンザスシティのあの地下の部屋にいて、周囲の事物にもろくすっぽ注意を払わなかった。ふと我に返るとそこはハドソン・ストリートで、私はホワイトホース・タバーンの窓の前をふらふら通っていた。そこまで来て、やっと足が止まった。気がつけば腹もけっこう空《す》いている。ひとたびその事実に気づくと、わが関心の焦点は頭から胃袋へと移った。ここはひとつ昼食と行こう、と私は決めた。[10]

10　ニック・ボウエンの物語については、大して進んでいたわけではないが、話の流れをずらさずとも彼の状況を改善しうるということは思いあたっていた。天井の電球は焼け切れてしまったが、これ以上ニックを真っ暗闇のなかにとどまらせる必要はあるまい。エドの核シェルターは蓄えも豊富だから、光源はほかにもあるはずだ。たとえばマッチと蠟燭《ろうそく》、懐中電灯、テーブルランプ、とにかくニックが生き埋めにされた気分にならなくて済むよう何かあった方がいい。でないとどんな人間でも正気の縁を越えてしまうだろう。私としては、ニック・ボウエンの陥った難局を、恐怖と狂気をめぐる考察に仕立てることだけはしたくなかった。ハメットからはもう離れたわけだが、だからといってフリットクラフトの物語をポーの「早すぎた埋葬」現代版に変身させるつもりはない。だからニックには光を与え、かすかな希望を残す。かりにマッチと蠟燭が尽きて、懐中電灯の電池が切れてしまってもなお、冷蔵庫の扉を開ければ、白いエナメル塗装の箱のなかで光る小さなライトで部屋を照らせるはずだ。

より重要な問題として、グレースの夢のことがあった。その朝彼女の話を聞いていたときには、自分が書いている物語との類似にあまりに動揺したせいで、違いもたくさんあることが把握できなかった。彼女の部屋は二人の人間によって共有された聖域であり、小さなエロスの楽園である。私の部屋は殺風景な独房であり、そこにいるのは一人、脱出を唯一《ゆいいつ》の野心とする男である。だがかりに、どうにかしてローザ・レイトマンをそこへ一緒に入れたらどうなるか？ ニックはすでにローザに恋している。二人一緒に部屋に閉じ込められていたら、そのうちに相手も彼の想《おも》いに報いてくれるようにならないか？ ローザは体も心もグレースの分身だから、グレースと同じ性的嗜好《しこう》を持つだろう——同じ無謀さ、同じ抑圧のなさ。ニックとローザが『オラクル・ナイト』を朗読しあい、たがいの胸の内をさらしあい、愛しあって時を過ごしたっていいはずだ。食糧さえ続く限り、どうしてそこを去りたいと思うだろう？

ヴィレッジの街並を歩きながら、私はそんなファンタジーに浸っていた。だが、それを頭のなかで展開させているさなかにも、そこに大きな欠陥があることが私にはわかった。グレースはエロチックな夢で私を発情させはしたが、いかに快楽に誘っているようでいても、あの展開もやはり行きどまりである。もしローザがあの部屋に入れるなら、ニックは出られるわけであり、そうなったらためらわず出ていくだろう。だがポイントはまさに彼が出られないということなのだ。いくらかの光は与えられたものの、ニックはいまだあの陰惨な宿泊室に閉じ込められている。穴を掘る道具でも出てこない限り、いずれはそこで死ぬのだ。

ホワイトホースには過去何度も来ているが、最後に訪れたのはもう何年も前である。扉を開けたとたん、何も変わっていないことが目に入って私は嬉しかった。昔からずっと同じ、床も壁も木の、煙に包まれた飲み屋。傷だらけのテーブル、ぐらつく椅子、床には相変わらずおが屑《くず》、北側の壁にはおなじみの大きな掛け時計。テーブルはふさがっていたが、カウンターは二、三席が空いていた。私は丸椅子に這いのぼって、ハンバーガーとビールを注文した。ふだん昼にはめったに酒を飲まないが、ホワイトホースに来たことで回顧的な気分になって(十代後半、二十代はじめにそこで過ごしたはてしない時間を思い出して)、昔のよしみで一杯やることにしたのだ。バーテンに注文を伝えたところで初めて、自分の右側に座った男を見た。店に入ったときにもうしろ姿が見えていて、茶色いセーターを着た瘦《や》せっぽちの男が酒を前にして背を丸めている姿が、私の頭のなかでささやかな信号を始動させていたが、何の信号かはわからなかった。私はこの男を見たことがあるのだろうか。それとももっと曖昧《あいまい》な話で、何年も前にやはり茶色いセーターを着ていた別の男が同じ姿勢で座っていたのを見た記憶があるのか。はるか昔に訪れた小人国の断片。いまここにいる男は頭を垂れ《こうべ》、スコッチかバーボンが半分入ったグラスのなかを覗《のぞ》き込んでいる。私からは横顔しか見えず、それも左手で一部隠れているが、その顔が、もう二度と見ることもあるまいと思っていた人物のそれであることは間違いなかった。M・R・チャン。

「ミスター・チャン」と私は言った。「お元気ですか?」

名前を呼ばれてこっちを向いたチャンは、何だか元気がなさそうで、少し酔っているようにも見えた。はじめは私が誰なのか思い出せないようだったが、やがてその顔がだんだん明るくなっていった。「わかった」と彼は言った。「ミスター・シドニー。ミスター・シドニー・オー。いい人」

「昨日お店に行ったんですよ」と私は言った。「そうしたら何もかもなくなっていて。どうしたんです?」

「ビッグ・トラブルね」とチャンは、首を横に振り、酒を一口飲みながら答えた。いまにも泣き出しそうな様子である。「大家が家賃上げた。私、契約残ってるって言ったんだけど、大家笑って、月曜の朝キャッシュ渡さないと執行官連れてきて品物没収するって。だから土曜の夜に店畳んで出ていったね。近所にマフィアの男たくさんいる。協力《プレイ・ボール》しないと撃ち殺されるね」

「弁護士を雇って裁判で戦うべきですよ」

「弁護士駄目。お金かかりすぎね。明日新しい場所探す。クイーンズかマンハッタンね。ブルックリンもう駄目。ペーパー・パレス失敗。大きなアメリカンドリーム失敗」

同情心に流されるべきではなかったのだろうが、一杯おごるとチャンに言われて、断る気にはなれなかった。午後一時半にスコッチを摂取するというのは、与えられている療法の一環ではおよそない。さらに悪いことに、そうやってチャンとじっくり親密に話し込んだいま、こっちもお返しに一杯おごらないわけには行くまいと思えた。これで、およそ一時間のうちにビール一杯、ダブルスコッチ二杯。すっかり酔っ払うという量ではないが、そのころにはもういい心持ちになっていて、時が経《た》つにつれていつもの自制も弱まっていき、私はチャンにあれこれ個人的な事柄を訊《たず》ねた。中国ではどんな暮らしをしていたのか、どういう経緯でアメリカに来たのか。飲んでいなければふだん絶対そんなことはしない。チャンの返答の大半は私を混乱させた。体内のアルコールが増加していくにつれて、彼の英語力もじわじわ劣化していったのだ。とはいえ、いろんな物語が流れていくなかで、北京《ペキン》での少年時代について私は聞き、文化大革命の話、香港《ホンコン》経由での危機一髪の脱出の話を聞いた。中でも特にひとつの話が頭に残ったが、きっとそれはまだはじめの方で語られたからだろう。

「私の父さん、数学の先生だった」とチャンは言った。「北京第十一中学校に勤めていた。文化大革命来て、父さん黒党《ブラック・ギャング》の一員だ、反動的ブルジョワだと言われた。

ある日紅衛兵の学生たち黒党に命令して、毛主席の本以外全部図書館から出させた。ベルトで叩《たた》いてやらせた。これ悪い本と紅衛兵言った。資本主義と反動思想広めるから燃やさないといけないと言った。私の父さん、ほかの黒党の教師たちと本を運動場に運び出した。紅衛兵にどなられて叩かれてやらされた。重い本一杯、何度も何度も持たされて、大きな本の山出来た。紅衛兵火を点《つ》けて、私の父さん泣き出した。それでまたベルトで叩かれた。火が燃えて大きくなって熱くなって、紅衛兵たち黒党を火のすぐ前まで押した。頭下げさせて、体を前に曲げさせた。お前たち文化大革命の炎に裁かれている、と紅衛兵言った。八月の暑い日で、太陽すごく照ってた。父さん顔と腕に火ぶくれ出来て背中じゅう傷だらけだった。私の母さん、家に帰ってきた父さん見て泣いた。私の父さん泣いた。私たちみんな泣いたよ、ミスター・シドニー。次の週、私の父さん逮捕されて、私たちみんな下放《かほう》されて田舎で農作業やらされた。そのとき私、自分の国、自分の中国憎むようになった。その日から、アメリカのこと夢に見はじめた。中国にいて大きなアメリカンドリーム持った。でもアメリカにドリームないね。この国も悪い国。どこも同じ。人間たちみんな悪くて腐ってる。どこの国もみんな悪くて腐ってる」[11]

11　二十年前にチャンからこの話を聞いたとき、私は彼が真実を語っているものと信じて疑わなかった。その声にこもった確信の強さからして、彼の誠実さを怪しむ必要は少しも感じなかった。ところが数か月前、別の仕事の準備をしていて、私は文化大革命期の中国に関する本を何冊か読んだ。そのうちの一冊に、リウ・ヤンという、焚書《ふんしょ》事件のときに北京第十一中学校の生徒だった、現場を目撃した人物による陳述があった。そのなかで、チャンという教師は名前も出てこない。ユー・チャンジャンという女性の語学教師が、本が燃やされるのを見て泣き崩れたという話は出てくる。「その涙を見て、紅衛兵たちはさらに何度か彼女を鞭《むち》打ち、ベルトによる醜い傷跡が肌に残った」(『中国文化大革命　一九六六―一九六九』マイケル・ショーンハルズ編、ニューヨーク州アーモンク、M・E・シャープ社刊、一九九六)。

　これでチャンが嘘をついていたことが証明されたと言いはしないが、彼の話がいささか疑わしく思えてくることは否定できない。もしかしたら、泣いていた教師はもう一人いて、リウ・ヤンはそちらには気づかなかったのかもしれない。だがこの焚書事件が当時北京で大々的に報道され、リウ・ヤンの言を借りれば「街じゅうで大きな物議を醸《かも》した」出来事だったことは指摘しておくべきだろう。たとえ父親が当事者でなかったとしても、チャンの耳にも届いていたことだろう。もしかすると、この悪名高い話を、私を恐れ入らせようとして騙《かた》ったという可能性も考えられる。何とも言えない。だが一方、チャンの話自体はきわめて生々しかった。大半の又聞きの陳述よりずっと生々しかった。だから私としては、チャン自身が焚書の現場に居合わせたのではないかとも思ってしまう。もしそうだとしたら、紅衛兵の一員としてそこにいたにちがいない。でなければ、自分はその学校の生徒だったと言うはずだが、そういう話はいっさい出てこなかった。ひょっとすると彼自身が（これはまったくの憶測だが）泣いている教師を鞭打った人物だということさえありうる。

二杯目のカティサークを飲み終わると、私はチャンと握手し、もう帰らないと、と彼に言った。もう二時半だからコブル・ヒルに帰って夕食前の買物をしないと、と私は言った。チャンはがっかりした様子だった。私に何を期待していたのかはわからないが、あるいは丸一日酒飲みにつき合ってもらえるものと思っていたのか。

「了解」と彼はしばらくしてからやっと言った。「私、車であなた送ってく」

「車、持ってるの？」

「もちろん。誰でも車持ってるね。あなた、ない？」

「ないよ。ニューヨークでは必要ないからね」

「行きましょう、ミスター・シド。あなた私を励まして元気にしてくれた。今度は私が車で送ってくね」

「いや、結構だよ。その状態で運転はやめた方がいい。だいぶ聞こし召してるから」

「聞こし召してる？」

「酒を飲みすぎてるってことさ」

「ナンセンス。M・R・チャン、裁判官みたいにしらふ《ソウバー・アズ・ア・ジャッジ》ね」

　その古いアメリカ英語のフレーズを聞いて私は思わず笑みを漏らし、私が面白がっているのを見てチャンはいきなりゲラゲラ笑い出した。土曜日に店で聞いたのと同じ、スタッカートの炸裂《さくれつ》だった。ハーハーハ。ハーハーハ。ハーハーハ。華やいでいるのになぜか不安にさせられる、どこか潤《うるお》いを欠いた、情のこもっていない笑いで、ふつう人が笑うときに聞きとれる躍動感、快活さのようなものがすっぽり抜けている。自分の主張を裏付けようと、チャンは丸椅子から飛び降りて、部屋のなかを大股《おおまた》で行ったり来たりしはじめ、バランスを保ってまっすぐ歩く能力を誇示した。公平に見て、合格であることは認めざるをえなかった。動きは安定して、余計な力も入っていないし、自分を完璧にコントロールしているように見えた。どうやらもう止めようはない。私を車で家まで送っていくという決意が、この男にとっていまや全情熱を傾けるべき大義となったのだ。私はしぶしぶ折れて、彼の申し出を受け入れた。

車はペリー・ストリートの角を曲がったところに駐《と》めてあった。ぴかぴかの新車の赤いポンティアックで、ホワイトウォールのタイヤ、開閉可能のサンルーフ。取れ立てのジャージートマトみたいだね、と私はチャンに言ったが、自称アメリカの夢挫折《ざせつ》者《しゃ》がどうやってこんな高価なマシンを手に入れたのかは訊かなかった。さも得意げに、チャンはまず私の側のドアのロックを外し、私を助手席に座らせた。それから、ボンネットをぽんぽん叩きながら車の前面を回っていき、車道と歩道を仕切る縁石の上に乗って、もう一方のドアのロックを外した。そして運転席に身を落ち着けると、私の方を向いてニタッと笑った。「しっかりした製品ね」と彼は言った。

「うん、大したものだ」と私は答えた。

「楽にしてください、ミスター・シド。リクライニングシートね。ずうっとうしろまで下がります」。そう言って身を乗り出し、ボタンの位置を示した。果たせるかな、座席はゴゴとうしろに倒れはじめ、四十五度の位置で停止した。「それでいいね」とチャンは言った。「いつも楽に乗る、いいことね」

これには反論しようもない。こっちもいくぶん酒が入っているから、背をまっすぐ立てるのでない姿勢で乗るのは気持ちがよかった。チャンがエンジンを始動させると、私はつかのま目を閉じて、グレースは今夜夕食に何を食べたがるか、ブルックリンに帰ったら食べ物は何を買おうか考えようとした。これが間違いのもとだった。ふたたび目を開けてチャンがどこへ向かうのか見ることもなく、私はたちまち寝入ってしまったのだ——昼間から飲み過ぎた酔っ払いの常として。

車が停まって、チャンがエンジンを切るまで私は目を覚まさなかった。当然コブル・ヒルに戻ったものと思って、乗せてくれてありがとうとチャンに礼を言ってドアを開けようとしたところで、そこがどこか別の場所であることに気がついた。見慣れない界隈《かいわい》の、混みあった商店街で、私の住居から遠く離れていることは間違いない。もっとよく見ようと体を起こすと、標識の大半が中国語であることが目に入った。

「ここはどこ？」と私は訊いた。

「フラッシング」とチャンは言った。「第二チャイナタウンね」

「どうしてここに連れてきたんです？」

「走っていて、もっといい案思いついたね。この先にいいクラブある。リラックスするいい場所。あなた疲れて見える、ミスター・シド。私あなたを連れてく、あなた元気になる」

「何言ってるんだ？　もう三時十五分じゃないか、僕は帰らなくちゃいけないんだ」

「三十分だけ。すごくいい気分なるよ。約束です。それから車で送ってく。オーケー？」

「断る。最寄りの地下鉄を教えてくれ、一人で帰るから」

「お願いです。これ、私にとても大切なこと。ビジネスのチャンスあるかもしれない、頭いい人のアドバイス必要。あなたとても頭いい、ミスター・シド。あなたのこと信用できる」

「いったい何の話だ。リラックスしろって言っておいて、今度はアドバイスしろか。どっちなんだ？」

「両方ね。みんな一緒ね。あなたその場所見て、リラックスして、それから意見くれる。すごく簡単ね」

「三十分か？」

「あなたに迷惑かけない。全部私のおごり、無料《ただ》ね。それからブルックリン、コブル・ヒルに送ってく。決まり《ディール》？」

午後は一分ごとにますます奇怪になってくる。私は結局、彼に言われるままずるずる一緒に行くことにしてしまった。なぜなのか、自分でもうまく説明できない。好奇心、かもしれないが、むしろその反対だったということもありうる。つまり、まったくどうでもいいという気分。チャンと一緒にいることに、私はだんだん苛々《いらいら》してきていた。ひっきりなしに頼み込んでこられるのが我慢できなくなっていた。特にこんな馬鹿げた車に閉じ込められていればなおさらだ。あと三十分犠牲にして向こうの気が済むなら、まあ一応割が合うだろう、そう思った。かくして私はポンティアックから降りて、チャンのあとについて、人波でごった返す大通りを、両側に並ぶ魚屋の店舗や野菜の屋台から立ちのぼる刺激性の臭気やぴりっと来る香りを吸い込みながら下っていった。最初の角を左に曲がって、三十メートルばかり歩いて、もう一度左に曲がり、狭い路地に入ると、その奥に小さな、ブロック塀で出来た建物があった。一階建てのちっぽけな家で、屋根は平らで窓はない。強盗を働くにはお誂《あつら》え向きの御膳《おぜん》立てだが、脅威は少しも感じなかった。そんなことを考えるにはチャンがあまりに上機嫌で、いつもと同じ、目的に向かってまっしぐらという雰囲気をみなぎらせ、一刻も早く行先に着きたそうな様子だったのだ。

黄色いブロック塀の家に着くと、チャンが呼び鈴に指を押しつけた。何秒かしてドアがわずかに開いて、六十代の男が首をつき出した。チャンの顔を男は認めて頷《うなず》き、中国語で二言三言交わしてから私たちを中に通した。チャンはリラクゼーション・クラブというようなことを言っていたが、実のところそこは小さな、劣悪な環境の工場だった。ミシンを置いたテーブルに二十人くらいの中国人女性が向かって、派手な色をした安物の合成繊維のドレスを縫いあわせていた。私たちが入っていっても一人として顔を上げなかった。チャンは大急ぎで、あたかも彼女たちがいないかのようにそこを駆け抜けた。テーブルのあいだを縫って私たちは歩きつづけ、じきに部屋の奥にあるドアの前に出た。さっきの老人がドアを開けて、チャンと私は真っ暗なスペースのなかに入った。蛍光灯に照らされた背後の作業場と較《くら》べてあまりに暗いので、はじめはまったく何も見えなかった。

目が少し慣れてくると、部屋のあちこちに、薄暗い低ワット数の明かりが灯《とも》っているのが見えてきた。それぞれ違う色の電球が据えつけてあり——赤、黄、紫、青——

私は一瞬、閉店したチャンの店にあったポルトガル製のノートのことを考えた。土曜日にあったノートはまだあるだろうか。あるとしたら、私に売ってくれるだろうか。帰る前に訊いてみよう、と私は頭のなかでメモした。

やがてチャンが私を導いて高い椅子に座らせた。革か模造革かを張った丸椅子で、座部が回転するようになっていて、いい感じにふかふかだった。私が腰かけ、チャンも隣に腰かけると、そこが一種のバーであることがわかってきた。ラッカーを塗った楕円形《だえんけい》のカウンターが部屋の中央を占めている。いろんなものがだんだんはっきりしてきた。向かいに何人か座っているのが見えた。スーツを着てネクタイを締めた男が二人、アロハとおぼしきシャツを着たアジア人の男、女が二人か三人いてみんな何も着ていないように見える。そうか、そういう場所か、と私は思った。セックスクラブ。奇妙なことに、そのときになってやっと、バックグラウンド・ミュージックが流れていることに私は気がついた。どこかにある見えないサウンドシステムから、静かな、低く響く曲が流れてきている。何の曲か耳を澄ませて聞きとろうとしたが、特定できなかった。古いロックンロールのBGM版か。ビートルズかとも思ったが、よくわからない。

「さあ、ミスター・シド」とチャンは言った。「どう思います？」

私が答える間もなく、私たちの前にバーテンが現われて、何になさいますかと訊いた。さっきドアを開けてくれた老人かもしれないと思ったが、よくわからなかった。老人の兄か弟ということもあるし、この事業に出資している親戚《しんせき》か何かかもしれない。チャンは身を乗り出して私に耳打ちした。「アルコールないね」と彼は言った。「偽《にせ》ビール、7アップ、コーク。こういう所で酒売るの危険すぎるね。免許ないから」。選択肢を知らされて、私はコークを選んだ。チャンもそうした。

「真新しい場所ね」元文房具店主は言った。「土曜日に開店したばかり。まだいろんな問題直してる最中だけど、この店すごく見込みあると私思う。私も出資しないかって言われてる」

「売春宿じゃないか」と私は言った。「本気で不法な商売なんかに手を出す気かい？」

「売春宿じゃないね。裸の女がいるリラクゼーション・クラブ。働いてる男、元気にするの助けるね」

「呼び名は何だっていいさ。あんたがその気なんだったら、好きにするがいい。でもあんた、お金ないんじゃなかったんですか」

「お金問題じゃないね。借りるから。投資の利益が借金の利子より大きかったら、万事オーケーよ」

「たら」

「すごく小さな『たら』ね。この人たち、ゴージャスな女の子見つけてきて働かせる。ミス・ユニバース、マリリン・モンロー、今月のプレイメイト。最高にホットでセクシーな女ばかり。我慢できる男いないよ。さあ、見せてあげる」

「結構だよ。僕は結婚してるんだ。必要なものは全部家にある」

「男みんなそう言うね。でもいつだってペニス義務に勝つね。いま証明するよ」

私が止める間もなく、チャンは椅子の上でぐるっと体を回し、片手で手招きのしぐさをした。その方向を見てみると、カクテルブースが五列か六列並んでいた。入ってきたときに私はこれも見逃していた。そのうちの三つに裸の女が座っていて、どうやら客を待っているらしかったが、ほかのブースはカーテンが閉まっていた。きっとそこにいる女は忙しく働いているのだろう。女たちの一人が席を立って私たちの方に歩き出した。「この女、最高ね」とチャンは言った。「一番の美人。アフリカン・プリンセスって呼ばれてる」

背の高い黒人女性が闇のなかから現われた。真珠とラインストーンのネックレスを着けて、膝《ひざ》まである白いブーツを履き、白いバタフライをまとっている。髪は凝ったコーンロウに編んで、先っぽに飾り輪がついていて、動くと風鈴みたいにチリンと鳴った。歩き方は優雅で、物憂《ものう》げで、背はまっすぐのび、プリンセスと呼ばれるのも無理ないと思える堂々とした物腰だった。カウンターまで二メートル足らずのところまで来ると、チャンの言葉が誇張でなかったことを私は理解した。唖然《あぜん》とするほど美しい女性だった。たぶん私がこれまでに見た誰よりも美しい。歳《とし》はまだ二十か、せいぜい二十二というところだろう。見るからに滑らかな肌はたまらなく魅力的で、手を触れぬよう自分を抑えるのがほとんど不可能に思えた。

「私の友だちに挨拶《あいさつ》なさい」とチャンは彼女に命じた。「勘定はあとで片付けるから」

彼女は私の方を向いてにっこり笑い、驚くほど美しい白い歯を見せた。「いらっし《ボンジュー》ゃいませ《ル、シェリ》」と彼女は言った。「フランス語は話します《チュ・パルル・フランセ》？」

「いや、申し訳ない。英語だけ」

「私、マルティーヌといいます」と彼女はきついクレオール訛《なま》りで言った。

「僕はシドニー」と私は答え、何とか会話らしきものを試みようと、アフリカのどの国から来たのかと彼女に訊ねた。

彼女は笑った。「アフリカじゃありません《パ・ダフリック》！　ハイチ」。その一言を彼女は二音節ではなく三音節で発音した——ハーイーチ。「悪い場所」と彼女は言った。「デュヴァリエひどい悪人《メシャン》。ここの方がいい」

私は頷いたが、次はもう何と言ったらいいかわからなかった。厄介なことにならないうちにさっさと帰りたかったが、私は動けなかった。女があまりに魅力的で、目をそらせなかった。

「テュ・ヴ・ダンセ・アヴェック・モワ？」と彼女は言った。「あなた私と踊る？」

「どうかなあ。そうねえ。ダンスはあまり得意じゃないんだ」

「何かほかのこと？」

「どうかなあ。そうだな、ひとつだけ……もしよかったら」

「ひとつ？」

「思ったんだけど……君に触ったりしたら、すごく嫌かな？」

「私に触る？　いいよ、もちろん。簡単なこと。どこでも好きなところ触って」

私は片手をのばして、彼女のむき出しの腕を上から下まで撫《な》でていった。「あなたとても臆病《ティミード》ね」と彼女は言った。「私の胸、見えない？　私の胸とても綺麗でしょ？《メ・サン・ソン・トレ・ジョリ、ネスパ》」

私はまだ十分しらふで、地獄堕《お》ちへの道をまっしぐらに下っていることも自覚していた。だがそれでも、やめられなかった。私は両手で彼女の小さな丸い胸を抱え込み、しばらくそのままにしていた。そのうちに、乳首が固くなっていくのがわかった。

「アー、この方がいい」と彼女は言った。「今度はあなたに触らせて、オーケー？」

私はイエスとは言わなかったが、ノーとも言わなかった。彼女が何か罪のないしぐさを考えているのだろうと思ったのだ——頬を撫でるとか、指を一本唇に滑らせるとか、手をぎゅっとおどけて握るとか。彼女が実際にやったのは、そのどれとも全然違っていた。すなわち彼女は、私に体を押しつけてきて、優美な片手を私のジーンズのなかに滑り込ませ、これまで二分間進展しつつあった私の勃起を握りしめたのだ。すっかり硬くなっているのを感じとると、彼女はにっこり笑った。「私たち、ダンスする用意できたと思う」と彼女は言った。「あなた私と一緒に来る、オーケー？」見上げたものだと思うが、男の情けなさが露呈したこの光景を見ても、チャンは笑わなかった。彼は自説の正しさを証明したのであり、得意満面勝ち誇ったりはせずに、マルティーヌと一緒にブースへ歩いていく私にウインクを送ってよこしただけだった。

はじめから終わりまで、バスタブに湯をためる時間ほども続かなかった気がした。ブースの周りのカーテンを閉じるが早いか、彼女は私のジーンズのバックルを外しにかかった。それから床に膝をついて、右手で私のペニスを包み込み、何度かそっとさすってから、舌で数回絶妙のタイミングで舐《な》めたのち、口に含んだ。彼女の頭が動き出した。編んだ髪がチリンと鳴るのが聞こえ、驚くほど美しい背中を私は見下ろしながら、温かい波が両脚を伝って股間《こかん》に押し寄せてくるのを感じた。この時間を引きのばしたい、もう少し味わっていたいと思ったが、できなかった。マルティーヌの口は致死的な凶器だった。発情したティーンエイジャーのごとく、私はあっという間に果てた。

何秒もしないうちに、後悔の念が募ってきた。ジーンズを引き上げてベルトを締めるころにはもう、後悔は自分を恥じ自分を責める思いに変わっていた。いまはただ、一刻も早くここから逃げ出したかった。いくら払えばいいかとマルティーヌに訊いたが、彼女は片手を振って、あなたのお友だちがもう済ませたと言った。さよならと言うと、彼女は私にキスした。チュッと軽く頰を撫でる、愛想の好《よ》いキスだった。私はカーテンを開けてカウンターに戻り、チャンを探した。見当たらなかった。彼も女を見つけて、一緒に別のブースに入り、未来の使用人の専門的資質を試しているのか。ぐずぐずとどまって確かめる気はなかった。カウンターをぐるっと一周して、見逃していないことだけ確認して、ドレス工場に通じるドアを探し、外へ出て帰途についた。

翌朝の水曜日、私はふたたび、ベッドに入ったままのグレースに朝食をサーブした。今回は夢についての話も出ず、二人とも妊娠のことや、彼女がそれについてどうするつもりかといったことは口にしなかった。問題は依然未解決のままだったが、前日のクイーンズでの自分の恥ずべきふるまいを思うと、気まずくてとうてい切り出せなかった。わずか三十六時間のうちに、私は道徳的確信の独善的推進者から、卑《いや》しむべき、疚《やま》しさに苛《さい》なまれた亭主になり果てていた。

それでもなお、うわべだけは何とか平静を保った。グレースはその朝いつになく静かだったが、何も疑いはしなかったと思う。地下鉄まで送っていくと私は言って聞かず、バーゲン・ストリート駅までの四ブロックのあいだずっと彼女の手を握っていた。歩いている時間の大半、私たちはごくありきたりの話をした。彼女がいまデザインしている、十九世紀フランスの写真に関する本の表紙。昨日私が提出したシナリオと、そこから生じると期待される金のこと。今日の夜は何を食べるか。だが最後の一ブロックに来て、グレースがいきなり会話のトーンを変えた。私の手をぎゅっと握って、こう言ったのだ。「ねえシド、私たちおたがいのこと信頼してるわよね？」

「もちろんしてるさ。してなかったら一緒に暮らせやしないよ。結婚という観念そのものが信頼を土台にしているじゃないか」

「誰でも時には辛《つら》い目に遭ったりするわよね？　だからって最後はうまく行かないって決まってるわけじゃないわ」

「グレース、僕たちいま辛い目になんか遭ってないよ。もうそういうのは通り越して、また立ち直りはじめているところさ」

「そう言ってくれて嬉《うれ》しいわ」

「君が嬉しいことが僕も嬉しい。でもどうして？」

「私もそう思うからよ。赤ん坊がどうなろうと、私たち二人の仲は大丈夫。私たち、ちゃんと切り抜けるわよね」

「もうすでに切り抜けたさ。いまはもうお気楽横丁《イージー・ストリート》をのんびりクルーズしてるんだよ、これからもずっとそうだよ」

グレースは歩みを止めて、片手を私のうなじに当て、私の顔を引き寄せてキスした。

「あなたは最高よ、シドニー」と彼女は言ってから、もう一度しっかりキスした。「何があっても、それだけは忘れないで」

何のことを言っているのかわからなかったが、どういう意味か訊く間もなく、彼女は私の両腕から身をふりほどき、地下鉄めざして駆けていった。私はそのまま歩道に立って、彼女が最後の十メートルを走破するのを見守っていた。まもなく彼女は階段の前にたどり着き、勢いよく手すりを摑《つか》んで、地下に消えていった。

アパートメントに戻った私は、その後一時間忙しく立ち働いて、九時半にスクラー・エージェンシーが開くまで時間をつぶした。朝食の皿を洗い、ベッドを整え、リビングルームを片付け、それからキッチンに戻ってメアリに電話した。表向きの理由は、アンジェラがちゃんと原稿を渡してくれたかどうか確かめることだったが、彼女が忘れるはずはない。本当のところは、メアリがあれを読んでどう思ったかを訊きたかったのだ。「よかったわよ」とメアリは言い、その口調はすごく興奮しているようでもひどく失望しているようでもなかった。その反面、私がアウトラインをあっというまに書き上げたおかげで高速の情報伝達をやってのけることができたという話はひどく熱っぽく語った。ファクスもeメールもなく、エクスプレス便も一般的でなかった当時、彼女はシナリオをカリフォルニアへ、私営の配達業者を使って送ったのである。したがって私の書いたものは、昨夜の夜行列車ですでに大陸を横断していた。「LAの別のクライアントに契約書を送る用事があってね」とメアリは言った。「午後三時にオフィスへ来てくれるよう配達サービスに頼んだの。あなたのシナリオは昼食のあとすぐ読んで、その三十分後に業者が契約書を取りにきた。『これもLA行きだから、ついでに持っていってちょうだい』って言ってあなたの原稿も渡したの。すべてあっという間よ。あと三時間くらいで、ハンターの机に届くはずよ」

「よかった」と私は言った。「でも中身は？　見込みあると思う？」

「一回読んだだけだから。じっくり考える時間はなかったけど、いいと思ったわ。面白いアイデアだし、考え抜かれている。でもとにかく相手はハリウッドだから、どうなるかはわからないわね。私の勘としては、ハリウッドにはちょっと複雑すぎるかなって」

「じゃあ期待するなってことだね」

「そうは言ってないわ。とにかく当てにしない方がいいっていうだけ」

「当てにはしないさ。お金が入れば有難いけどね」

「実はそのことでいいニュースがあるのよ。いまこっちからも電話しようと思ってたんだけど、あなたに先を越されたの。ポルトガルの出版社がね、最新二作の版権を取りたいって」

「ポルトガル？」

「あなたが入院しているあいだに『自画像』がスペインで出たでしょう。知ってるわよね、話したものね。書評もすごくよかった。で、今度はポルトガルもその気になったの」

「それはいい。オファー、三百ドルぐらいかな」

「一冊四百ドル。五百まで引き上げるのは簡単よ」

「ぜひやってくれ、メアリ。両方のエージェントの手数料と外国税を引いたら、残るのは四十セントくらいだろうからね」

「そうよね。でも少なくともあなたの本がポルトガルで出る。それってよくない？」

「よいさ。ペソアは僕の最愛の作家の一人だ。サラザールが追い出されて政府もやっとまともになったし。ヴォルテールはポルトガルの地震に触発されて『カンディード』を書いた。それにポルトガルは戦時中、何千人ものユダヤ人のヨーロッパ脱出を助けた。すごくいい国だよ。もちろん行ったことはないけど、実はいま僕はポルトガルに住んでるんだ、好むと好まざるとにかかわらず。ポルトガル、完璧《かんぺき》だよ。ここ何日かの成行きからして、ポルトガル以外ありえなかったね」

「何のこと？」

「長い話なんだよ。いつかそのうち話すよ」

　私は一時ぴったりにジョン・トラウズのアパートメントに着いた。呼び鈴を押したとたん、どこか近所に寄って二人分の持ち帰りランチを買ってくるんだったかなと思ったが、私はマダム・デュマのことを忘れていた。家を切り盛りしてくれているあのマルティニーク出の女性によって食事はすでに手配され、土曜日にみんなで中華ディナーを食べた上階の部屋で我々はサーブを受けた。といってもこの日サーブしてくれたのはマダム・デュマ本人ではない。ドアを開けて私を二階のムッシュー・ジョンのところに通してくれたのは、彼女の娘レジーヌだった。トラウズが彼女のことを「容姿も悪くない」と言っていたのを私は思い出し、いまこうして自分の目で見てみると、たしかにひどく魅力的であることは間違いなかった。背が高く、均整のとれた体つきの若い女性で、真っ黒な肌はほのかに光り、目はきりっと鋭敏そうである。もちろんバタフライもなく、むき出しの胸だの革ブーツだのもないが、とにかくこれで二日続けて二十歳そこそこのフランス語を喋《しゃべ》る黒人女性に出会ったことになる。その反復に、私は心穏やかでなかった。ほとんど耐えがたいような気持ちだった。レジーヌ・デュマが、ちびで不細工な、顔色も悪く背中にこぶのある娘であってもよかったではないか？　ハイチのマルティーヌのように心臓が止まるほどの美女ではないかもしれないが、彼女は彼女なりに目を惹《ひ》く女性であり、ドアを開けた彼女が私に親しげで落ち着き払った笑顔を見せたとき、私にはそれがひとつの叱責《しっせき》と感じられた。私自身の疚しい良心が送ってよこした嘲《あざけ》りのメッセージと思えた。それまで何とか、昨日のことは考えまい、あの情けない過《あやま》ちは忘れて葬《ほうむ》り去ろうと努めていたが、自分がしでかしたことから逃れる道はなかった。マルティーヌはレジーヌ・デュマの姿をとってふたたび現われたのだ。彼女はいまや遍在していた――バロー・ストリートのわが友人のアパートメント、あのクイーンズのブロック塀の掘っ立て小屋から世界半分離れたところにまで。

土曜の夜のむさ苦しい見かけと較べると、その日のジョンはまずまず見苦しくないなりをしていた。髪には櫛《くし》が通り、頬ひげはなくなって、洗い立てのシャツを着て靴下も清潔だった。だがそれでも依然ソファからは離れられず、左脚をクッションや毛布の山の上に載せ、痛みもまだ相当あるようで、下手をするとこのあいだの晩よりもっと痛そうだった。小ざっぱりひげを剃《そ》った見かけに私はだまされたのだ。レジーヌがトレーに昼食を載せて持ってくると(ターキーサンドイッチ、サラダ、スパークリングウォーター)、私は極力彼女の方を見ないよう努めた。勢い、ジョンに注意が集中することになり、その顔をよく見てみると、目は落ち窪《くぼ》み表情もうつろで、肌の色は不安なほど青白かった。私がいるあいだにソファを二度離れたが、二度とも松葉杖《まつばづえ》に手をのばしてから慎重に少しずつ体を操って立つ姿勢まで持っていった。左足が床に着いたとき顔に浮かんだ表情から見て、静脈に少しでも圧力がかかっただけで耐えがたい痛さにちがいなかった。

いつごろよくなりそうかとジョンに訊《き》いてみたが、そのことはあまり話したくなさそうだった。それでもなおしつこく訊くと、土曜の夜に私たちにすべてを打ちあけたわけではないことをジョンはやがて白状した。グレースがあまり心配するといけないからね、と彼は言ったが、実のところ脚の血栓は一箇所ではなく二箇所だという。一つめは浅部《せんぶ》静脈にあって、これはもうほぼ溶解していて、ジョン言うところの「不快」は大部分これが原因だったけれども、もはや脅威ではなかった。二つ目はもっと奥、深部静脈にあり、医者はむしろこっちの方を心配している。大量の抗血液凝固剤を処方してもらって、金曜日にはセント・ヴィンセント病院でスキャンを受ける予定が入っていた。その結果が思わしくなければ、血栓が消えるまで入院させるというのが医者の方針だった。深部静脈の血栓症は下手をすると命とりなんだ、とジョンは言った。血栓が動き出したら、血流を通って循環し、肺に行きつくことになれば肺塞栓《はいそくせん》症《しょう》を引き起こしてほぼ確実に致死となる。「脚に小型爆弾を抱えてるみたいなものさ」とジョンは言った。「揺さぶりすぎたら爆発して、吹っ飛ばされちまいかねない」。それから彼は言い足した。「グレイシーには黙っていてくれよ。これは君と私だけの秘密だ。わかったかい？　一言も言っちゃ駄目だぞ」

その後まもなく、私たちは彼の息子の話をはじめた。どうしてその絶望と自己非難の奈落《ならく》に入り込んだのかは覚えていないが、トラウズの苦悩は手にとるように伝わってきた。脚のことがどれだけ心配であろうと、ジェイコブに関して抱えている絶望に較べれば物の数ではなかった。「あの子は私から離れてしまった」とジョンは言った。「あんな真似《まね》をしたからには、もう何を言ってきたって一言だって信じられんよ」

今回の危機が生じる以前、ジェイコブはニューヨーク州立大バッファロー校の学部生だった。そこの英文科にジョンの知りあいが何人かいて（うち一人のチャールズ・ロスタインはジョンの小説を論じた大部の研究書を出していた）、ジョンはそのコネを活《い》かして、高校の成績も悲惨でほとんど落第寸前だったジェイコブを入学させた。秋の一学期目はまずまず上手《うま》く行き、すべての授業にパスしたが、二学期目の成績は甚しく低下した。仮及第状態に置かれ、停学を免れるためには今後平均Bの成績を維持しなければならなくなった。だが二年生の秋学期は出席より欠席の方が多くなり、勉強もほとんどせず、学期が終わるとあっさり退学処分になった。そしてイーストハンプトンの、母親が三番目の夫と住んでいる家に舞い戻り（この家でジェイコブは、彼が心底軽蔑《けいべつ》していた義父の美術商ラルフ・シングルトンと一緒に暮らして育ったのだった）、地元のパン屋でアルバイトをはじめた。高校の同級生三人とロックバンドも結成したが、メンバー間の対立、口論が絶えず、バンドは半年で解散した。大学なんかに用はない、もう行きたくないと父に言ったが、ジョンはあれこれ褒美《ほうび》を約束して何とか復学させた。相当な額の仕送り、最初の学期きちんと単位を取ったら新しいギター、一年次をB平均で終えたらフォルクスワーゲンのミニバス。息子はこれに釣られて同意し、八月末、ふたたび学生を演じるべくバッファローに戻った——髪は緑色、左耳からは安全ピンが一列に並んで垂れ、長い黒のコート。当時はパンクの全盛時代で、日々増加する、歯をむき出した中流階級の反逆者の群れにジェイコブも加わったのである。俺はイケてるんだ、エッジで生きてるんだ、誰の言いなりにもなるもんか。

ジョンが言うには、学期の登録はしたものの、一週間後、授業には一度も出ることなくジェイコブはふたたび教務課を訪れて大学を辞めた。授業料は返金されたが、ジェイコブはその小切手を父親に送らずに(むろん元は父から渡された金だ)、最寄りの銀行に直行して現金化し、ポケットに三千ドルを入れてニューヨークに向かった。最後の消息では、イーストヴィレッジのどこかで暮らしているということだった。もし彼をめぐって流れている噂《うわさ》が本当なら、ヘロインにもどっぷり浸《つ》かっていて、四か月前からずっとそうだったらしい。

「誰から聞いたんです？」と私は言った。「どうしてそれが本当だとわかります？」

「エリナーが昨日の朝電話してきたんだ。何か用があってジェイコブと連絡をとろうとして、かけた電話にルームメートが出たんだ。というか、元ルームメートだな。その子から、二週間前に大学を辞めましたって言われたのさ」

「ヘロインは？」

「それもその子から聞かされた。そういう話で嘘《うそ》をついたって仕方がないだろう。エリナーが言うには、その子もすごく心配そうな声だったらしい。なあシド、私としても寝耳に水ってわけじゃないんだ。あの子がドラッグをやってるんじゃないかと、前々から疑ってはいたんだ。ここまでひどいとは知らなかっただけだ」

「どうする気です？」

「わからない。若い人間相手に仕事していたのは君だろう。君ならどうする？」

「僕に訊いても無駄です。僕の生徒はみんな貧しかったから。荒れはてた界隈で、壊れた家庭に育った黒人ティーンエイジャーたちです。ドラッグをやってる連中はたくさんいたけど、彼らの抱えてる問題はジェイコブとは全然違います」

「探しに行った方がいいとエリナーは言うんだ。でも私は動けない。脚がこのざまで、カウチから離れられない」

「よかったら僕が行きますよ。当面、特に忙しくもないし」

「いやいや、君を巻き込んだりしちゃいけない。君の問題じゃないんだから。エリナーと亭主がやるさ。少なくともエリナーはそう言ってる。彼女の言うことだから、どこまで真に受けていいかわかったもんじゃないが」

「今度の亭主はどんな感じなんです？」

「わからない。会ったことがないんだ。なぜか名前すら思い出せない。さっきから思い出そうとしてるんだが、いっこうに浮かんでこない。ドン何とかだったと思うんだが、確信はない」

「で、見つかったらどうするつもりです？」

「ドラッグ更生プログラムに入れる」

「それって安くありませんよね。費用は誰が持つんです？」

「もちろん私さ。エリナーは近ごろずいぶん羽振りがいいんだが、とにかく筋金入りのケチだから、訊くだけ無駄さ。三千ドル出させられたと思ったら、薬から足を洗わせるのにまた出してやらないといけない。正直な話、あいつの首を絞めてやりたいね。君のところは子供がいなくてよかったぜ、シド。小さいときは可愛《かわい》いもんだが、そのあとはもう辛い思いをさせられっぱなしさ。一五〇センチ、それが限度だよ。それ以上大きくなるのは禁止すべきだね」

最後のところを聞いて、私の方もニュースを伝えないわけには行かなかった。「子供なしの時期も、もうそんなに長くないかもしれないんです」と私は言った。「どうするかはまだはっきりしないんですが、目下グレースは妊娠してるんです。土曜日に検査を受けたんです」

ジョンがどう言うと予想していたのか、自分でもわからないが、いくら父親の苦悩について苦々しく言い放ったあととはいえ、ひとまずありきたりのお祝いくらいは言ってくれるものと思っていた。あるいはせめて、幸運を祈るよ、私よりは上手くやってくれよな、とか。とにかく何かささやかな、事態を認知する言葉が聞けると思ったのだ。ところがジョンは何の音も立てなかった。一瞬のあいだ、愕然《がくぜん》とした、まるで誰か愛する人間が死んだと言われたような表情を浮かべた。そして私から顔を背け、クッションに当てた頭をさっと回し、まっすぐソファの背に見入った。

「可哀想《かわいそう》なグレース」とジョンは呟《つぶや》いた。

「どうしてそんなこと言うんです？」

ジョンはゆっくり私の方に向き直りかけたが、途中で止まって、頭をぴったりソファに当て、口を開いたとき目は天井に釘付《くぎづ》けになっていた。「彼女がさんざん辛い目に遭ってきたからさ」とジョンは言った。「彼女は君が思ってるほど強くない。休まなくちゃいけないんだ」

「彼女はやりたいようにやりますよ。決定権は彼女にあるんです」

「私は君よりずっと長く彼女を知っている。いまの彼女には赤ん坊なんてとんでもない」

「もし彼女が産むと決めたら、あなたに名付け親になってもらうつもりだったんですが。でもどうやらご興味なさそうですね、その口ぶりだと」

「とにかく彼女を失っちゃ駄目だ、シドニー。それだけはお願いする。これで物事がバラバラになったら、彼女にとって取り返しのつかないことになる」

「バラバラになんかなりませんよ。僕だって彼女を失ったりしません。でもかりに失ったとしても、それはあなたの問題じゃないでしょう」

「グレースのことは私の問題だ。彼女はいつだって私の問題だったんだ」

「べつに彼女の父親じゃないでしょう。時にはそういう気になるかもしれませんけど、そうじゃない。グレースは自分で何とかしますよ。産むと彼女が決めたら、僕は止めません。実のところ、そう決めてくれれば僕は嬉しい。彼女と子供を持つことになれば、僕の生涯最高の出来事ですよ」

ジョンと真っ向から言い争いらしきものをやったのは、後にも先にもこの時だけだ。

それは私にとって何とも不穏なひとときだった。自分の最後の一言が、挑むように宙に浮かぶなか、この会話はまだもっとひどくなるんだろうかと思った。幸い二人とも、とっさの激情がそれ以上高じる前に身を引いた。このままだと、あとでたがいに後悔するようなことを相手に言わせてしまいかねないと二人とも悟ったのだ。そうなってしまったら、冷静になったあとでいくら謝っても記憶から消せはしない。

きわめて賢明にも、ジョンはこの瞬間を選んで手洗いに行くことにした。ソファから体を持ち上げ、足を引き引き部屋を横切っていく、そのおそろしく難儀そうな姿を見ているうちに、私のなかの敵意がすうっと引いていった。ジョンはすさまじい圧迫の下で生きている。脚は死ぬほど痛むし、息子をめぐる辛い報《しら》せとも苦闘している。ちょっとくらいきつい言い方をしたからといって、どうして許さずにいられよう？ジェイコブが自分を裏切り、ドラッグ中毒にもなっているらしいという事態のなかに据えてみれば、グレースはまさに可愛い良い子、決して父親をがっかりさせない娘なのだ。だからこそジョンも頑として彼女を擁護し、つまるところ自分とは関係ないはずの事柄にまで口をつっ込んでくるのだろう。彼は息子に怒っている。それは確かだ。でもその怒りには、相当な量の罪悪感も伴っている。かつて自分が、父親としての責任を放棄したも同然だったという自覚があるからだ。ジェイコブが一歳半のときエリナーと離婚したジョンは、一九六六年にエリナーが二番目の夫とイーストハンプトンに移住したとき、ジェイコブがニューヨークから連れ去られることにも異を唱えなかった。それからはもう、息子にはめったに会わなかった。たまに週末をニューヨークで一緒に過ごすか、夏休み中に時おりニューイングランドや南西部へ一緒に旅行に行くか、その程度だった。積極的に子供とつき合う親とはとうてい言えない。そしてティーナが死んだあとは、ジェイコブの人生から四年にわたって消えていて、彼が十二歳から十六歳のあいだ一度か二度しか会わなかった。そしていま二十歳になった息子は、どうしようもない有様になってしまっている。本当に彼の落ち度かどうかはともかく、ジョンはその悲惨な現状の責任が自分にあると感じていたのだ。

ジョンは十分か十五分部屋を離れていた。帰ってくると、私の助けを借りてふたたびソファに身を落ち着け、開口一番言ったことは、それまでの話とはまったく無関係だった。対立は終わったように感じられた。彼が廊下の先まで行って帰ってくるあいだに掃き去られ、忘れられたように思えた。

「フリットクラフトはどうだ？」とジョンは言った。「進んでるかい？」

「進んでるとも言えるし、進んでないとも言えます」と私は言った。「二日ばかりすごい勢いで書いたんですけど、そのあとぴたっと止まっちゃって」

「そしていま君は、青いノートについて見解を変えつつあるわけだ」

「そうかもしれません。何だかもう、自分でもよくわからなくなってきましたよ」

「こないだの夜はえらく盛り上がっていたよな。錯乱した錬金術師みたいだった。人類の歴史で初めて鉛を金に変えた男という感じだった」

「いや、なかなかの経験でしたよ。初めてあのノートを使ったとき、僕はいなかったってグレースが言うんです」

「どういうことだ？」

「消えたってことです。馬鹿《ばか》みたいに聞こえるのはわかってますけど、僕が書いてる最中に彼女はドアをノックして、返事がないんで首をつっ込んでみたんです。で、僕の姿が見えなかったって断言するんです」

「きっとどこか別の場所にいたんだろう。バスルームとか」

「そう思うでしょう。グレースもそう言うんです。けど僕はバスルームに行った覚えがないんです。机に向かって書く以外、何もした覚えがない」

「覚えてないからって、そうしなかったとは限らないぜ。言葉がどんどん湧《わ》き出てるときは上の空になりがちだからね。そう思わないか？」

「思いますよ。もちろん思います。けど、月曜にまた似たようなことがあったんです。

部屋で書いていて、今度は電話が鳴ったのが聞こえなかったんです。机から立ってキッチンに行ってみたら、留守番電話に二件メッセージが入ってたんです」

「で？」

「僕はベルが鳴ったのを聞いてないんです。いつもなら絶対、鳴れば聞こえるんです」

「頭がよそに行ってたんだろう。やってることに夢中になってたのさ」

「そうかもしれない。でもきっとそうじゃないと思う。何か不思議なことが起きたんです。そして僕はそれを理解できずにいる」

「医者に電話したまえ、シド。予約をとって頭を検査してもらえよ」

「わかってます。すべて僕の頭のなかの問題だって言うんでしょう。僕だってそうじゃないとは言えませんけど、とにかくあのノートを買って以来、何もかもが無茶苦茶なんです。僕がノートを使ってるのか、ノートが僕を使ってるのか、それさえわかりません。これって意味を成してますかね？」

「少しは。でも少しだけだ」

「結構、じゃ別の言い方をします。シルヴィア・マクスウェルっていう作家はご存知ですか？　二〇年代に書いていたアメリカ人の小説家です」

「シルヴィア・モンローなら何冊か読んだ。二〇年代、三〇年代に何冊か小説を出してる作家だ。でもマクスウェルは知らない」

「その作家、『オラクル・ナイト』っていう本を書いてますか？」

「いや、私が知る限り書いていない。タイトルにナイトという言葉が入ってる本はあったと思うが。『ハバナ・ナイト』とか。『ロンドン・ナイト』だったか、思い出せない。調べればすぐわかるはずだ。図書館へ行って見てみたまえ」

話は少しずつ青いノートからそれて、もっと現実的な話題に移っていった。たとえば、金。私がボビー・ハンターの依頼で映画のシナリオを書いて、財政上の問題を解決できればと期待していること。どういうものを書いたか私はジョンに伝え、私版『タイムマシン』のあらすじを手短に伝えたが、ジョンはさしたる反応も示さなかった。気が利いてるだったか、何かその程度の軽い褒め言葉だけだったと思う。急に、自分が何とも愚かに思えてきた。ひどくバツの悪い気分になった。ジョンから見れば自分は、しょうもない駄作を精一杯高く売りつけようとしている三文文士じゃないかという気になった。だが、その抑え気味の反応を不賛成と捉《とら》えたのは誤りだった。私とグレースがどれほど困難な状況にあるかをジョンは理解していて、私を助ける案を思いつこうと知恵を絞ってくれていたのだ。

「阿呆《あほ》らしいアイデアとは承知してます」と私は言った。「でも向こうが乗ってくれたら、借金なしの暮らしに戻れるんです。乗ってくれなければ、赤字が残る。こんな薄っぺらな話に頼るのは嫌ですけど、いまの僕にひねり出せるのはこれくらいなんです」

「そうでもないんじゃないかな」とジョンは言った。「この『タイムマシン』のやつが駄目でも、別のシナリオを書けるんじゃないか。君はシナリオを書くのが上手い。メアリをせっついて、しっかり売り込んでもらえば、きっと誰かまとまったキャッシュを出してくれるさ」

「そういう仕組みになってないんですよ。向こうがこっちに来るんです。こっちから向こうに行くんじゃなくて。もちろんこっちに独創的なアイデアがあれば別ですけど。でもそんなのもないし」

「だからこそさ。君が使えそうなアイデア、ひとつあると思うんだ」

「映画のアイデアですか？　映画の仕事には反対じゃなかったんですか」

「二週間ばかり前に、昔書いたものが入った箱が出てきた。若いころの短篇何本かと、書きかけの長篇ひとつ、戯曲が二、三本。大昔、まだ十代、二十代のときに書いた代物《しろもの》さ。どれひとつとして出版されなかった。有難いことに、と言うべきだね。とはいえ、短篇を読み返してみたら、一本だけそんなにひどくないのがあったんだ。いまでも出版する気はないが、これを君に渡せば、映画用に作り直せるんじゃないかな。私の名前も役に立つかもしれない。ジョン・トラウズの未刊短篇を映画化するとプロデューサーに言えば、それなりに効くんじゃないか。わからないが。でもたとえ私のことなぞ向こうが屁《へ》とも思わんとしても、物語自体には強いビジュアル要素がある。ごく自然に映画に移し替えられると思うんだ」

「もちろんあなたの名前は効きますよ。あれば大違いです」

「ま、とにかくそいつを読んでみて、感想を聞かせてくれ。あくまで草稿、ごく荒っぽい第一稿だから、文章そのものはあまり厳しく見ないでくれよ。忘れるなよ、書いたとき私はまだほんの小僧だったんだから。いまの君よりずっと若かった」

「どういう内容なんです？」

「変わった話でね、私のほかの作品とは全然違うから、はじめはちょっとびっくりするかもしれない。まあ政治的寓話《ぐうわ》と言っていいんだと思う。一八三〇年代の架空の国が舞台だが、実のところは一九五〇年代初頭をめぐる話だ。マッカーシー、ＨＵＡＣ〔※「赤狩り」を行なったアメリカ下院の委員会〕、赤の恐怖、当時進行していた一連の邪悪な事態だよ。ポイントは、政府はつねに敵を必要とする、たとえ戦争をしていなくても、ということだ。本物の敵がいなかったら、でっち上げて、広めて回る。それで国民は怯《おび》える。そして怯えた人びとは、総じてお上の言うことを聞く」

「架空の国って？　要するにアメリカのことですか、それともどこか別の場所？」

「部分的には北アメリカ、部分的には南アメリカだが、どちらともまったく違った歴史を持っている。ずっと昔、ヨーロッパの強国すべてが新世界に植民地を作った。それぞれの植民地は独立の国家へと進化していったが、やがて少しずつ、数百年に及ぶ戦争や小ぜり合いを経て、すべての国家が融合し、ひとつの巨大な連邦となったんだ。問題は、こうして帝国が築かれたあとはどうなるのか？　連邦を維持するために人民を十分怯えさせておくには、いかなる敵を捏造《ねつぞう》するのか？」

「で、答えは？」

「いまにも蛮族が攻めてくるというふりをするのさ。そういう連中はすでに領土から追い出したわけだが、反連邦の兵士たちの一団が未開の奥地に侵入し人びとを煽動《せんどう》して反乱を起こそうとしているという噂を広めるんだ。むろんそれはデッチ上げだ。当の兵士たちは政府の指示で動いている。彼らも陰謀に加担しているんだ」

「語り手は誰なんです？」

「噂を調査するよう派遣されてきた男だ。政府のなかの、陰謀に絡《から》んでいない部署に所属していて、結局逮捕されて反逆罪容疑で裁判にかけられる。さらにややこしいことに、偽《にせ》の軍隊を指揮している将校が、語り手の妻と駈落《かけお》ちしてしまう」

「どこを見ても虚偽と堕落」

「その通り。己の無垢《むく》によって破滅する男」

「タイトルはあるんですか？」

「『骨の帝国』だ。そんなに長い話じゃない。四十五ページ、五十ページくらいだ。でも映画一本ひねり出すだけの素材はあると思う。君が決めてくれ。使いたければ、喜んでプレゼントする。気に入らなかったら、ゴミ箱に放り込んでもらって、おたがいそれっきり忘れてしまおう」


圧倒された気持ちで、感謝のあまり言葉も出ずに私はトラウズのアパートメントを去った。下の階でレジーヌに別れを告げねばならないことのささやかな責め苦も、嬉しさを減じはしなかった。もらった原稿は私のスポーツコートの脇《わき》ポケット、書類封筒のなかに収まっている。地下鉄に向かって歩きながら、私は片手を封筒に当てたまま、早く開けて読みはじめたくてうずうずしていた。これまでもずっと、ジョンは私の創作活動の後ろ盾になってくれてきた。だがこの贈り物は、私と同等にグレースにも向けられたものだ。私は彼女の世話をすべき立場にある、壊れかけた病人である。そんな私と彼女がふたたび立ち上がるのを助けるためなら、ジョンは何でもしてくれる気でいる。その大義のために、未発表原稿を寄贈することすら辞さないのだ。実のところ、彼のアイデアから何か成果が上がる確率はごくわずかだろう。だが、その短篇を私が映画にできるにせよできないにせよ、重要なのは、ジョンが進んで、普通の友情の限度を超えて私たちの問題にかかわろうとしてくれていることだ。自分のことは考えず、自分がかつて為《な》した仕事から利益を得ようとは少しも思わずに。

西四丁目の駅に着いたときはもう五時を回っていた。ラッシュアワーの真っ只中《ただなか》で、私はダウンタウン行きF列車のホームめざして、転ばぬよう手すりにしっかりつかまって二階分の階段を降りていきながら、乗っても絶対座れないだろうなあと暗い気持ちになっていた。ブルックリンに帰る通勤客で、きっとぎっしり満員だろう。ということは、ジョンの小説は立って読まねばなるまい。それはひどく厄介にちがいない。必要とあらば、周りを少し押しのけてでも余分なスペースを確保しようと私は肚《はら》を決めた。車両の扉が開くと、地下鉄のエチケットも無視して、どやどや降りてくる乗客の群れの横に滑り込み、ホームで待っていたほかの誰よりも早く乗り込んだが、無駄だった。うしろからどっとなだれ込んできて、私は車両中央に押されてしまい、扉が閉まって駅を出たころには、周りじゅう人に囲まれ、両腕はぴったり脇に押しつけられて、ポケットに手を入れて封筒を取り出す余地はなかった。ガタゴト揺れながらトンネルを抜けていくなかで、周りの乗客の方に倒れ込まないようにするだけで精一杯だった。ある時点で、片手を上に上げて、頭上の横棒に指をひっかけるところまでは行ったが、動きとしてはこれが限度だった。その後の何駅か、降りる客はほとんどおらず、一人降りてもそのたびに二人が身を押し込んできた。ホームには次の電車を待つ客が何百人と残っていた。はじめから終わりまで、ジョンの小説を一目見るチャンスもなかった。列車がバーゲン・ストリート駅に入っていくと、ふたたび封筒に手を当てようとしたが、うしろからぶつかられ、左右から押されながら、降りるのに備えてセンターポールの向こうに回り込もうとあがいていると、列車は急に停まり、扉が開いて、私は封筒がちゃんとあることを確かめる間もなくホームに押し出された。やっと確かめてみると、封筒はそこになかった。ホームを去る人たちの波に私は二メートルかそこら押し流され、何とか回れ右して人波を押し返し車内に戻ろうとしたところには、扉はもう閉まって、列車は動き出していた。目の前を過ぎていく窓をこぶしでがんがん叩《たた》いたが、車掌はまるで知らん顔だった。F列車は滑るように駅から出ていき、数秒後にはもういなくなっていた。

退院以来、集中力が飛んでしまったことはこれまで何度かあったが、今回ほどひどい、結果としても悲惨な過ちは初めてだった。封筒を手に持っていればよかったのに、愚かにも私は、どう見ても小さすぎるポケットにつっ込んでしまったのだ。いまやジョンの原稿は、コニーアイランドに向かう地下鉄の車両の床に転がって、ブルックリン中すべての靴やスニーカーの半数に踏みにじられているだろう。許しようのない過失である。未発表短篇の唯一《ゆいいつ》の原稿をジョンは預けてくれたのであり、彼の作品に対する学問的関心から考えて、原稿自体たぶん数百ドル、ひょっとすると数千ドルの値打ちがあるかもしれない。ジョンから感想を訊かれたら、いったい何と答えればいい？　気に入らなかったらゴミ箱に捨ててくれと彼は言ったが、それは自分の作品を貶《おとし》めていう誇張、ジョークにすぎない。私が気に入ろうと気に入るまいと、もちろん原稿は返してほしいに決まっている。どうやって償ったらいいのか、見当もつかなかった。もし私が誰かに、たったいま自分がトラウズに対してやったことをされたなら、きっと怒りのあまり絞め殺してやりたくなるだろう。

ジョンの原稿をなくしただけでも十分がっくり来たが、結果的にはそれは、長く辛い一夜のほんのはじまりでしかなかった。アパートメントに帰って、三階分の階段をのぼって行くと、ドアが開いていた。わずかに開いているというのではなく、めいっぱい開けられて壁にくっついている。私はとっさに、グレースが早めに、おそらくは紙包みや買物袋を抱えて帰ってきて、ドアを閉め忘れたんじゃないかと思った。だがリビングルームを一目見て、グレースは全然関係ないことを思い知らされた。誰かが空巣に入ったのだ。たぶん非常階段をのぼって、キッチンの窓をこじ開けたのだろう。本が床に散乱し、小型の白黒TVがなくなっていて、いつもマントルピースの上に載っていたグレースの写真はびりびりに破られてソファの上にばらまかれていた。ひどく悪意のこもった、ほとんど個人的攻撃という感じの行為だ。被害を吟味しようと本棚に行ってみると、一番価値のある本だけがなくなっていることが判明した。トラウズをはじめとする作家の友人たちのサイン本、長年のあいだにいろんな人から贈られた半ダースばかりの初版本（ホーソーン、ディケンズ、ヘンリー・ジェームズ、フィッツジェラルド、ウォレス・スティーヴンズ、エマソン）。誰が空巣に入ったにせよ、並の泥棒ではない。文学について何がしかを知っている人物が、私たちの所有する数少ない宝にしっかり目をつけたのだ。

私の仕事部屋は手つかずのようだったが、寝室は系統的かつ徹底的に荒らされていた。引出しは一つ残らずタンスから引っぱり出され、マットレスはひっくり返され、グレースが七〇年代はじめにパリのギャルリ・マーグで買ったブラム・ヴァン・ヴェルデのリトグラフはベッド上方の壁の定位置から消えていた。引出しの中身を詳しく見てみると、グレースの宝石箱もなくなっていることがわかった。大して持っていたわけではないが、祖母から受け継いだ月長石のイヤリングが箱には入っていたし、子供のころ着けていたチャーム・ブレスレットや、このあいだの誕生日に私がプレゼントした銀のネックレスもあった。それをみな、誰か赤の他人が持っていってしまったのだ。それは強姦《ごうかん》のように残酷で、無意味な仕打ちに思えた。私たちのささやかな世界が野蛮にも略奪されたのだ。

私たちは盗難保険にも住宅保険にも入っていなかったから、空巣に入られたことを警察に知らせる気にはなれなかった。空巣はどうせ捕まりはしない。見込みのないことを追及しても仕方ないと思った。だがまず、ほかの人たちも押し入られたかどうかは調べてみないといけない。このブラウンストーンの建物には、ほかにもう三世帯入っている（上階に一世帯、下階に二世帯）。私はまず、一階に行ってミセス・カラメッロと話すことにした。ミセス・カラメッロは夫と一緒に管理人の仕事を任されているが、床屋を畳んでいまは隠居の身である夫は一日の大半テレビを見たりフットボールの賭《か》けをやったりして過ごしていた。彼らの部屋は被害に遭っていなかったが、私の知らせを聞いてさすがにミセス・カラメッロも不安げな顔になって夫を呼んだ。が、スリッパを履いてずるずる戸口までやって来たミスター・カラメッロは、事情を聞いてもふうっとため息をついただけだった。「きっとそこらへんのジャンキーだね」とミスター・カラメッロは言った。「窓に鉄棒を入れないと駄目だよ、シド。クズどもを寄せつけないにはそれしかないんだ」

ほかの二世帯も同様に無事だった。どうやら私たち以外はみな裏手の窓に鉄棒を入れているらしく、私たちが狙《ねら》われたのも道理だということのようだった。しかるべき用心もしないお人好《ひとよ》しの阿呆。みんな気の毒がってはくれたが、これも自業《じごう》自得だというのが言外のメッセージだった。

部屋に戻って、さっきより落ち着いた気分で荒らされた部屋を見てみると、ぞっとする気持ちはいっそう募ってきた。一つまたひとつ、さっき見落としていた細部が目に飛び込んできて、こちらが受けるダメージはますますひどくなっていく。ソファの左に立ててあったフロアランプはひっくり返されて壊され、花瓶は叩き割られて絨毯《じゅうたん》の上に転がり、キッチンのカウンターの上に置いた十九ドルのいじましいトースターすら消えていた。あらかじめ覚悟をさせようと、私はグレースのオフィスに電話をかけたが、誰も出なかった。ということは彼女ももう会社を出て帰宅途中なのだろう。

一人でほかにどうしていいかもわからないので、私はアパートメントの中を片付けはじめた。その時点で六時半にはなっていたにちがいなく、いまにもグレースがドアを開けて入ってくるものと思ったが、私は一時間以上休まず掃除を続けた。もろもろの残骸《ざんがい》を掃き集め、本を棚に戻し、マットレスも表返してベッドに据え、引出しをタンスに入れ直した。はじめのうちは、グレースがいないうちにこれだけ仕事を進められたのが嬉《うれ》しかった。部屋に秩序が戻っていればいるほど、彼女が入ってきたときのショックも小さいだろう。だがやがて目標も達成してしまい、それでもまだグレースは帰ってこなかった。いまは七時四十五分、地下鉄が少し止まったくらいではもう説明のつかない時間だ。残業してくることもときどきあるが、そういう場合はかならず電話してきて何時に会社を出るか連絡してくるし、留守番電話にはメッセージは一件も入っていなかったのだ。念のためホルスト&マクダーモットにもう一度かけてみたが、やはり誰も出なかった。グレースは職場にもいないし、帰ってきてもいない。突然、空巣に入られたことなどまったくどうでもいいことのように、遠い過去に起きたささいな厄介事のように思えてきた。グレースがいないのだ。時計が八時を回ったころには、私はもうすっかり取り乱し、掛け値なしのパニック状態に陥っていた。

何軒か電話をかけたが（友人、同僚、コネチカットにいるいとこのリリーにまで）

何がしかの情報を与えてくれたのは最後に話した一人だけだった。ホルスト&マクダーモットの装幀《そうてい》室長グレッグ・フィッツジェラルドである。彼によれば、グレースは朝の九時過ぎに電話してきて今日は行かれないと言ってきたという。大変申し訳ないのだが急用が出来てただちに対処しないといけないと言っていたということだった。何の用かは言わなかったが、大丈夫なのかいとグレッグが訊くと、グレースはいかにもためらった様子で、それからやっと「と思います」と答えた。長年グレースを知ってきて彼女のことを非常に好いているグレッグは（ゲイの男が、一番美人のスタッフになかば恋をしている、という構図）その反応に戸惑ってしまった。「彼女らしくない」というのが彼の使ったフレーズだったと思うが、私の声がどんどん不安げになっていくのを聞きとると、安心させようとしてか、大丈夫、明日朝にはまた出社しますと最後は言って電話を切ったから、と言い足した。「心配ないよ、シドニー」とグレッグはさらに言った。「グレースは何かやると言ったらやる人だよ。彼女と一緒に仕事をして五年になるけど、裏切られたことは一度もないもの」

私は一晩じゅう眠らずにグレースを待った。恐れと混乱で気が変になりそうだった。グレッグと話すまでは、きっと何か暴力の犠牲者になったものと私は確信していた。強盗に遭った、凌辱《りょうじょく》された、スピード違反のトラックかタクシーに撥《は》ね飛ばされた

――ニューヨークの街を一人で歩いている女性には無数の暴力が降りかかりうる。もうその線はないように思えたが、死んでもいないし肉体的危険にも晒《さら》されていないとすれば、いったい彼女の身に何が起きたのか、なぜ居場所を知らせに電話してこないのか？　その朝、地下鉄まで歩いていきながら二人で交わした会話を私は何度も反芻《はんすう》し、信頼というものをめぐって彼女が口にした妙に感情的な発言を思い起こし、彼女が私にしてくれたキスのこと、それからいきなり身をふりほどいて歩道を駆けていったことを思い出してみた。ふり向いてさよならの手を振りもせずに、彼女は階段の下に消えていったのだ。それは何か突然の、衝動的な決断に達した人間のふるまいだった。ある事柄に関して心を決めはしたものの、迷いや疑念もまだたくさん残っていて、決心がいかにも危なっかしいために、一瞬でも立ち止まってふり返りもう一度私の姿を見てしまったら、決意が――それがいかなる決意であれ――揺らいでしまうことを恐れていたのだ。そこまでは理解できた気がしたが、その先は何もわからなかった。グレースはいまや私にとって空白だった。その夜、彼女について考えたこと一つひとつが、たちまち物語になっていった。私たち二人の未来をめぐる、私の心のもっとも奥深くにある不安を弄《もてあそ》ぶ陰惨なドラマに膨らんでいった。そしてその未来は刻一刻、まったく何もない未来と化しつつあるように思えた。

朝七時少し過ぎ、もう二度と彼女には会えないんだという思いに私が屈したおよそ二時間後に彼女は帰ってきた。前の日の朝に着ていたのとは違う服を着ていて、明るい赤の口紅をつけ、目のメーキャップも優美で、頰にはうっすら紅を塗っていた。彼女はみずみずしく、美しかった。リビングルームのソファに座っていた私は、彼女が入ってきたとき、あまりに不意をつかれて声も出なかった。文字どおり、いかなる言葉も口から発することができなかった。グレースは私に向かってにっこり笑った。静かな、きらびやかな、落ち着き払った笑みだった。そして私が座っているところまで来て、私にキスした。

「わかってる、あなたにひどい苦しみを味わわせたことは」と彼女は言った。「でもこうするしかなかったの。もう二度とこんなことはないから。約束するわ、シドニー」

彼女は私の横に腰を下ろしてもう一度私にキスしたが、私は彼女の体に腕を回す気になれなかった。「どこにいたのか、言ってくれないと」と私は言い、自分の声にこもった怒りと恨みがましさに我ながら驚いた。「もう沈黙はなしだよ、グレース。話してくれないと」

「話せないわ」と彼女は言った。

「話せるさ。話さなくちゃいけないよ」

「昨日の朝、私を信頼してくれるって言ったでしょう。これからも信頼してちょうだい、シド。それ以外は何も頼まないから」

「人がそう言うのは何かを隠しているときだよ。いつだってそうさ。数学の法則みたいなものだよ。何なんだ、グレース？　君は僕から何を隠してるんだ？」

「何も隠してないわ。昨日は一人になる必要があった、それだけよ。考える時間が必要だったのよ」

「結構。いくらでも考えるといい。でも電話で居場所も知らせずに、僕を拷問《ごうもん》にかけるのはやめてほしいね」

「電話したいと思ったんだけど、できなかったの。どうしてなのかはわからない。なぜだか、あなたのことをもう知らないふりをしなくちゃいけないような気がしたの。少しのあいだだけ。ひどい真似だったけど、それが役に立ったのよ、本当に」

「昨日の夜、どこにいたんだ？」

「そういうことじゃないのよ、信じて。私は一人だった。グラマシーパーク・ホテルに部屋をとったのよ」

「何階に？　部屋番号は？」

「お願いシド、やめて。そんなの間違ってるわ」

「電話すれば確認できるじゃないか、そうだろう？」

「もちろんできる。でもそれじゃ、あなたが私を信じてくれないことになる。そうしたら私たちまずいことになるわ。いまはまずくない。そこが肝腎《かんじん》なのよ。私たちは大丈夫、そしていまここに私がいることがその証《あか》しよ」

「きっと君、赤ん坊のことを考えていたんだろうね……」

「ええ、ほかにもいろいろ考えたけど」

「何か新しい思いは？」

「まだ迷いきってる。柵《さく》に乗っていて、どっちへ飛び降りるか決めかねている」

「昨日しばらくジョンのところにいたんだけど、ジョンは中絶した方がいいと思ってる。すごくはっきりそう言ってた」

グレースの顔に驚きと動揺の両方が浮かんだ。「ジョンが？　だってあの人、私が妊娠してること知らないじゃない」

「僕が話したのさ」

「シドニー。そんなこと話しちゃいけないわ」

「どうして？　僕らの友だちじゃないか。なぜ知らせちゃいけない？」

私の問いに答えるのに、彼女は何秒かためらった。「私たち二人の秘密だからよ」と彼女はやっと言った。「そして私たちは、この問題をどうするかまだ決めていない。私、まだ両親にも言ってないのよ。ジョンが私の父親に話したりしたら、すごく厄介なことになりかねないわ」

「話さないよ。君のことすごく心配してるから、そんなことしないさ」

「心配？」

「そう、心配してる。僕が心配してるのと同じようにね。君はいつもの君じゃないよ、グレース。君を愛してる人間だったら誰だって心配するさ」

話が続くにつれて、彼女がはぐらかしているような感じもほんの少し減っていった。話の全貌《ぜんぼう》が明らかになるまで、私としてはもっと彼女をせっつく気だった。いったい何に駆られて、二十四時間にわたる謎《なぞ》の逃避行を企てる気になったのか、納得するまでは追及の手を緩めないつもりだった。この問題にはきわめて多くのことがかかっている。きれいに胸の内を晒して、真実を言ってくれるのでなければ、今後どうして彼女を信頼できるだろう？　彼女は私に、唯一信頼というものだけを求めている。けれど土曜の夜にタクシーのなかで取り乱して以来、何かが変だと思わないわけには行かなくなっている。私に打ちあけようとしない何らかの重荷ゆえに、グレースはじわじわ崩壊しつつあるのだ。少しのあいだは、妊娠が原因かと見えたが、いまではもうそれも定かでない。何かほかにあるのだ。赤ん坊に加えて何かがあるのであって、それが何なのかを話してくれなければ、私はよその男やら人目を忍んだ関係やら邪悪な裏切りやらを想像して自分を苛《さいな》みはじめるだろう。あいにく、この時点で会話は中断され、思いどおりに話を進められる位置から私は弾《はじ》き出されてしまった。それは、私がどんなに心配しているかをグレースに言った直後のことだった。彼女の手を握り、頬にキスしようとその体を引き寄せたところで、彼女はとうとう、フロアランプがいつもの場所になくソファの左が空っぽであることに気づいたのだ。それで私としても空巣のことを伝えざるをえず、そこから雰囲気は一変して、全然別の事柄を話すしかなくなったのである。

はじめのうち、グレースはその知らせを穏やかに受けとめているように見えた。私は彼女に、本棚の初版本が並んでいた部分のすきまを見せ、ポータブルTVが載っていたエンドテーブルを指さし、それからキッチンに連れていって、新しいトースターを買うしかないことを告げた。グレースがカウンターの下の引出しを開けると（私はこれを怠っていた）、結婚一周年の記念に彼女の両親から贈られた、わが家で一番上等な食器セットもなくなっていることが判明した。怒りが彼女を捉えたのはそのときだった。彼女は右足で一番下の引出しを蹴飛《けと》ばし、悪態をつきはじめた。汚い言葉などめったに使わないグレースだが、その朝の一分か二分のあいだ、彼女はまさしく怒りに我を忘れて、これまで聞いたこともない罵倒《ばとう》の文句を立てつづけに吐き出した。それから二人で寝室に入ると、怒りはあふれて涙に変わった。私が宝石箱のことを話したときから下唇が震え出したが、リトグラフもなくなったのを見ると、彼女はベッドに座り込んで泣き出した。私は何とかして慰めようと、別のヴァン・ヴェルデ作品をすぐ見つけてあげるよと約束したが、何ものも二十歳のとき初めてパリに行って買った品の代わりにならないことは私にもわかった。さまざまな色あいの、内側から光を放つ青が勢いよくのびて重なりあい、中央の丸っこい空白と、切れぎれの赤い筋がアクセントを加えている。私もその絵と暮らすようになって何年かが経《た》っていたが、いくら見ても飽きなかった。見るたびに何かを与えてくれる、決して自らを使いはたすことのないように思える作品だった。[12]

12　当時ロードアイランド・デザイン学校の生徒だったグレースは、三年次留学プログラムを利用して一年パリに行った。ヴァン・ヴェルデについては、ジョン・トラウズから手紙で聞かされた。ジョンは五〇年代に一、二度本人に会ったこともあり、サミュエル・ベケットがもっとも愛好する画家としても知られているのだとグレースに教えた（ジョンは手紙に、ベケットがヴァン・ヴェルデをめぐってジョルジュ・

デュテュイと交わした対話の一節を添えた。「私に言わせれば、ヴァン・ヴェルデは真っ先に〔……〕芸術家であるとはほかの誰もあえてしないようなやり方で失敗することだ、失敗こそが芸術家の世界だと認める人だ」)。ヴァン・ヴェルデの絵画は数も少なく高価だったが、六〇〜七〇年代初頭のグラフィックアートなら当時はまだ充分手の届く値段で、グレースはその作品を自分の金で分割払いで買った。毎月父親から送られてくる仕送りでやりくりするために、食べ物などの必需品を切り詰めて買ったのである。このリトグラフは彼女の青春時代の重要な一要素だった。高まりゆく芸術への情熱の象徴であるとともに、自立のしるし、女の子としての最後の日々と大人としての最初の日々をつなぐ橋でもあった。所有しているほかの何より、彼女にとって大きな意味を持つ品だったのである。

十五分か二十分かかって彼女は何とか気を取り直し、しみになったマスカラを洗い流し化粧を直すためバスルームに入っていった。私は寝室で彼女を待ちながら、ふたたび話の続きができるものと思っていたが、戻ってきた彼女は、もう遅いから急いで出かけないと、と宣言しただけだった。仕事を休むよう私は説得を試みたが、彼女は耳を貸さなかった。今朝はちゃんと出勤するとグレッグに約束したのだし、昨日一日は気前よく休みをくれたのだから、これ以上彼の善意につけ込むわけには行かないと彼女は言った。約束は約束よ、と言った彼女に、僕たちはまだ話しあうべきことがあるよと私は答えた。そうかもしれない、でもそれは私が仕事から帰ってきてからでも遅くないと彼女は応じた。そして自分の誠意を証そうとするかのように、出かける前にベッドに腰かけ、両腕を私の体に投げかけ、ずいぶん長く思える時間私をきつく抱きしめていた。「私のことは心配しないで」と彼女は言った。「もうほんとに大丈夫だから。昨日一日が、すごく役に立ったの」

私は朝の薬を飲み、寝室に戻って、午後なかばまで眠った。その日は何も予定がなく、唯一実践すべき事項は、グレースが帰ってくるまでできる限り静かに時を過ごすことだった。晩にまた話しあうと彼女は約束したのだし、約束は約束だと本人も言うのだから、それを盾に私は何とか彼女から真実を引き出す気だった。さほど楽観してはいなかったが、とにかく腰を据えてがんばってみないことにはどこへもたどり着けない。

その午後、空は明るく晴れていたが、気温は一桁《けた》まで落ちていて、問題の日以来初めて冬の気配が、寒さの予感が感じられた。またも眠りのパターンが乱されたせいか、私はいつもより調子が悪く、動きも危なっかしくて、息が切れがちで、一歩進むごとに頼りなくよろめいた。まるでもっと前の回復段階の、色が渦巻き物の見え方がばらばらで不安定だった時期に逆戻りしたような感じだった。体がひどく無防備に感じられ、空気そのものが脅威であるかのような、予期せぬ風がさっと吹き抜けたら体がばらばらになって地面に散らばってしまいそうな気がした。

コート・ストリートの電器店で新しいトースターを買ったが、その単純なやりとりだけで体力はほぼ使い尽くされてしまった。手の届く範囲の品を選んで、財布から金を取り出しカウンターの女性に渡したころには、体がぶるぶる震えて、いまにも涙が出そうだった。どうかなさいましたかと女性に訊《き》かれ、いいえと私は答えたが、安心できるような答え方ではなかったのだろう、気がつけば相手は、少しお座りになりますか、お水はいかがですか、と言ってくれていた。六十代はじめの太った女性で、鼻の下にかすかな髭《ひげ》の形跡がある。彼女が切り盛りしているその店は、薄暗くて埃《ほこり》っぽい、一家で細々やっているくたびれた穴蔵で、棚の半分近くは在庫がなくなっていた。親切な申し出ではあったが、私はもう一分たりともそこにいたくなかった。礼を言って歩き出し、よたよたと出口まで行って、ドアに寄りかかるようにして肩で押して開けた。そのあとしばらく歩道に立って、肌寒い空気を大きく呑《の》み込みながら、体が正常に戻るのを待った。店でのやりとりを思い返して、きっといまにも卒倒しそうに見えたんだろうな、と思った。

二軒下った〈ヴィニーズ〉でピザを一切れとコークのLを買い、食べ終えて立ち上がり店を出るころには少し気分もよくなっていた。時刻は三時半ごろで、グレースが帰ってくるのは早くて六時。近所を歩き回って買い物する元気はないし、夕食を作るのも無理だとわかった。当時の私たちにとって外食は贅沢《ぜいたく》だったが、まあデリバリーなら許されるだろう。アトランティック・アベニュー近くに最近開店したタイ・レストラン〈シャム・ガーデン〉から取ればいい。グレースもわかってくれるはずだ。目下二人でいろんな困難を抱えてはいても、私の健康は心配してくれているから、そういうことでとがめたりはしないだろう。

ピザを食べ終えると、クリントン・ストリートの公立図書館に行って、昨日トラウズが言っていたシルヴィア・モンローの作品があるかどうか見てみることにした。カード目録を調べたところ、二冊出てきた。『マドリードの夜』と『秋の儀式』、どちらももう十年近く借り出されていない。閲覧室に並ぶ、横に長い机のひとつに座って両方をぱらぱら覗《のぞ》いてみると、シルヴィア・モンローがシルヴィア・マクスウェルとはほとんど何の共通点もないことがすぐにわかった。モンローの小説は、アガサ・クリスティふうの文体で書かれた型通りのミステリーで、その二冊の、思わせぶりで気の利《き》いた作りの文章を読んでいるうちに、失望の念が胸に募ってきた。二人のシルヴィア・Mのあいだに類似があるかもなどと考えた自分が腹立たしかった。私としては最低限、若いころ自分がシルヴィア・モンローの本を一冊読んだきりすっかり忘れ、その無意識の記憶を、架空の小説『オラクル・ナイト』の架空の著者シルヴィア・マクスウェルという形で掘り起こした、くらいのことはあったのではと思っていたのだ。だがどうやら、マクスウェルという人物はあくまで私が虚空《こくう》から引き出した人間のようであり、『オラクル・ナイト』はオリジナルの物語であってほかのいかなる小説とも関係ないらしい。たぶんほっとしてしかるべきだったのだろうが、そういう気にはなれなかった。

五時半にアパートメントに戻ると、留守番電話にグレースからのメッセージが入っていた。余計な飾り抜きで、静かな声で、シンプルで率直なセンテンスを通して、彼女はここ数日私たちの周りに築かれつつあった不幸を解体していった。オフィスからかけているので大声は出せない、と彼女は言い、「でもこれで聞こえれば、あなたにわかってほしいことが四つあります」と切り出していた。「第一に、けさ出かけて以来私はずっとあなたのことを考えていて一瞬もやめていません。第二に、私は赤ん坊を産むことに決めました。私たちは今後もう二度と中絶という言葉を使いません。第三に、晩ご飯は作らなくていいです。五時きっかりに会社を出て、バルドゥッチーズへ行って何か美味《おい》しい惣菜《そうざい》を買っていきますからオーブンで温めて食べましょう。地下鉄が止まったりしなければ六時二十分か三十分には帰れます。第四に、ミスター・ジョンソンの態勢をしっかり整えておいてください。ドアから中に入ったとたんあなたに襲いかかります、だから準備は万端に。ミス・ヴァージニアは愛する男と一緒に一刻も早く裸になりたがっています」

ミス・ヴァージニアというのは私が彼女を言うのに用いたニックネームのひとつだったが、使ったのは結婚一、二年目だけであり、退院後一度も使っていないことは間違いなかった。そのフレーズによって、グレースは結婚して間もない楽しかった日々を呼び起こしている。それを彼女が覚えていると知って私は心を動かされた。というのもこの言葉が使われるのは、概して性交後の、すうっと力が引いていく瞬間に限定されていたのだ。営みを終えたグレースがベッドから起き上がり、ぶらぶらと部屋を横切ってバスルームへ向かう、慎みもなく、気だるげに。裸の肉体に幸福をみなぎらせているその姿を見て、時おり私が（だんだん思い出してきた）ふざけて彼女をミス・ヌード・ヴァージニアと呼んだのだ。そう言われると、彼女はいつも声を上げて笑い、かならず立ちどまってコミカルにセクシーなポーズをとってみせ、今度はそれを見て私が笑う番だった。そしてミス・ヴァージニアはミス・ヌード・ヴァージニアの略であって、人前で私が彼女をそう呼ぶとき、それはつねに私たちのセックスライフをめぐる秘密の通信であり、服の下に隠れた彼女のむき出しの肌への言及、私が崇《あが》めてやまぬ美しい肢体への賛歌だった。そしていま、妊娠を断ち切りはしないと宣言した直後に、神話上の人物ミス・ヴァージニアを彼女は復活させたのであり、その二つの発言を並置することによって、私はふたたびあなたのものですと伝えている。前と同じように彼女は私のものであり、と同時に、かつてとは違った形で私のものでもある。彼女だけにできるさりげなさで、結婚生活の次の段階へ入っていく気になったこと、私たちの暮らしの新時代がいまにもはじまろうとしていることを、グレースは告げているのだ。

晩に備えて練っていた対決を私は廃棄し、昨日の夜に帰ってこなかったことについてもまったく何も訊かなかった。彼女が留守番電話であらかじめ警告していたことを私たちはすべて実行した。ドアから彼女が入ってきたとたん、たがいに取っ組みあって床に倒れ込み、半分服も脱げた身を寝室めざして引きずっていったが、結局目的地には達せずじまいだった。その後、バスローブを羽織って、オーブンで食べ物を温め、遅いディナーの席についた。私が彼女に、その日の午後に買ったワイドスロット、ベーグル対応のトースターを見せると、空巣をめぐる沈んだ話がしばし続いたが、それも私の鼻から突然血が流れ出て、グレースがたったいま私の前に置いたところだった、デザートのアプリコット・ペストリーの上にぽたぽた垂れたことで打ち切られた。流しに飛んでいって首をうしろに傾け出血が止まるのを待つ私のうしろに彼女は立ち、両腕を私の体に巻きつけて、私の肩や首にキスしながら、赤ん坊の名前は何にするか、珍案をあれこれ口にした。女の子だったらゴールディ・オアにしようと私たちは決めた。男の子だったら、キルケゴールの著作にちなんでアイラ・オア〔※『あれかこれか』の英訳題*Either/Or*のもじり〕。私たちはその晩、愚鈍に幸福だった。私への愛情を示す上で、グレースがあんなに有頂天に、抑制なしに感情をほとばしらせたことはかつてなかったと思う。やっと血が止まると、彼女は私を回れ右させて、湿った布で私の顔を拭《ふ》いてくれた。口やあごを拭《ぬぐ》って、鼻血の形跡をすべて消していきながら、ずっと私の目に見入っていた。「後片付けは明日の朝にしましょ」と彼女は言った。そして、それ以上一言も言わずに私の手をとり、私を寝室へ連れていった。

　翌朝私は寝坊し、やっと十時半にベッドから転がり出たときには、グレースはもうとっくに出かけていた。薬を飲んでコーヒーを淹《い》れようと私はキッチンに入っていき、昨夜放ったらかしにした皿やら何やらをゆっくり片付けていった。十分後、最後の一枚の皿を食器棚に入れ終えると、メアリ・スクラーが電話で悪い報《しら》せを伝えてきた。ボビー・ハンター側の連中が私のシナリオを読んで、採用の見送りを決めたということだった。

「残念だけど、意外だってふりをしてもはじまらないわよね」とメアリは言った。

「いいんだよ」と私は、案外くやしさも感じずに言った。「ろくでもないアイデアだったし。却下されてよかったよ」

「ストーリーが思索的《セリーブラル》すぎるって向こうは言ってたわ」

「そんな単語知ってるとは驚きだね」

「あなたがカッカしなくてよかったわ。したって仕方ないものね」

「金が欲しかったってだけさ。純粋なる欲の問題だよ。だいたいやり方からしてプロじゃなかったよね。こういうとき、契約するまでは何も書いちゃいけないんだよな。ビジネスの第一歩だよ」

「うん、あちらはけっこうびっくりしてたわ。とにかく早いって。そういうがむしゃらなやり方に慣れてないのよね。まずは弁護士だのエージェントだのを介してあれこれ交渉したがるのよ。何か重要なことやってる気になれるから」

「でもまだわからないな、何で僕に話が来たのか」

「あっちにファンがいるのよ。ボビー・ハンターかもしれないし、郵便室勤務の男の子かもしれない。わからないわよ。とにかく、小切手は送りますって。感謝のしるしにって。契約なしで書いたわけだけど、報酬はちゃんと出しますって」

「小切手？」

「ほんの気持ちに」

「いくらの気持ち？」

「千ドル」

「そりゃ捨てたもんじゃないね。僕が久しぶりに稼いだ金だ」

「ポルトガルを忘れてるわよ」

「そう、ポルトガルね。どうしてポルトガルを忘れたりできよう？」

「執筆中かもしれない、じゃないかもしれない小説の方はどう？」

「特にニュースなしだね。ひとつ救い出せる要素があるかもしれないけど、よくわからない。小説内小説だね。それについてずっと考えてるから、いい徴候かも」

「五十ページ渡してくれたら契約取ってくるわよ」

「書き上げてもいない本で金をもらったことはまだないな。五十一ページ目が書けなかったらどうする？」

「そんなこと言ってる時代じゃないのよ。あなたにお金が要るんだったら、私はあなたにお金を取ってくるよう努める。それが私の仕事」

「考えさせてくれるかな」

「あなた考える、私待つ。あなたが電話するところまでたどり着いたら、私はここにいるから」

電話を切ると、私はクローゼットからコートを取りに寝室に入っていった。『タイムマシン』の一件が公式に途絶えたいま、何か新しい計画を考えないといけない。それには冷たい空気のなかを散歩するのがいいと思ったのだ。ところが、ちょうど出かけようとしたところでまた電話が鳴った。出るのはよそうかととっさに思ったが、グレースかもと期待して気が変わり、四回目のベルで受話器を取った。トラウズだった。いま私がこの世で一番話したくない人物である。原稿をなくしてしまったことを私はまだ彼に言っていなかった。二日間ずっと先延ばしにしつづけた告白を、思いきっていま言ってしまおうと私は身構え、そのことで頭が一杯だったものだから、相手の話についていくのに一苦労だった。エリナーと亭主がジェイコブを見つけたと彼は言っていた。すでにアッパー・イーストサイドの、スミザーズなるドラッグクリニックに入れたらしい。

「聞こえたかい？」とジョンは言った。「二十八日間のプログラムに入れたんだ。たぶんそれじゃ足りないだろうが、まあ第一歩ではある」

「そうですか」と私は力ない声で言った。「いつ見つかったんです？」

「水曜の夜、君が帰ってまもなくだ。入れるにもいろいろ大変だったみたいだ。幸い、クリニックにドンの知りあいの知りあいがいて、ややこしい手続きも何とか通った」

「ドン？」

「エリナーの亭主だよ」

「あ、そうでしたね。エリナーの亭主」

「シド、大丈夫か？　まるっきり上の空じゃないか」

「いえいえ、大丈夫です。ドンですよね。エリナーの新しい亭主」

「電話したのは、頼みたいことがあるからなんだ。迷惑じゃないといいんだが」

「迷惑なんかじゃありません。どういう頼みごとでも。言ってくれればやります」

「明日は土曜で、クリニックは正午から五時まで面会時間なんだ。私の代わりに行って様子を見てきてもらえないかな。長居する必要はない。エリナーとドンが行けないものでね。二人ともロングアイランドに戻ってしまったんだ。まあもう十分やってくれたからね。とにかくあの子がちゃんとそこにいるとわかればいいんだ。鍵《かぎ》もかけないクリニックなんだよ。自由意志に任せたプログラムでね、あの子の気が変わってないことを確かめたいんだ。これだけさんざん手を尽くして、ここで逃げ出されたんじゃやかなわんからな」

「自分で行った方がよくないですか？　何といっても父親なんだし。僕は彼のことなんてほとんど知りませんよ」

「私とはもう口を利かないんだ。私と喋《しゃべ》らないってことをうっかり忘れても、出てくるのは嘘《うそ》っぱちばかりさ。足しになると思えば、私だって松葉杖《まつばづえ》ついて会いに行く。でもなりやしないよ」

「どうして僕となら口を利くって思うんです？」

「君のことが気に入ってるのさ。なぜだか知らんが、君はクールな人間だとあの子は思ってる。これは正確な引用だよ。『シドはクールな人間だよ』。若く見えるからかな。それとも前に、あの子が好きなロックバンドのことを話したからかな」

「ビーン・スパズムズですね。シカゴ出のパンクバンドです。二、三曲昔からの友だちに聞かされたことがあるんです。そんなによくないですね。もう解散したんじゃないかな」

「少なくとも誰のことだか、君はわかったわけで」

「それがジェイコブと交わした最長の会話ですよ。四分くらいですかね」

「四分なら上々さ。明日あの子から四分引き出せれば大したものだよ」

「グレースも一緒に連れていった方がいいと思いませんか？　彼女の方が僕よりずっと前から知ってるし」

「論外だね」

「どういうことです？」

「ジェイコブは彼女を見下してるんだ。同じ部屋にいるのも耐えられないんだよ」

「グレースを見下す人間なんていませんよ。頭がおかしくでもない限り無理です」

「私の息子から見ればそうじゃないのさ」

「そんなこと、彼女から一言も聞いてませんよ」

「初めて会ったときまでさかのぼる話なんだ。グレースは十三でジェイコブは三つだった。エリナーと私は離婚の手続きを終えたばかりで、私はビル・テベッツのヴァージニアの山荘に招かれて、テベッツの一家と二週間ばかり一緒に過ごすことになった。夏のことで、ジェイコブも一緒に連れていったんだ。テベッツ家のほかの子供たちとは仲よくやってるみたいなのに、グレースが部屋に入ってくるたび、殴りかかったり、物を投げつけたりするんだ。あるときなんか、おもちゃのトラックを取り上げて彼女の膝《ひざ》に叩きつけた。可哀想に、グレースは血だらけになったよ。あわてて医者に連れていって、十針縫ったんだ——」

「知ってますよ、その傷。一度話してくれたけど、ジェイコブの名前は出てこなかったな。どこかの男の子だとしか言わなかった」

「とにかくはじめから、一目見たときから彼女を憎んでいたみたいなんだ」

「きっとあなたが彼女のことを可愛《かわい》がっているのを感じとって、これはライバルだと思ったんですね。三歳の子供ってのは非合理なもんです。言葉はそんなに知らないから、怒ると拳骨《げんこつ》でしか喋れない」

「かもしれん。でもそれがもっと大きくなってからも止《や》まなかったのさ。最悪だったのは、ポルトガルでの、ティーナが死んでから二年くらい経ったときのことだ。私は北の海辺に例の家を買ったばかりだった。で、エリナーに送り出されてあの子が一月泊まりに来たんだ。もうそのときには十四で、言葉だって私と同じくらい知ってる。あの子が到着したとき、たまたまグレースも来ていた。ちょうど大学を出て、九月からホルスト&マクダーモットで働きはじめることになっていたんだ。七月からヨーロッパへ絵を見にきていて、まずアムステルダム、それからパリ、マドリードと下って、列車に乗ってポルトガルに来た。彼女と最後に会ったのは二年以上前だったから、つもる話もたくさんあったんだが、そこへジェイコブがやって来て、彼女がいることを露骨に嫌がったんだ。ぶつぶつと彼女めがけて悪態をつきつづけて、彼女に何か訊かれても聞こえないふりをして、一度か二度、彼女の服にわざと食べ物をこぼしさえした。いい加減にしろ、と私は何度も言った。もう一度ろくでもない真似《まね》やったらアメリカに送り返すからな、と脅《おど》かした。それでもあの子は一線を越えてしまって、結局飛行機に乗せてアメリカに帰らせたんだ」

「何をしたんです？」

「グレースの顔に唾《つば》を吐いた」

「そりゃひどい」

「三人でキッチンにいて、夕食の野菜を刻んでいたんだ。グレースが何か当たり障《さわ》りのないことを言ったら――何と言ったかすら思い出せないね――ジェイコブがカッとなって、ナイフを振り回しながらグレースの方に寄っていって、馬鹿女《ばかおんな》とののしった。それでとうとうグレースもカッとなった。それに応《こた》えて、あの子が彼女に唾を吐いたんだ。いまから思うと、ナイフで彼女の胸を刺さなかっただけ幸運だったと思うね」

「で、そういう人物に、明日話をしに行けってわけですか？　そういう奴《やつ》は尻《しり》を蹴飛ばしてやるのが相応だと思いますね」

「私が行ったら、たぶん本当にそうなると思う。君に行ってもらった方が万事ずっといいんだ」

「ポルトガル以後も何かあったんですか？」

「二人が顔を合わせないよう私が気を配ってきたのさ。もう何年も会っていないはずだ。私から見る限り、あの二人が二度と会わない方が世界は安全な場所なんだ[13]」

13　結局会話は、私がジェイコブに――一人で――会いに行くことに同意して終わった。そのくらいのことはジョンのためと思えばやぶさかでなかったが、グレースに対する彼の息子の憎しみの話にはぞっとさせられた。かりにジェイコブの側に、恨みを抱く正当な理由が何かあったとしても（可愛い「名付け娘」に父の愛を奪われた息子）、少しも同情する気にはなれなかった。嫌悪《けんお》と、軽蔑《けいべつ》しか感じなかった。父親のためにクリニックへは行くけれど、そんな奴と一緒に過ごす時間など少しも楽しみではなかった。
　思い出せる限り、それまで私がジェイコブと会ったのは二度だけだった。グレースとのいきさつは何も知らなかったから、どちらの場合にもなぜ彼女がいないのか考えもしなかった。一度目は金曜の夜にシェイ・スタジアムへメッツ＝レッズ戦を見にいったときだった。トラウズがシーズンボックスを持っている知りあいからチケットをもらい、私がファンだと知っていたので一緒に行こうと誘ってくれたのである。一九七九年五月、私がグレースに恋してまだ数か月のころで、ジョンと私はその二週間くらい前に初めて会ったばかりだった。ジェイコブはもうじき十七歳になるところで、彼もクラスメートを一人連れてきて、これで四人組となった。スタジアムに入った瞬間から、どちらの男の子も野球に興味がないのは明らかだった。最初の三イニングはむすっと退屈そうな顔で大人しくしていたが、やがて二人で席を立って、ホッ

トドッグを買って「少し歩いてくる」（ジェイコブの言葉）と称して出ていった。二人は七回裏まで帰ってこず、戻ってきたときにはクスクス笑って目は曇り、前よりずっと上機嫌になっていた。何をしていたのか、想像するのは難しくなかった。当時私はまだ教師をしていて、マリファナでハイになった若者はさんざん見ていたのだ。ジョンは試合に夢中になっていて気づいていないようだったので、私もわざわざ言いはしなかった。まだ彼のことはろくに知らなかったし、親子のあいだに何があろうとこっちが口を出す筋合いではないと思ったのだ。こんにちはとさよならを言った以外、ジェイコブと私はその晩せいぜい十語くらいしか言葉を交わさなかったと思う。

次に会ったのは、およそ半年後だった。ジェイコブは高校の最終学年で、ほとんどすべての科目に落第しかけていた。ジョンがある日の午後私に電話してきて、急な話だけど今夜ビリヤードを一緒にやらないかと誘ってきた。そのころからもうジェイコブとはろくに口を利かなくなっていて、私が緩衝材になってくれればと考えたのだと思う。中立的な第三者がいれば、公《おおやけ》の場所で戦争が勃発《ぼっぱつ》することは回避できると思ったのだ。私がジェイコブとビーン・スパズムズのことを話し、クールな人間という評価を獲得したのもその夜である。私の目にジェイコブは、実に頭のいい、敵意に満ちた、自分の人生を何としても滅茶苦《めちゃく》茶《ちゃ》にしようとあがいている若者と映った。もし希望の影があるとしたら、ジェイコブがビリヤードで断固父親を負かしてやろうという気でいることだった。私のビリヤードはお粗末もいいところでどのゲームでもたちまち脱落したが、ジョンはなかなかの腕前で、息子にもかつてきちんと伝授したらしかった。ビリヤードは二人両方の競争心を引き出していた。とにかくジェイコブが何かに集中しているというだけでも有望な徴候に思えた。そのとき私は、ジョンが軍隊で腕利きの勝負師だったことを知らなかった。その気になれば、立てつづけにボールを入れてジェイコブをあっさり負かすこともできたのに、そうしなかったのだ。必死でプレーしているふりをして、最後は息子に勝たせたのである。事情を考えれば、たぶん正しい選択だったのだろう。長い目で見て足しになったわけではないが、少なくとも終わったときにジェイコブはにっこり笑い、父親のところへ行って握手を求めた。ひょっとしたら二人が握手したのが、これが最後だったとしても不思議はない。

翌日はグレースの仕事も休みだったから、私が出かけたとき彼女はまだ眠っていた。金曜日にトラウズと話して、今日の午後スミザーズに行くと約束したことは彼女には黙っていようと私は決めていた。話せばジェイコブの名前を出さざるをえないし、私としては彼女の嫌な記憶を呼び起こすようなことはしたくなかった。ただでさえ辛《つら》い日々が続いているのだ。少しでも気持ちの乱れを引き起こして、過去四十八時間で私たち二人がどうにか達成した危ういバランスを壊しかねない話などしたくなかった。私はキッチンテーブルに、マンハッタンの本屋を回ってくる、遅くとも六時には帰ると書いたメモを置いていった。この一週間、私たちがたがいに対してついてきたささやかな嘘がまたひとつ増えたわけだ。でも私の意図は彼女をだますことではなかった。私はただ、これ以上の不快なことから彼女を護《まも》りたかった。自分たち二人の空間をできるだけ小さい、私たちだけのものに保ちたいと願い、過去に起きた嫌な出来事に自分たちを巻き込みたくなかった。

スミザーズはブロードウェイのプロデューサー、ビリー・ローズが所有していた大邸宅にあった。いつどのようにして豪邸がリハビリ施設に変身したのかはわからなかったが、建物自体は昔のニューヨーク建築の確固たる実例で、富というものがダイヤモンドやシルクハットや白い手袋で己を誇示した時代に建てられた石灰岩の御殿だった。それがいまは社会の敗残者たちの棲《す》みかになって、ドラッグ中毒者、アルコール依存症患者、元犯罪者たちが入れ替わり立ち替わりやって来ているのだから皮肉なものだ。それは失われた者たちのための中継地点であり、ドアがブザー音とともに開いて私が中に入ると、ある種のみすぼらしさがすでに入り込みはじめたことがすぐさま感じとれた。建物の骨はまだ無傷のままでも（白黒タイルの床が広がる巨大な玄関広間、マホガニーの手すりのついた螺旋《らせん》階段）、肉は侘《わび》しげで薄汚れ、長年の苦労と働き過ぎのせいで疲弊していた。

受付でジェイコブの家族の友人だと告げて面会を求めた。係の女性は私のことを怪しんでいるらしく、ドラッグや武器を持ち込もうとしていないことを証明するためにポケットの中身を全部空けさせられた。いちおう検査には合格したのに、それでも入れてもらえそうにない雰囲気だったが、こっちが事情を訴える間もなく、ジェイコブがたまたま玄関広間に現われた。ほか三、四人の居住者と一緒に、昼食をとりにダイニングホールへ向かっていたのである。最後に会ったときより背がのびたように見えたが、黒い服を着て髪を緑に染め、おそろしく痩《や》せこけたその姿はどこかグロテスクで道化めいていて、さながら死の公爵《こうしゃく》の面前でダンスを披露しに向かう幽霊パンチネッロ〔※イタリア起源の人形芝居の道化〕という趣だった。私に名前を呼ばれて、ふり向いてこっちを見た彼は、衝撃を受けているように見えた——喜ぶのでも悲しむのでもなく、単に衝撃を受けていた。「シド、ここで何してるんだ？」と彼は小声で言った。そして彼が仲間から離れて、私が立っているところまでやって来るのを見て、受付の女性は訊くまでもない問いを口にした。「この人知ってるの？」。「ああ、知ってる。父親の友だち」とジェイコブは言った。その一言で私は中に入る資格を得た。女は私の方に紙ばさみを押し出し、私は来訪者名簿に活字体で名前を書き終えると、ジェイコブのあとについて長い玄関広間を抜けて、ダイニングルームに入っていった。

「あんたが来るなんて聞いてないよ」とジェイコブは言った。「親父《おやじ》に言われて来たんだね？」

「そうでもない。たまたま近くに来たから、ちょっと寄って様子を見ていこうと思って」

ジェイコブは何からなり声を漏らし、全然信じていないということをわざわざ言葉で伝えようとすらしなかった。見えすいた嘘だが、私としてはとにかくジョンを話に入れないでおきたかった。家族の話を避ければ、ジェイコブから少しは何か引き出せるかもしれない。我々は少しのあいだ黙って歩いていたが、やがて、ジェイコブが不意に片手を私の肩に載せた。「あんた、すごい病気したんだってね」と彼は言った。

「うん。いまはだいぶよくなってきてるみたいだ」

「みんなもう死ぬと思ったんだって？」

「そう言われた。でも読みは外れて、四か月くらい前に生きて病院を出た」

「つまりあんたは不死身だってことだよ、シド。あんた一一〇歳までくたばらないよ」

ダイニングホールは広々とした陽あたりのいい部屋で、ガラスの引き戸が小さな庭に通じていて、居住者何人かとその家族が庭に出て、煙草《たばこ》を喫《す》ったりコーヒーを飲んだりしていた。食事はカフェテリア形式で、ジェイコブと私はトレーにミートローフやマッシュポテトやサラダを載せると、テーブルを探しにかかった。室内には五、六十人いたにちがいなく、二分ばかりうろうろ回って空いたテーブルがやっと見つかった。その遅れが、あたかも面と向かって侮辱されたみたいにジェイコブを苛立《いらだ》たせたようだった。やっと腰を下ろし、居心地はどうだい、と訊いてみると、左脚をせかせか貧乏揺すりしながら、えんえん恨みつらみを並べはじめた。

「ひでえところだよ」と彼は言った。「やることといったら、ミーティングに出て自分のこと話すだけ。それってどれくらい退屈かわかる？　何で俺がさ、こんな落ちこぼれ連中がどれだけ悲惨な子供時代を過ごしたかとか、人の道から外れて悪魔の手に落ちたとかいったろくでもない話聞かなきゃいけないわけ？」

「自分の番が来たら？　立ち上がって喋るの？」

「そうするっきゃないんだよ。黙ってると、みんなでこっちを指さして臆病者《おくびょうもの》って言うんだ。だからほかの奴らのと似たような話でっち上げて、それからしくしく泣き出すんだよ。これにはみんなかならずじいんと来るね。俺、けっこう役者なんだよ。僕はどうしようもないクズですって言って、泣き崩れてもうそれ以上喋れなくなると、みんな満足するんだよ」

「なぜだます？　そんなことしたらここにいても意味ないじゃないか」

「なぜって俺は中毒じゃないからさ。ドラッグ少しはやったけど、べつにどっぷり浸ってやしないよ。その気になればやめられるんだ」

「僕の大学のルームメートもそう言ってたよ。で、ある夜、過量摂取で死んだ」

「うん、そいつ、たぶん馬鹿だったんだよ。俺はちゃんと自分が何やってるか心得てるから、過量摂取で死んだりしないよ。依存症じゃないから。母親はそうだと思ってるけど、あの人何もわかっちゃいないから」

「じゃあどうしてここに入ることに応じた？」

「じゃないと勘当するって言われたからさ。俺もう、あんたのお友だちの、全能なるサー・ジョンを怒らせちまったからさ、この上レディ・エリナーまで扶養はやめるとか馬鹿なこと考えはじめたら困るわけでさ」

「仕事を見つければいいじゃないか。仕事ならいつだって見つけられるだろうに」

「うん、見つけられるけどさ、見つけたくないんだよ。ほかにやりたいこといろいろあるから、まだ少し時間が要るんだよ」

「じゃあここではとにかく大人しくして、二十八日間が終わるのを待ってるわけだ」

「一日じゅうあれこれやらされなきゃまだいいんだけどね。アホなミーティングえんえんつき合わされるか、じゃなけりゃひどい本読まされてさ。あんなガラクタ、あんた読んだことないと思うね」

「何の本？」

「ＡＡ〔※アルコール中毒者更生会〕のマニュアル、十二段階プログラム、そういうガラクタだよ」

「ガラクタかもしれないけど、助けられた人は大勢いる」

「あんなの阿呆相手だよ、シド。なぁにが高次の力を信頼せよ、だ。赤ん坊相手の宗教かよ。高次の力に己を委《ゆだ》ねよ、されば救われん。あんなもの鵜呑《うの》みにするのはよほどの低能だね。高次の力なんてないんだよ。世界を見てみろよ、そんなものどこにあるか教えてほしいね。俺には見えないね。あんたがいて俺がいて、ほかの人間みんながいるだけさ。しょうもない人間どもが、何とか生き延びようとあがいてるだけさ」

一緒にいてまだ何分も経っていなかったが、私はもうすっかり精力を吸いとられていた。中身のない、世を馬鹿にしきった物言いに、とことん消耗させられていた。できるだけ早く逃げ出したかったが、まあ一応食事が終わるまではいようと決めた。トラウズの青白き痩せ衰えた息子は、スミザーズの料理にはろくに食欲をそそられない様子で、しばらくマッシュポテトをつっつき、ミートローフを一口試しただけでもうフォークを置いた。少し経って席から立ち上がり、デザートは要るかと私に訊いた。私は首を横に振ったが、彼はふたたび行列めざして歩いていった。戻ってくると、チョコレートプディングを二カップ持っていて、それを自分の前に置き、一つ食べ終えると二つ目も続けて食べはじめた。どう見てもメインコースよりスイーツの方に関心があるようだった。ドラッグがないので、唯一《ゆいいつ》代わりになるのが糖分なのだろう。小さな子供のようにがつがつとプディングを貪《むさぼ》り、それぞれのカップから綺麗《きれい》にすくって食べていく。一カップ目から二カップ目に移るあたりで、一人の男が声をかけにテーブルに寄ってきた。三十代なかばくらいか、ごつごつのあばた面《づら》で、髪はうしろで短いポニーテールに束ねている。ジェイコブは彼のことをフレディと紹介した。筋金入りのリハビリ・ベテランの温かさとひたむきさをもって、年上の男は私に手を差し出し、ジェイクの友だちに会えて嬉《うれ》しいと言った。

「シドは有名な小説家なんだぜ」とジェイコブは出し抜けに宣言した。「もう五十冊くらい本出してるんだ」

「この子の言うこと信じちゃ駄目ですよ」と私はフレディに言った。「誇張癖、ありますから」

「うん、知ってる」とフレディは答えた。「こいつはね、放っとくとえらい騒ぎ起こすんだ。だからいつも見張ってなくちゃいけない。だろ、坊や？」

ジェイコブはうつむいてテーブルを見ていた。やがてフレディは、彼の頭をぽんと叩《たた》いて立ち去った。ジェイコブは二つめのチョコレートプディングにスプーンをつっ込みながら、フレディは自分のグループリーダーでまあそんなに悪い奴じゃないと言った。

「昔は泥棒だったんだ」とジェイコブは言った。「プロの万引き。だけど賢い手口使ってたから、絶対つかまらなかった。たいていの奴らは大きなコートか何か着て店に入るけど、フレディは司祭さまの格好してったわけ。誰も全然、疑わなかった。フレディ神父、神の僕《しもべ》。だけどあるとき、そのせいで変な目に遭ったんだ。ミッドタウンにいて、万引きしようと思ってどっかのドラッグストアに入ったら、すごい交通事故があってさ。道を渡ろうとしてた男が車に撥《は》ねられたんだ。で、誰かがそいつを歩道の、フレディが立ってるあたりに引きずってきた。そこらじゅう血だらけで、男は意識を失っていて、どうやら助かりそうになかった。人だかりが周りに出来て、突然一人の女が司祭さまの服を着たフレディを見つけて、最後の秘跡をやってあげてくださいなと頼んできた。これにはフレディ神父も困ったね。何しろお祈りの文句なんてひとつだって知りやしない。でもここで逃げ出したら、偽者《にせもの》だとバレて、聖職者を騙《かた》ったかどで逮捕されちまう。だからその男の上にかがみ込んで、両手を合わせてお祈りしてるみたいなふりして、前に映画で聞いた物々しい寝言をぶつぶつ呟《つぶや》いたんだ。それから立ち上がって、十字を切って、ずらかった。けっこうおかしいだろ？」

「ずいぶん勉強になるミーティングみたいじゃないか」

「こんなのメじゃないって。フレディなんて、ただのジャンキーがクスリ代稼ごうとしてただけでさ。もっと狂った真似やってる奴、ここにはいくらでもいるよ。あそこの隅のテーブルにいる黒人の男見えるかい、青いトレーナーの大男？　ジェローム。人を殺してアッティカに十二年入ってたんだ。それと隣のテーブルの、母親と一緒にいる金髪の若い女？　あれってパーク・アベニュー育ちで、ニューヨークでも指折りの富豪の家の娘なんだ。で、昨日ミーティングで言ってたんだけど、十番街の、リンカン・トンネルあたりで体売って、一回二十ドル、自動車のなかで誰とでもファックしてたんだって。それとあの向こう側のヒスパニックの男わかる、黄色いシャツ着た奴？　アルフォンソ。十歳の自分の娘をレイプして刑務所に入ったんだ。だからさシド、ここのたいていの連中に較《くら》べたらさ、俺なんかただの中流階級のお坊ちゃんなわけでさ」

プディングで少し元気が出たのか、トレーを二人でキッチンへ下げにいったときも、ジェイコブの歩みには少し弾みがついていて、昼食前に玄関広間で見たときの夢遊病者みたいな力ない歩き方とは違っていた。私は全部でたぶん三十分か三十五分一緒にいたと思う。これだけいればジョンへの義理も果たした気になれる。ダイニングホールから出ていきながら、よかったら上に上がって俺の部屋見ていかないか、とジェイコブは誘ってきた。一時半に大きなグループミーティングがあってさ、家族や来客も歓迎なんだ。よかったらあんたも来るといいよ、それまでは四階の俺の部屋でのんびりしてればいいしさ。そうやって私にしがみつき、私を帰らせたがらない様子には、どこか哀れを催すところがあった。私たちはほとんど知人とすら言えないのに、ここにいてよほど寂しかったのだろう、私が父親のスパイとして来ていることはわかっていても、友人として見ずにいられないのだ。私はジェイコブに同情を感じようとしたが、できなかった。こいつは私の妻の顔に唾を吐いた奴なのであり、もう六年前の出来事とはいえ、どうしても許す気にはなれなかった。私は腕時計を見て、あと十分で二番街で人と会う約束があるんだと言った。彼の目にさっと失望の色が浮かぶのが見えた。それから、ほとんど間を置かず、顔が硬くなって無関心の仮面に変わった。

「いいよ、べつに」と彼は言った。「行かなきゃいけないんなら、行くしかないよな」

「来週また来るようにするよ」と私は、来はしないことを充分知りながら言った。

「好きにしてくれよ、シド。あんた次第だから」

さも気さくげにジェイコブは私の肩をぽんと叩き、私が別れの握手を求める間もなくくるっと踵《きびす》を返して階段の方に歩き出した。私は少しのあいだ広間に立って、ふり返って会釈《えしゃく》くらいはするだろうかと見ていたが、彼は何もしなかった。彼がそのまま階段をのぼりつづけて、螺旋を回って見えなくなったところで、私は受付の女のところに行って退出のサインをし、外に出た。

一時を少し過ぎていた。アッパー・イーストサイドにはめったに来ないし、この一時間で天気もよくなっていて、上着が邪魔と思えるくらいぐんぐん暖かくなってきたので、今日の散歩という口実で界隈《かいわい》を散策することにした。何とも気の滅入《めい》る訪問だったことをジョンに知らせるのはきっと辛いだろう。すぐ電話する代わりに、ブルックリンに戻るまで先延ばしにすることにした。アパートメントからかけるわけには行かないが(少なくともグレースがいるあいだは)、ランドルフィーズの奥の隅に年代物の電話ボックスがあって、ちゃんと閉まるアコーディオンドアも付いているから、あそこなら充分プライバシーも保てると思った。

スミザーズを出て二十分後、私はレキシントン・アベニューの九十丁目台の下の方にいて、歩行者の小さな波のなかに入って進みながら、そろそろ帰ろうかと考えていた。誰かが私にぶつかって、すれ違いざま左肩にかすって行ったので、誰かと思ってふり返ってみると、驚くべきことが起きた。およそ確率的にありえない出来事に、私ははじめ幻覚を見たのかと思った。大通りのまっすぐ向こう側、私が立っているところから九十度の角度に小さな店があって、**ペーパー・パレス**と書いた看板がドアに掛かっていたのだ。チャンがもう新しい店を出したのだろうか？　ありえないことに思えたが、あの男が物事を行なうすばやさを思えば（一夜にして店を畳む、赤い車で街を走り回る、いかがわしい商売に投資する、金を借りる、金を使う）、なぜ疑うことがあろう？　チャンはどうやら、加速された運動の靄《もや》のなかで生きている。まるで、彼にとっては世界のもろもろの時計がほかの人間にとってより遅く動くかのように。一分は彼には一時間のように感じられるにちがいない。それだけ余分な時間を使えるわけだから、このあいだ会った以後の数日で、レキシントン・アベニューへの引越しをやってのけたとしても不思議はないではないか？

その反面、単なる偶然ということもありうる。ペーパー・パレスというのは文房具店の名として決して独創的な名前とは言えない。ニューヨークにその名の店が複数あったとしてもおかしくない。確かめてみようと道路を横断しながら、このマンハッタン・バージョンはきっと違う経営者の店なのだという思いを私は強めていった。行ってみると、たしかにウィンドウのディスプレイは、このあいだの土曜に私の目を惹《ひ》いたディスプレイとは違っていた。ニューヨークの摩天楼の連なりを表わす紙の塔はなかったが、その代わりにあったものは前のよりもっと想像力豊かで、もっと気が利いていると思えた。小さな人形サイズの男の彫像が、ミニチュアのタイプライターが載った小さな机に向かっている。両手はキーに触れ、紙もちゃんとシリンダーに巻いてあって、顔をウィンドウに押しつければ、紙にタイプされた字まで読めた——それは最良の時、最悪の時であり、叡智《えいち》の時代、愚鈍の時代であり、信仰の世、不信の世であり、光の季節、闇《やみ》の季節であり、希望の春、絶望の冬であり、私たちの前にはすべてがあり、私たちの前には何もなかった……〔※ディケンズ『二都物語』の書き出し〕

ドアを開けて中に入り、敷居をまたぐと、十八日にもうひとつのペーパー・パレスで聞いたのと同じちりんという音が聞こえた。ブルックリンの店も狭かったが、こっちはもっと狭く、天井まである木の棚に品物がぎっしり積み上げられている。今回もまた、店内に客はいなかった。はじめは誰の姿も見えなかったが、表のレジのあたりから、低い、メロディにもなっていないハミングが流れてきた。誰かがカウンターの向こうにかがみ込んで、靴紐《くつひも》でも結んでいるのか、落ちたペンか鉛筆を拾っているのか。私がえへんと咳払《せきばら》いすると、何秒かしてチャンが床から立ち上がり、バランスを取ろうとするかのように両の手のひらをカウンターの上に載せた。今日も茶色のセーターを着ていて、髪には櫛《くし》が通っていなかった。前より痩せて見え、口の周りには深い皺《しわ》が浮かんで、目はわずかに充血していた。

「おめでとう」と私は言った。「ペーパー・パレス復活ですね」

チャンは無表情な顔で私を見た。私が誰だかわからないのか、わかろうとしていないのか。「すみません、あなたのこと知りません」と彼は言った。

「知ってますよ。シドニー・オアです。ついこないだ、半日一緒に過ごしたじゃないか」

「シドニー・オア私の友だちじゃない。いい人だと思ってたけど、もう思わない」

「いったい何の話です？」

「あなた私を裏切った、ミスター・シド。おかげで私すごく困ったことなった。もうあなたとつき合いたくない。友情、終わり」

「わかりませんね。私が何をしたっていうんです？」

「あなたドレス工場で私置き去りにした。さよならも言わなかった。それ、どういう友だち？」

「そこらじゅう探したんですよ。バーもぐるっと回って、見つからないから、きっとどこかのブースにいるんだな、邪魔しちゃ悪い、そう思って、出ていったんです。もう遅い時間で、帰らなくちゃいけなかったし」

「愛《いと》しの妻の許《もと》に帰った。アフリカン・プリンセスにフェラチオしてもらってすぐあとに。それってどれくらい笑える話です、ミスター・シド？　もしマルティーヌここに入ってきたら、あなたもう一度やるね。私の店の、床の上で。あなた犬みたいに彼女とファックして、一分一秒楽しむね」

「僕は酔っ払ってたんだ。すごく美しい女性だったし、抑制を失ってしまったんです。でもだからといってもう一度やるとは限らないさ」

「あなた酔っ払ってなかった。あなたスケべな偽善者、自分勝手な人間みんな同じ」

「誰も彼女に抗《あらが》えないって言ったのはあなたですよ。その通りでしたよ。あんた自慢に思っていいよ、チャン。僕のことを見抜いて、弱みを見つけたんだから」

「私知ってる、あなた私のこと悪く思ってた、だからああしたね。あなた考えてること、私わかる」

「へえ？　で、僕はあの日何を考えてたんだ？」

「チャン悪い商売に手出してるとあなた思った。心ない汚い売春男だと。お金のことしか夢見ない男だと」

「そんなことないさ」

「そんなことあるよ、ミスター・シド。全然あるよ。もう私たち話すのやめる。あなた私の魂すごく傷つけたから、もうやめる。店の中、見ていきたければ見ればいい。あなたのこと、ペーパー・パレスの客として迎えるけど、もう友だちじゃない。友情死んだ。友情死んで、埋められた。みんな終わり」

誰かにあそこまで徹底的に侮辱されたことは、生まれて初めてだったと思う。どうやら私はチャンをひどく悲しませ、知らずに彼の威厳と個人的名誉を傷つけたのだ。そのこわばった、抑制されたセンテンスを浴びせられていると、まるで彼から見れば私は八つ裂きにされてしかるべき大罪を犯した人間であるように思えた。その攻撃がさらに居心地悪かったのは、非難の大半がそのとおりだったからである。私は挨拶《あいさつ》もなくドレス工場に彼を置き去りにした。自分がアフリカン・プリンセスの腕のなかに落ちていくのを許した。クラブに投資したいと言うチャンの人格に疑義を呈した。自分を弁護して言えることはほとんどなかった。どう否定したところで的外れだったろう。かりに過《あやま》ち一つひとつは比較的ささいなものだったとしても、カーテンの陰でマルティーヌとやったことは十分疚《やま》しく思っていたから、それをこれ以上蒸し返したくはなかった。さっさとチャンに別れを告げて店を出るべきだったのだろうが、私はそうしなかった。ポルトガル製ノートにすっかり心を奪われていたから、まだ残っているか見ずに帰ることはできなかった。自分が求められていない場所にぐずぐず残ることの愚はわかっていても、どうしようもなかった。とにかく見ていかずにはいられなかった。

ノートは一冊だけ残っていて、店の奥の低い方の棚の上、ドイツ製ノートとカナダ製ノートが並んだあいだにはさまれていた。それは赤色で、きっとこのあいだの土曜にブルックリンにあった赤いノートそのものだろう。値段も同じで、きっかり五ドル。ノートをレジに持っていってチャンに渡しながら、あなたに苦しい思いや気まずい思いをさせたとしたら謝ります、と私は言った。いまも僕のことを友だちと考えてくれて結構です、ずいぶん遠くなりましたけどこれからもここまで文房具を買いにきますから、と私は言った。が、こっちがこれほど悔恨の情を示しても、チャンは単に首を横に振り、ノートをぽんと右手で叩いただけだった。「すみません、これ売り物じゃないね」と彼は言った。

「どういう意味です？ ここは店でしょう。あるものはすべて売り物じゃないか」。私は財布から十ドル札を出して、カウンターの上に広げた。「金はここに置いた」と私は言った。「値札には五ドルと書いてある。さあ、お釣りとノートをください」

「無理ね。この赤いの、店にある最後のポルトガルの本。別のお客さんのために取ってあるね」

「ほかの客に取り置きしてるんなら、カウンターの内側の、見えないところに置くものじゃないか。棚に置いてあるってことは、誰でも買えるってことさ」

「あなたは買えません、ミスター・シド」

「その別の客っていうのはいくら払うつもりなんだ？」

「五ドル、値札に書いてあるとおりね」

「じゃあ僕は十ドル出すから、それで手を打とうじゃないか。どうだ？」

「十ドルじゃ駄目。一万ドル」

「一万ドル？　気でも狂ったのか？」

「このノートあなたのためじゃない、シドニー・オア。あなたほかのノート買う、みんな満足。オーケー？」

「いいか」と私は、とうとう堪忍袋《かんにんぶくろ》の緒を切らしながら言った。「このノートは五ドルで、僕はそれに十ドル払ってもいいと言ってるんだ。でもそれ以上払う気はない」

「いま五千ドル払って月曜に五千ドル払うね。それで手を打つ。じゃなかったらほかのノート買ってください」

これはもう掛け値なしの狂気である。チャンのあざけりと馬鹿げた要求とに、私もとうとう頭に来て、これ以上こんな奴相手に交渉を続けても埒《らち》が明かないと、彼の手のひらの下からノートを奪いとり、ドアの方へ歩き出した。「もうたくさんだ」と私は言った。「十ドル置いてくから、勝手にしろ。僕は帰るからな」

二歩も行かないうちにチャンがカウンターのなかから飛び出してきて、ドアに向かう私の行く手を遮った。私は肩で彼を押しのけてすり抜けようとしたが、チャンはびくともせず、次の瞬間には両手でノートを摑《つか》んで私から奪いとろうとしていた。私は引っぱり返してノートを胸に抱え込み、放すまいと力を込めたが、ペーパー・パレスのオーナーは針金と腱《けん》と硬い筋肉から成る一台の強力なマシンだった。十秒くらいのうちに、彼は私が抱えたノートをもぎ取った。もう取り返すのは無理だとわかったが、とにかくひどく腹が立ったし、悔しさで頭に血がのぼって、私は左手でチャンの腕を摑み、右手で殴りつけた。誰かにパンチを浴びせたのは小学校以来初めてだった。パンチは外れた。チャンはお返しに私の左肩に空手チョップを浴びせた。それはナイフのようにぐさっと肩に食い込み、あまりの痛さに腕がもげるんじゃないかと思った。私はくずおれて膝をつき、チャンは私がふたたび立ち上がる暇を与えずに背中を何度も蹴《け》りはじめた。やめろ、と私はわめいたが、相手は爪先《つまさき》を胸郭と脊椎《せきつい》に食い込ませつづけた。容赦ないジャブが次々くり出され、私は何とか店から出ようと、必死に出口の方へ転がっていった。私の体がドアの下の方の金属板に貼《は》りつくと、チャンが把《とっ》手《て》を回し、掛け金がカチッと開いて、私は歩道に転がり出た。

「あなた二度と来るな！」とチャンは叫んだ。「今度来たら、私あなた殺す！　聞こえたか、シドニー・オア？　私あなたの心臓切りとって、豚に食わせる！」

チャンのことも叩きのめされたことも、その午後アッパー・イーストサイドで起きたことはいっさいグレースには言わなかった。体じゅうの筋肉が痛んだが、復讐心《ふくしゅうしん》みなぎるチャンのキック力はすさまじかったものの何とか五体満足のまま、腰のあたりにかすかな打ち傷が出来ただけで済んだ。上着とセーターがクッションになってくれたにちがいない。界隈をぶらついていてもう少しで上着を脱ぐところだったことを思い起こすと、店に入ったときまだ着ていたのは幸運だと——こういう文脈で幸運などと言うのも妙な話だが——思った。暖かい夜にはグレースと私はいつも裸で眠ったが、気候がまた涼しくなってきて、グレースも白い絹のパジャマを着てベッドに入るようになっていたので、私がTシャツを着てベッドに加わっても何も訊《き》きはしなかった。二人で愛しあったときも（日曜の夜）、寝室のなかは暗かったから、みみず腫《ば》れにも気づかれずに済んだ。

日曜の朝、ニューヨーク・タイムズを買いに出たときにランドルフィーズからトラウズに電話をかけた。ジェイコブ訪問に関し思い出せることをすべて彼に告げ、息子の耳から安全ピンが消えていたことも（きっと安全上の処置だろう）伝えたし、私が到着した時点からジェイコブが螺旋階段の向こうに消えた瞬間に至るまでに彼が表明したさまざまな見解を逐一要約して聞かせた。ちゃんと一か月とどまっていそうか、それとも途中で逃げ出しそうかとジョンに訊かれて、わからないと私は答えた。何か計画があるとか不吉なことは言ってましたから、家族の誰にも明かしていない秘密があるのかもしれませんね、と私は答えた。ドラッグの売買かな、とジョンは言った。どうしてそう思うんですか、と訊いてみても、授業料を着服した件に触れただけであとは何も言わなかった。会話はそこでしばし休止し、そこに生じた短い沈黙のなかで、私はやっと勇気を奮い起こして、先日の地下鉄での災難について彼に打ちあけ、「骨の帝国」をなくしてしまったことを白状した。これ以上まずい瞬間はないというくらいまずいタイミングであり、トラウズははじめ、何の話なのかすらわからなかった。私はもう一度語り直した。自分の原稿がおそらくコニーアイランドまで旅したことを合点すると、彼は笑い出した。「そんなに申し訳ながる必要はないよ」と彼は言った。「まだカーボンコピーが一組残ってるから。当時はまだゼロックスもなかったから、みんな何を書いても最低二組はタイプしたのさ。一方を封筒に入れて、今週中に君に送るようマダム・デュマに頼んでおく」

翌朝の月曜日、私はこれを最後と、青いノートに戻っていった。九十六ページ中、四十ページはすでに埋まっているが、まだ何時間分かの仕事をするスペースは残っている。私はノートの真ん中あたりの新しいページを開いた。フリットクラフト失敗作にはもう戻らなかった。ニック・ボウエンは永遠にあの部屋に閉じ込められたままだろう。いまやっと、彼を救出しようとする努力を放棄すべき時が来たのだと私は判断した。土曜日の、チャンとの凶暴な遭遇で何か学んだとすれば、このノートが私にとってトラブルの種でしかないこと、そのなかに何を書こうとも失敗に終わるということだ。物語はすべて途中で止まってしまい、いかなる計画もあるところまでは進むもののふっと顔を上げてみると私はもう迷子になっているだろう。それでもまだ、チャンに対する憤慨の念は十分残っていたから、最後の勝利を彼に与えて事を終わらせるのは嫌だった。ポルトガル製カデルノ《ノート》には別れを告げるしかないが、それを自分のやり方でやらなければ、今後ずっとこのノートは、ひとつの道徳的な敗北として私に取り憑《つ》きつづけるだろう。何はともあれ、自分が臆病者ではないことを自らに証明する必要があると思った。

ゆっくり、慎重に、書きたいという欲求よりも挑むような気持ちに衝《つ》き動かされて私はノートに入っていった。ところがじきに、思いはグレースのことに流れていき、私は机の上にノートを開いたままリビングルームに行って、オーク材の整理ダンスの一番下の引出しにまとめて入れてあるアルバムの一冊を引っぱり出した。幸いこれは、水曜午後の泥棒にも荒らされずに済んでいた。グレースの妹フローから結婚祝いに贈られた特別なアルバムで、百枚以上の写真が入っていて、グレースの人生最初の二十七年間、私に出会う以前の日々のビジュアル史を形成していた。退院して以来このアルバムを見るのは初めてで、その朝仕事部屋でページを繰っていると、トラウズから聞いた、彼の義弟と3Dビューアーの話が改めて思い起こされ、私もやはり写真によって過去に引き入れられていきながら、同じような囚《とら》われの感覚を味わっていた。ベビーベッドに横たわる新生児のグレース。二歳の、高い草の生えた野原に裸で立ち、両腕を宙に上げて笑っているグレース。四歳、六歳、九歳の机に向かって家の絵を描き、クラス写真のカメラににっこり笑って何本か歯の欠けた口を開け、栗毛《くりげ》の雌馬に乗ってヴァージニアの田園をさっそうと進んでいるグレース。十二歳、ポニーテールの、ぎくしゃくと滑稽《こっけい》で、自分自身でいることに居心地の悪そうなグレース。それから、十五歳の、突然美しくなり、輪郭も定まった、やがて現われる大人の女性の最初期の具現たるグレース。グループ写真もたくさんあった。テベッツ家の家族写真、高校や大学の名もわからぬ友人たちと一緒のグレース、トラウズの膝《ひざ》に乗って左右を両親に囲まれた四歳のグレース、十歳か十一歳の誕生日を迎えたグレースの頰にかがみ込んでキスしているトラウズ、ホルスト&マクダーモットのクリスマスパーティでふざけて変てこな顔をしているグレースとグレッグ・フィッツジェラルド。

　卒業パーティのドレスを着た十七歳のグレース、パリ留学中の長い髪に黒いタートルネックのセーターを着てアウトドア・カフェに座って煙草を喫っている二十歳のグレース。二十四歳の、ポルトガルでトラウズと一緒にいるグレース——髪は短くなり、大人になってからの彼女と似て揺るぎない自信を漂わせ、もう自分が何者かをめぐって迷ってもいない。本来の姿のグレース。

　ふたたびペンを手にとって書きはじめるまで、私は一時間以上写真を眺めていたにちがいない。ここ数日のごたごたは、しかるべき理由があって、起きるべくして起きたのであり、いかなる解釈を支える事実も持たない私としては、その理由を探るにあたって、ひたすら自分の直感と疑念に頼るしかなかった。グレースのあの啞然《あぜん》とするような気分の変化、あの涙と謎《なぞ》めいた発言、水曜夜の失踪《しっそう》、赤ん坊について決断に至るまでの苦悶《くもん》、それらすべての背後には何か物語があるはずだ。そして腰を据えてその物語を書き出そうとすると、それはトラウズにはじまりトラウズに終わった。もちろん勘違いかもしれないが、危機的瞬間がどうやら過ぎたいま、最高に暗い、この上なく不穏な可能性を思い描くだけの強さが自分にはあると私は思った。こう想像してみろ、と私は自分に言った。こう想像してみろ、そしてどういう結果が生じるか見てみろ。

ティーナが死んで二年後、大人になった、抗いようもなく魅力的なグレースが、トラウズを訪ねてポルトガルにやって来る。トラウズは五十歳、いまだ精力と若さにあふれた五十歳であり、もう何年も前から彼女の成長に積極的に荷担してきた。いろんな本を送ったり、この絵を見てごらんと勧めたり、彼女の一番の宝物となるリトグラフ購入にも一役買った。おそらくグレースは、娘時代からひそかに彼に恋していたのだろう。そしてトラウズにとっても、生まれたときからずっと知ってきた彼女は、いつも一番のお気に入りだった。そしていま彼は孤独な男性であり、妻を失って何とかバランスを取り戻そうといまだあがいていて、美しさの頂点にあるこの若い娘が自分に惚《ほ》れ込んでいて、誰よりも温かく、誰よりも共感してくれて、手をのばせば届くところにいる。彼女と恋に落ちたからといって、誰が彼を責められよう？　私に言わせれば、正気な男なら誰だって彼女に恋したはずだ。

二人は関係を結ぶ。トラウズの十四歳の息子が家にやって来ると、そうした事態を彼は激しく嫌悪する。もともとグレースが好きでなかったところへ持ってきて、こうして彼女に自分の座を奪われ父親を盗まれたいま、彼は二人の幸福を破壊する行為に乗り出す。彼らは地獄のような時を過ごす。結局、妨害行為が度を超したためジェイコブは家から追放されて母親の許に送り返される。

トラウズはグレースを愛しているが、グレースは自分より二十六歳年下であり、親友の娘である。少しずつ、だが確実に、疚しさが欲望を凌《しの》いでいく。小さいころに子守唄《もりうた》を歌ってやった女の子と、自分はいま寝床を共にしているのだ。もしこれが別の二十四歳の女性だったら何も問題はない。だがいったいどうやって、誰よりも長いつき合いの友の許へ行って、君の娘を愛しているのだなどと打ちあけられよう？　ビル・テベッツは彼を変態呼ばわりし、家から叩き出すだろう。スキャンダルが生じ、かりにトラウズがあとへ引かずにグレースと結婚することにしたとしても、苦しむのはグレースだろう。家族は彼女の敵に回るだろう。そんな事態を引き起こした自分をトラウズは決して許せないだろう。君は誰か同じ年代の男と一緒になるべきだ、と彼はグレースに告げる。私と一緒にいたら、五十になる前に未亡人になってしまうよ。

ロマンスは終わり、グレースはニューヨークに戻る。打ちひしがれて、呆然《ぼうぜん》として、傷ついた心を抱えて。一年半が過ぎて、トラウズもニューヨークに帰ってくる。彼はバロー・ストリートのアパートメントに落ち着き、ロマンスがふたたびはじまる。だがトラウズがいくら彼女を愛していても、かつての疑念と葛藤《かっとう》はなくならない。彼は自分たちの関係を（彼女の父親にまで話が伝わってしまうのを避けるため）秘密に保ち、グレースもそれに合わせる。好きな人とまた一緒にいられるようになったいま、結婚という問題にも興味はない。ホルスト＆マクダーモットの同僚の男性に誘われても、みな断る。彼女の私生活は謎であり、無口なグレースは誰にも何も言わない。

はじめのうち、すべてはうまく行く。だが二、三か月が経《た》ってみると、そこにパターンが見えてきて、自分がひとつのメカニズムのなかに閉じ込められていることをグレースは思い知る。トラウズは彼女を欲していて、同時に欲していない。彼女をあきらめるべきだと承知していて、あきらめられずにいる。姿を消してはふたたび現われ、引き下がっては戻ってきて、そんなトラウズに呼ばれるたびに彼女はその腕のなかに飛び込んでいくのだ。一日、一週間、一月のあいだトラウズは彼女を愛するが、やがて疑念が戻ってきて、ふたたび引き下がる。メカニズムはえんえん切／入をくり返し、グレースは制御スイッチのそばにさえ行かせてもらえない。パターンを変えるために彼女にできることは何ひとつない。

この狂気がはじまって九か月後、私が登場する。私はグレースに恋をし、トラウズとのつながりはあるものの彼女としてもまったく無関心ではない。私は執拗《しつよう》に彼女を追い回す。ほかに誰かいること、彼女の愛情を自分と争っている名も知らぬライバルがいることは承知していても、グレースによってトラウズに引き合わされたあとですら（ジョン・トラウズ、有名作家にしてテベッツ家の長年の友人）、そのもう一人の男が彼だとは夢にも思わない。何か月かのあいだ、グレースは決心がつかぬまま私たち二人のあいだを行ったり来たりする。トラウズが煮えきらぬときは、私が彼女と一緒にいる。トラウズにふたたび求められると、私は会ってもらえなくなる。数々の失望を私は味わい、いずれ自分の方に形勢は傾くものと期待しつづけるが、やがてグレースは私との仲の終わりを告げ、私はもう永久に彼女を失ったのだと考える。が、おそらくメカニズムにふたたび足を踏み入れたとたん、彼女は自分の決断を後悔する。あるいはトラウズが、あまりに彼女を愛しているため、かえって彼女を遠ざけるようになる――自分たち二人の出口なしの秘密の暮らしよりも、私と一緒の方が将来を望めることを彼も承知しているのだ。ひょっとして、私と結婚するよう彼女を説き伏せたのもトラウズだったということだってありうる。そう考えれば、彼女の突然の、不可解な心境の変化も説明がつく。彼女は私をふたたび求めるばかりか、私の妻になりたい、結婚は早ければ早いほどいい、と言ってくるのだ。

私たちは二年間の黄金時代を生きる。私は愛する女性と結婚していて、トラウズは私の友人になる。彼は私の作家としての仕事に敬意を抱いてくれて、私とともに過ごす時間を楽しんでくれるし、三人一緒になっても、彼がかつてグレースと関係を持った痕跡《こんせき》など私にはいっさい見えない。彼は自分を、擬似父親的な、年下の者たちを溺《でき》愛《あい》する人物に仕立て上げるのであり、グレースを架空の娘として見るのと同程度、私のことも架空の息子として見るようになる。結局のところ私たちの結婚に彼自身も一役買っているのであって、それを危機に陥れるような真似《まね》をするつもりはないのだ。

そして惨事が生じる。一九八二年一月十二日、私は地下鉄十四丁目駅で倒れて、階段を転げ落ちる。骨折、内臓の破裂、頭部損傷も二箇所、神経上の傷害も生じる。私はセント・ヴィンセント病院に入れられ、四か月入院する。はじめの数週間、医師たちは悲観的である。ある朝、ジャスティン・バーグ医師がグレースを脇《わき》へ呼びよせ、もう望みはないと思いますと告げる。あと数日しか持ちそうにありませんから、最悪の事態を覚悟なさってくださいとグレースに伝える。もし私があなたの立場でしたら臓器提供、葬儀店、墓地といったことを考えはじめますね、と医者は言った。その無神経で冷たい態度にグレースは愕然《がくぜん》とするが、とにかくそれが最終的な評決であるらしいので、彼女としては私がじき死ぬという見込みを受け容《い》れるほかない。医者の言葉に吹っ飛ばされるようにふらふら病院を出て、ほんの数ブロック先にあるバロー・

ストリートへ直行する。こんなとき、トラウズ以外の誰に頼れるだろう？ ジョンのアパートメントにはスコッチがあり、腰を落ち着けたとたん彼女は飲みはじめる。飲み過ぎて、三十分後にはわあわあ抑えようもなく泣いている。トラウズは慰めようとして手をのばし、両腕でその体をくるみ込み、頭を撫《な》で、そして、彼女自身何をやっているのか自覚する間もなく彼女の口はジョンの口に押しつけられている。もう二年間たがいに触れてもいなかった二人だが、そのキスがすべてを呼び戻す。肉体が過去を思い出し、かつての自分たちのありようをひとたび生き直しはじめるや、二人とももう自分を止めるすべはない。過去が現在を征服し、当面のところ未来は存在しない。

グレースは己を解き放ち、トラウズには彼女に逆らうだけの強さはない。

彼女は私を愛している。そのことに疑問の余地はないが、私はもう死んだも同然である。グレースはばらばらに崩れかけ、悲しみに気も狂わんばかりになっていて、トラウズにつなぎ止めてもらう必要があるのだ。彼女を責められはしない。彼ら二人のどちらも責められはしない。だが、その後数週間、私がセント・ヴィンセントでますます衰え、まだ死んではいないが真に生きているとも言えぬ状態が続くなか、グレースはなおもトラウズのアパートメントを訪ね、少しずつ少しずつ、また彼を愛するようになっていく。いまや彼女は二人の男を愛している。そして、私が医療専門家たちの審判を覆《くつがえ》し奇跡の回復に向かいはじめたあとも、依然として私たち二人をともに愛しつづける。五月に私が退院すると、私はもはや自分が何者かもろくにわかっていない。いろんなことが目に入らないし、なかばトランス状態でうろうろ動き、最初の三か月は薬も五種類飲まされ、うちひとつの副作用のせいで夫としての任を全うするような状態ではとうていない。グレースは優しくしてくれる。思いやりと辛抱強さの鑑《かがみ》であり、温かく愛情に満ち、何かと励ましてくれるが、私はお返しに何もしてやれない。トラウズとの関係は続いていて、彼女は私に嘘《うそ》をついていることで自分を憎み、二重生活を送っていることで自分を憎み、私の回復が進めば進むほど苦しみも増していく。八月はじめ、二つの出来事が起きて、私たちの結婚の崩壊が食い止められる。それらは立てつづけに起きるが、両者のあいだに何らつながりはない。まずグレースがついに勇気を出してジョンと別れ、次に私の方は五番目の薬の服用が終わるのだ。私の股間《こかん》は息を吹き返し、私が退院して以来初めて、グレースは二つのベッドで眠ることをやめる。空は晴れわたり、過去数か月の偽りについて何も知らぬ私は、至高に、無知に幸福である。元寝取られ男は妻を溺愛し、その妻を盗みかけた男との交友を有難く思っている。

これで物語は終わるべきだが、終わらない。一か月にわたって調和が続く。グレースはふたたび私との暮らしに落ち着き、私たちのトラブルも終わったかと思いきや、もうひとつ嵐《あらし》が襲ってくる。惨事は問題の日、一九八二年九月十八日の、私がチャンの店で青いノートを見つけたほんの一、二時間後、ひょっとすると私が机に向かって初めてノートに書き込んだのとそれこそ同時に起きる。二十七日、私はこれを最後とノートを開き、過去九日間の出来事を理解しようと、これらの推測を書き綴《つづ》る。それらが妥当であろうとなかろうと、実証可能であれ不可能であれ、グレースが医者に行って妊娠を知った瞬間に物語は先へ進む。素晴らしいニュース、と言いたいところだが父親が誰だかわからなければそうではない。彼女は頭のなかで何度も日にちを計算するが、赤ん坊が私のものかジョンのものかどうしても決められない。その報《しら》せを私に伝えることを彼女はぎりぎりまで引き延ばし、内心激しい苦悶を味わっている。あたかも過去の罪が戻ってきて自分に取り憑いたかのような、自分が相応の罰を受けているかのような思いでいる。だからこそ、十八日の夜にタクシーのなかでもあんなに取り乱し、青組の回想をやり出した私に嚙《か》みつき、善人の集まりなんてありはしない、どんなにいい人だって悪いことをするのだなどと言ったのだ。だからこそ信頼だの辛《つら》い時を耐え抜くだのといった話をやり出したのであり、だからこそずっと私を愛してちょうだいと訴えたのだ。そしてとうとう赤ん坊のことを私に打ちあけたときも、だからこそすぐさま中絶の話をはじめたのだ。それは我々に金がないこととは全然関係ない。問題は、わからないということだ。わからない、という思いに彼女はほとんど押しつぶされる。そんなふうにして家族生活をはじめたくはないが、私に真実を打ちあけることもできない。そして何も知らぬ私は、中絶を思いとどまらせようと彼女をさんざん攻め立てる。もし私が何かひとつ正しいことをしたとすれば、それは翌朝こっちから折れて出て、決める権利は彼女にあると言ったときだ。何日かぶりに、彼女は自由の可能性を感じはじめる。そして一人になるために行方をくらまし、一晩じゅう帰ってこずに私を死ぬほど怯《おび》えさせるが、翌日戻ってきたときには見たところ前より落ち着いて、はっきり考えられるようになって、前ほど不安も抱いていないように思える。それから数時間のうちに彼女は心を決め、あの私宛《あて》の途方もないメッセージを留守番電話に残す。私への忠誠を示す義務があると彼女は決断し、赤ん坊は私の子だと意志の力で信じることにして、疑念を追い払うのだ。それは混じりけなしの信念の跳躍である。その決心に達するのにどれだけの勇気を要したか、いまの私にはわかる。彼女は私との結婚生活を続けようと決めた。トラウズとの関係は終わった。私との結婚生活を続けようと彼女が思ってくれる限り、青いノートにたったいま書いた物語のことを私は彼女に一言も漏らすまい。これが事実か虚構かはわからないが、最終的にはどちらでもよい。グレースが私を求めてくれる限り、過去はどうでもよいのだ。

私はそこで止めた。万年筆にキャップをして、机から立ち上がり、アルバムをリビングルームへ戻しにいった。まだ早い時間だった。一時か、せいぜい一時半か。キッチンで簡単なサンドイッチをこしらえ、昼食を終えると、小さなビニールのゴミ袋を持って仕事部屋へ戻った。一枚一枚、青いノートのページを私は破いて、粉々に千切っていった。フリットクラフトとボウエンの物語、ブロンクスの死んだ赤ん坊をめぐる長広舌、グレースの恋愛生活をめぐるわがメロドラマ・バージョン、すべてゴミ袋のなかに入っていった。少し間《ま》を置いて、何も書いていないページも破くことにして、やはり袋につっ込んだ。口をきつく二重に結んで、数分後、散歩に出たときに持っていった。コート・ストリートを南に折れて、空っぽになって南京錠《ナンキンじょう》のかかったチャンの店を過ぎてさらに何ブロックか歩きつづけ、それから、ここなら家から十分離れているという以外何の理由もなしに、四つ角のゴミバケツに袋を放り込み、萎《しお》れたバラの花束とデイリー・ニューズの漫画ページの下に埋めた。

知りあってまもないころ、トラウズが私に、五〇年代はじめにパリで知っていたあるフランス人作家の話をしてくれたことがある。名前は覚えていないが、ジョンの話では長篇を二冊と短篇集を一冊出していて、若い世代の最有望作家の一人と目されていたという。詩も書いていて、ジョンが一九五八年にアメリカへ戻ってまもなく（ジョンはパリに六年住んだ）この知りあいの作家は、一人の幼い子供の溺死を軸に展開する長篇物語詩を出版した。本が出て二か月後、作家は家族とともにノルマンディの海辺に休暇に出かけ、もう明日には帰るという日、五歳になる彼の娘がさざ波立つ英国海峡に入っていって溺《おぼ》れ死んだ。この作家は合理的精神の持ち主で、その思考の明《めい》晰《せき》さと鋭い理性とによって知られる人物だったとジョンは言ったが、その彼が、娘が死んだのは自分の詩のせいだと考えた。悲しみの苦悶に苛《さいな》まれて、架空の溺死をめぐって書いた自分の言葉が現実の溺死を引き起こしたのだ、虚構の悲劇が現実の世界の現実の悲劇を誘発したのだ、そう信じ込むに至ったのである。その結果、この非常に才能ある作家、本を書くために生まれてきたような男は、もう二度と書かないと誓った。言葉には人を殺す力があることを彼は知った。言葉には現実を変える力がある、ゆえに、言葉を何よりも愛する人間が預かるには危険すぎるというわけだ。ジョンからこの話を聞いた時点では、娘が死んでから二十一年が経っていたが、作家はいまだ誓いを破っていなかった。フランスの文壇で、その沈黙ゆえに彼は伝説的人物と化していた。その苦しみに備わる威厳ゆえにこの上なく高い尊敬を集め、彼を知る者みなに憐《あわ》れまれ、畏怖《いふ》の念をもって見られた。

ジョンと私はこの一件についてしばらく話しあい、たしか私は、その作家の決断は誤りだ、世界の間違った読み方だ、とはっきり退けたのだった。想像と現実のあいだには何のつながりもないし、詩のなかの言葉と実人生の出来事とのあいだにも何ら因果関係はないと私は言った。その作家にはあるように見えたかもしれないが、彼の身に起きたのはおぞましい偶然でしかなく、不運がこの上なく残酷かつ邪悪な形で発現しただけだ。彼のように感じることを責めるつもりはないし、その恐ろしい喪失に同情は覚えるけれども、私には彼の沈黙は、ランダムなものの強さ、まったくの偶然が人間の運命を形作る力を受け入れないことの表われと見えた。その人は何の理由もなしに自分を罰していると思う、と私はトラウズに言った。

当り障《さわ》りのない常識的な議論だ。原始的で魔術的な思考の闇に、現実主義と科学の立場から抗する姿勢である。驚いたことに、ジョンは反対の見方を採った。私のことをからかっているのか、単に議論を面白くするために反論しているのか、よくわからなかったが、その作家の決断は自分には完璧《かんぺき》に筋が通る、誓いを守りつづけている友のことを立派だと思う、と彼は言ったのである。「思いは現実なんだ」とジョンは言った。「言葉は現実なんだ。人間に属すものすべてが現実であって、私たちは時に物事が起きる前からそれがわかっていたりする。かならずしもその自覚はなくてもね。人は現在に生きているが、未来はあらゆる瞬間、人のなかにあるんだ。書くというのも実はそういうことかもしれないよ。過去の出来事を記録するのではなく、未来に物事を起こらせることなのかもしれない」

トラウズとそんな会話を交わした三年後に、私は青いノートを引き裂いて、ブルックリン、キャロル・ガーデンズのサード・プレイスとコート・ストリートの角のゴミバケツに捨てた。そのときはそうするのが正しいと思えたのだ。九月のその月曜の午後、問題の日から九日後、アパートメントに歩いて帰りながら、この一週間あまりの破綻《はたん》と失望はもうおおむね終わったと私はほぼ確信していた。だがそれらは終わっていなかった。物語はまだはじまったばかりだった。本当の物語はようやくそのとき、いま、青いノートを破棄したところからはじまったのだ。これまで私が書いてきたすべてのことは、これから私が語ろうとしている恐ろしい出来事の序曲でしかない。「前」と「後」のあいだにはつながりがあるのだろうか？　私にはわからない。不運なフランス人作家は自分の詩で子供を殺したのか、それとも言葉は子の死を予言しただけか？私にはわからない。わかるのは、今日の私はもう、彼の決断に反対しないだろうということだ。彼が自分に科した沈黙を私は尊《たっと》ぶし、もう一度書くと考えるたびに彼が感じたにちがいない激しい嫌悪《けんお》も理解できる。事実から二十年以上経ってやっと、トラウズの判定が正しかったと現在の私は信じる。私たちは時に、物事が起きる前からそれがわかっているのだ、わかっているということはかならずしもわかっていなくとも。

一九八二年九月のあの九日間を、私は文字どおり闇雲につき抜けていった。短篇を書こうと試みて、袋小路に行きあたった。映画のアイデアを売り込もうとして却下された。友人の原稿を紛失した。妻も危うく失いかけたし、熱烈に彼女のことを愛してはいても、薄暗いセックスクラブでためらわずズボンを脱いで自分のものを知らない人間の口に押し込んだ。私は失われた男、病める男、何とか足場を回復しようとあがく男だった。けれども、その週に犯したあらゆる過失と愚行の下に、自分では知っていると自覚していない何かを私は知っていたのだ。あの日々のあいだ、時おり自分の体が透明になったように、世界に存在する見えない力すべてが通過しうる多孔性の膜と化したように感じられる瞬間、他人の思考や感情によって空中に発信される無数の電荷の結節点になったように思える瞬間が何度かあった。そうした状態だったからこそ、

『オラクル・ナイト』の盲目の主人公レミュエル・フラッグのような、己の周囲で生じるさまざまな振動に敏感であるがゆえ出来事が実際に起きる前に何が起きるかわかってしまう人物を創造したりもしたのだろう。よくわからないが、頭のなかに入ってくるすべての思考がおそらくそういった方向に向かっていたのである。死産の赤ん坊、強制収容所での残虐《ざんぎゃく》、大統領の暗殺、失踪する配偶者、時を超えて行き来する不可能な旅。未来はすでに私のなかにあった。いまにも訪れんとしている惨事に向けて、私は態勢を整えていたのだ。

トラウズと昼食を共にしたのが水曜日で、その週にあと二度電話で話したのを除けば、二十七日に青いノートを捨てるまでそれ以上彼とは接触していなかった。電話で私たちはジェイコブのことを話し、トラウズが昔書いた短篇の原稿が失われたことを話したが、それでほぼすべてであり、あのころ彼がソファに横たわって脚をいたわっている以外一人で何をやっていたのか、私はまったく把握していなかった。一九九四年、ジェームズ・ギレスピーの『夢の迷路 ジョン・トラウズ伝』が刊行されて初めて、二十二日から二十七日までのあいだジョンがどうしていたかを私は詳しく知った。

六百ページに及ぶギレスピーの大著は、文学的分析には乏しく、ジョンの作品の歴史的文脈にもほとんど目を向けていないが、伝記的事実となるとおそろしく詳細であり、著者がこの仕事に十年を費やし、トラウズを知る現存の人物ほぼ全員（私もその一人だ）から話を聞いたとおぼしいことから考えて、その年代記の正確さを疑う理由は私にはない。

水曜日に私がアパートメントを去ったあと、ジョンは夕食の時間まで仕事をした。静脈炎に襲われる数日前に完成していたと思われる新作『ジェラルド・フックスの特異な運命』のタイプ原稿を校正しながら、細かい変更を加えていった。これが、彼が書いているのではと私がうすうす感じつつも定かにはわからなかった作品にほかならない。五百ページに少し足りないその原稿に、ギレスピーによればトラウズはポルトガル滞在の最後のころに取りかかったというから、完成には四年以上かかったことになる。ティーナが死んだあとジョンは筆を断ったという噂《うわさ》は嘘だったわけだ。かつては偉大だった小説家がいまや天職を放棄し昔の達成に頼って生き、もう何も言うことのない過去の人でしかなくなったという噂も嘘だったのだ。

その夜、ジェイコブが見つかったとエリナーが電話してきて、翌木曜の朝早くトラウズは弁護士のフランシス・W・バードに電話した。弁護士というのはめったに個人の家庭まで出向いたりしないが、バードはもう十年以上ジョンの代理人を務めていたし、ジョンほどの地位の顧客が脚を悪くしてソファに寝たきりになっていて今日午後二時に急用で会いたいと言ってくるとなれば、ほかの予定は放り出して、オフィスのファイルから必要な書類や文書を引っぱり出していそいそ訪ねていくものである。バロー・ストリートのアパートメントに着いたバードにジョンは酒を勧め、二人でスコッチアンドソーダを飲み終えると、彼らはトラウズの遺書を書き直す作業に取りかかった。古い遺書はもう七年以上前に書かれたものであり、遺産の譲渡に関しもはやジョンの希望を正しく伝えてはいなかった。かつて、ティーナを亡《な》くした直後、ジョンはジェイコブを唯一《ゆいいつ》の相続人兼受益者と定め、息子が二十五歳の年齢に達するまではジョンの弟ギルバートが遺言執行者の役割を務めるよう指定していた。そしていま、その文書の写しをすべてびりびり破くという単純な行為によって、トラウズは弁護士の目の前で息子を廃嫡《はいちゃく》したのである。それからバードは、ジョンが所有するものいっさいをギルバートに遺贈する新しい遺書をタイプで打ち出した。すべての現金、すべての株券や債券、すべての資産、トラウズの作品から今後生じるすべての印税、それをみな今後は彼の弟が相続するのだ。彼らは五時半に作業を終えた。ジョンはバードと握手して協力に感謝し、弁護士は新しい遺書の署名入り写し三通を携えてアパートメントを辞した。二十分後、ジョンは小説の手直しに戻った。マダム・デュマが八時に夕食をサーブし、九時半にエリナーからもう一度電話があって、ジェイコブがスミザーズに入所を許可されて今日の午後四時からすでにそこにいると知らされた。

　金曜日はセント・ヴィンセント病院で脚の検査を受ける日だったが、トラウズはカレンダーを見るのを怠り、予約をすっぽかした。ジェイコブに関するどたばたのせいで忘れてしまい、本来なら医者（血管専門医ウィラード・ダンモア）と会っているべき時間に私と電話で話して、グレースに対する息子の長年の敵意を打ちあけ、土曜日にスミザーズへ行って当の息子と会ってきてくれと私に頼んでいたのである。ギレスピーによれば医者は十一時半にトラウズのアパートメントに電話してきて、なぜ検査に来なかったのかと訊《たず》ねた。家族の緊急事があったもので、とトラウズが釈明すると、ダンモアは声を荒げてスキャンの重要性を説き、自分の健康にそんなふうに無頓着《むとんちゃく》なのは無責任であり悲惨な結果を招きかねないと脅《おど》した。今日これから午後に行くことはできないだろうかとトラウズは訊ねたが、今日はもう無理です、月曜の四時まで延ばさざるをえませんとダンモアは答えた。とにかく薬はちゃんと飲んでくださいね、そして週末は極力動かないように、と医者は念を押した。マダム・デュマが一時に出勤してくると、ジョンはソファの定位置にいて、小説を校正していた。

土曜日、私がスミザーズにジェイコブを訪ね、チャンの店で赤いノートを奪いあっているあいだ、トラウズは推敲《すいこう》を続けた。また電話局の記録によれば、長距離電話を三件かけてもいる。一件はイーストハンプトンのエリナーに、一件はアナーバーのギルバートに(彼はミシガン大学の音楽学教授だった)、そしてもう一件はエージェントのアリス・ラザールが毎週末を過ごすバークシャーズの別宅に。小説は順調に進んでいるとジョンは彼女に伝え、今後思いがけない問題に行きあたったりしない限り来週末までには完成稿を送れると思うと告げた。

日曜の朝、私はランドルフィーズから彼に電話し、ジェイコブとの短い面会のあらましを伝えた。それから私は原稿をなくしたことを白状し、ジョンは笑った。もし間違っていなければ、あれは面白がっているというより安堵《あんど》している笑いだった。確かなことは知りようがないが、ジョンが私にあの原稿をくれたのにはきわめて複雑な理由があったのではないかと思う。映画のシナリオの素材を提供する、というのはおそらく口実、せいぜい周縁的な動機でしかない。作品は政治的陰謀をめぐる冷酷な策略の物語だったが、と同時に三角関係の物語でもある(妻が夫の一番の親友と駈《か》け落ちする)。私が二十七日にノートに書き記した推測に少しでも真実があるなら、ジョンが私にあの原稿を渡したのは、私の結婚生活の現状についてコメントするためでもあったのではないか――間接的に、フィクションという、細かいニュアンスを伴った符号と比喩《ひゆ》の集まりを通して。作品が一九五二年、グレースが生まれた年に書かれたとも問題にならない。「骨の帝国」は来《きた》るべき物事の予兆だったのだ。箱に入れられて三十年培養され、徐々に少しずつ、私たち二人がどちらも愛する女性をめぐる――私の妻、奮闘を続けるわが勇敢な妻をめぐる――物語に進化していったのだ。

安堵ゆえに笑ったと言ったのは、彼が自分のやったことを後悔していたと思うからだ。水曜に私と昼食を食べているとき、グレースの妊娠の報せにジョンはひどく感情的に反応し、その直後、私たちは醜い喧嘩《けんか》をやり出す一歩手前まで行った。危機的瞬間は過ぎたものの、いまになって思うのだが、トラウズは実のところ、表に出したよりずっと私のことを怒っていたのではあるまいか。彼は私の友人だったが、グレースを取り戻した私に憤《いきどお》りを感じてもいたにちがいない。関係を絶ったのはグレースの決断だったし、こうして彼女が妊娠したからには、自分がふたたび彼女と一緒になれるチャンスはもはやない。だとすれば、あの短篇を私に与えたのは、ベールをまとった秘密の復讐だったのではないか。俺の方がお前より上だ、ということを意地悪く示したのではないか。シドニー、君は何も知らないんだよ、君はこれまでずっと何ひとつ知っていたためしがない、私は君よりずっと前からそこにいたのさ。そうかもしれない。どの点についても、証明のしようはない。だがもしこれが誤解だというのなら、ジョンが私に未発表短篇のカーボンコピーを送ってこなかったという事実はどう説明すればいいのか？　マダム・デュマに頼んで送ってもらうから、と約束したのに、結局送ってきたのは全然別のものだったのであり、私はそれを、きわめて気前よい贈物としてのみならず、一種悔恨の表明として受けとったのだ。地下鉄で原稿をなくすことによって、一時《いっとき》の癇癪《かんしゃく》から成した行為の気まずさを私は取り除いてやったことになる。つい激情に駆られてしまったことを後悔していたら、私がドジをやったせいで上《う》手《ま》く逃れられたものだから、ここはひとつ償いをしようと、華々しく、まったく必要もない親切と厚意の意思表示をしてきたのではないか。

日曜日、我々が電話で話したのは十時半と十一時のあいだだった。マダム・デュマが正午に現われて、十分後にトラウズは彼女にATMのカードを渡し、シェリダン・スクウェア近くのシティバンク支店に行って四万ドルを貯蓄預金から当座預金に移すよう指示した。ギレスピーによればその日の残りは作品の推敲に費やし、晩にはマダム・デュマに夕食をサーブしてもらったあとソファから身を起こして足を引き引き書斎に行って、仕事机の前に座って私宛の三万六千ドルの小切手を書いた。私の未払いだった医療費とぴったり同額である。それから彼は、私に宛てて以下の短い手紙を書いた。

シドへ
原稿のカーボンコピーを約束したのはわかっているけど、そんなことして何になる？　君が金を手に入れることがポイントなんだから、さっさと核心に飛んで、小切手を同封することにする。何のヒモもついていないプレゼントだ。条件も裏もいっさいないし、返してくれる必要もない。君が文無しだってことはわかっているから、偉ぶって破り捨てたりしないでほしい。使ってくれ。暮らしの足しにしてくれ、もう一度動き出してくれ。映画のことなんかに気を揉《も》んで時間を無駄にしてほしくない。小説に集中したまえ。君の未来はそこにある。君がすごいことをやってのけると私は期待しているんだ。
昨日はあの悪ガキに会いに行ってくれて有難う。大いに感謝する。いや、大いにじゃ済まないな、君にとってどれだけ不快だったかがわかるから。
今度の土曜も夕食に来るよね？　まだどこになるかは言えない、すべてはこの忌々《いまいま》しい脚次第だから。奇妙な事実——血栓は私のケチぶりが原因だ。痛みがはじまる十日前に、パリへトンボ返りで行って帰ってきた。三十六時間で往復したんだ。私の翻訳者で、昔からの友だちのフィリップ・ジュベールの葬式で弔辞を述べに行ったのさ。エコノミーで行って、往復とも眠ったんだが、それが原因だと医者は言う。小人向けの狭い席に閉じ込められていたのがよくなかったらしい。これからはファーストクラスしか使わないことにするよ。

グレイシーによろしく。フリットクラフトも投げ出すなよ。ノートさえ変えればまた言葉が出てくるさ。

J．T．

彼は手紙と小切手を封筒に入れて封をし、表に私の名前と住所を活字体で書いたが、切手を切らしていたので、十時にマダム・デュマがブロンクスの自分のアパートメントに帰ろうとバロー・ストリートを立ち去るとき、彼女に二十ドル札を渡し、明日来る前に郵便局に寄って第一種郵便用の切手を買い込んできてくれと頼んだ。常に有能なるマダム・デュマはこの任もしかるべく遂行し、彼女が月曜の朝十一時に出勤してくるとトラウズはようやく封筒に切手を貼ることができた。一時にマダム・デュマが軽い昼食をサーブしてくれた。食後は小説の手直しを続け、二時半に食料品を買いにマダム・デュマが出かけるときに封筒を渡し、投函《とうかん》してきてくれと頼んだ。三時半までは帰ってきます、三時半になったら下の階にお降りになるのをお手伝いしますから、と彼女は言った。病院でダンモア医師に診てもらう予約が入っているので、タウンカーを呼んであったのである。マダム・デュマが出かけたあとについては、確かなことはひとつしかないとギレスピーは言う。エリナーが二時四十五分に電話してきて、ジェイコブが行方不明だとトラウズに知らせた。真夜中にスミザーズから出ていって、以来誰にも連絡がないということだった。ジョンが「ひどく動転した」というエリナーの言葉をギレスピーは引用していて、ジョンはそのままエリナーを相手に十五分か二十分喋《しゃべ》りつづけた。「あいつはもう一人でやっていくしかない」とジョンは締めくくった。「これ以上私たちがしてやれることは何もないんだ」

それがトラウズ最後の言葉だった。電話を切ったあと彼に何があったかは知る由《よし》もない。三時半にマダム・デュマが帰ってくると、トラウズはベッドの足下の床に倒れていた。たぶん診察に出かけるのに備えて着替えをはじめようと寝室に入っていったと思われるが、それとて憶測にすぎない。はっきりしているのは、彼が一九八二年九月二十七日の午後三時と三時半のあいだに息を引きとったということである——私が青いノートの残骸《ざんがい》を南ブルックリンの四つ角のゴミバケツに放り込んでから二時間と経たないうちに。

死因は当初、心臓発作と見られたが、検屍官《けんしかん》がさらに調べた結果、評決は肺塞栓《はいそくせん》に変更された。二週間にわたってジョンの脚にとどまっていた血栓が脚を離れて、体内をのぼっていき、その標的にたどり着いたのだ。彼のなかでついに小さな爆弾が破裂したのである。わが友人は五十六歳で亡くなった。あまりに早すぎる。三十年早すぎる。早すぎて、私の人生を救おうと金を送ってくれたことの礼も言えずに終わってしまった。

ジョンの死は六時のローカルニュースの終わりに速報として伝えられた。普通だったら、グレースと私もテーブルをセットし夕食を用意しながらTVをつけていただろうが、アパートメントにはもはやテレビがなかったから、晩を過ごすなかでジョンが市の遺体安置所に横たわっていることも知らなかったし、弟のギルバートがすでに機中の人となってデトロイトからニューヨークに向かっていることも、ジェイコブが野放しになっていることも知らなかった。夕食が済むと二人でリビングルームに行って一緒にソファに寝そべり、数日後に予定された産科医との面談について話しあった。ドクター・ヴィタールという女性の産科医を、グレースは三月に初産《ういざん》をしたベティ・

ストロウィッツから勧めてもらったのである。面談の場所は西九丁目の医師のオフィス、時間は金曜日の午後。僕も一緒にいたいから四時にオフィスに行く、と私は言った。こうした取り決めを話しあっているうちに、グレースが不意に、その朝ベティから妊娠に関する本をもらったことを思い出し――表やイラストがたくさん入った、よくある大きなペーパーバックの総合書である――ソファから飛び降りて、ショルダーバッグからその本を取りに寝室に行った。彼女が寝室へ行っているあいだに、誰かがドアをノックした。きっと誰か同じ建物の住人が、懐中電灯かマッチでも借りにきたのだろうと私は思った。ほかには考えられない。建物の玄関ドアはつねに施錠してあって、鍵《かぎ》を持っていない人間は外のブザーを押してインターホンで名乗って入れてもらう以外ないのだから。自分が靴を履いていなかったことを私は覚えている。ソファを這《は》い下りてドアを開けにいったときに、左の足の裏に小さな棘《とげ》が刺さったのだ。腕時計を見て、八時半だったことも覚えている。どなたです、と訊《き》きもしなかった。何も考えずにドアを開けて、開けた瞬間、世界は違う世界になった。ほかにどう言ったらいいかわからない。私がドアのロックを外すと、これまで数日にわたって私のなかで築き上げられつつあったものが、一気に現実になった。未来が私の目の前に立っていた。

ジェイコブだった。髪を黒く染めて、くるぶしまである長い黒っぽいコートに身を包んでいた。両手をポケットにつっ込み、かかとを浮かせてせわしなく体を上下させているその姿は、死体を引きとりにきた近未来の葬儀屋みたいに見えた。土曜日に私が会った緑の頭のピエロも充分おぞましかったが、この新しい生き物には心底ぞっとした。中に入れる気にはなれなかった。「助けてくれよ、シド」と彼は言った。「俺すごく困ってるんだよ。ほかに頼れる奴《やつ》はいないんだよ」。出ていけ、と私が言う間もなく彼はわが身を部屋のなかに押し込み、ドアを閉めた。

「スミザーズに帰れ」と私は言った。「僕がしてやれることは何もない」

「帰れないよ。あそこにいることとバレちまったんだから。帰ったら、殺される」

「バレたって、誰に？　何の話だ？」

「リッチーとフィルだよ。俺に貸しがあると思ってるんだ。五千ドル工面しないと、あいつら俺のこと殺すんだよ」

「そんな話、信じないぞ」

「スミザーズに入ったのもあいつらがいたからさ。母親のためじゃない。あいつらから隠れようと思ったんだ」

「まだ信じないね。信じたとしても、助けてやれないのは同じだよ。僕は五千ドルなんて持ってない。五百ドルだってない。母親に電話しろよ。母親に断られたら、父親に電話しろ。とにかく僕とグレースを巻き込まないでくれ」

廊下の先でトイレの水が流されるのが聞こえた。グレースがいまにも戻ってくるしるしだ。その音に気をそらされて、ジェイコブもその方向に首を向けた。そして妊娠の本を持ったグレースがリビングルームに入ってくるのを見て、ニタッと満面の笑みを浮かべた。「よう、グレイシー」と彼は言った。「お久しぶり」

グレースはぴたっと止まった。「この人、ここで何してるの？」と彼女は私に向けて言葉を発した。唖然とした顔で、憤怒《ふんぬ》を抑えつけた声で話し、ジェイコブの方に目を戻そうとしなかった。

「金を借りたいんだってさ」と私は言った。

「ようったら、グレイシー」とジェイコブは、半分すねたような、半分皮肉を込めた声で言った。「ハローも言ってくれないのかよ？　礼儀正しくするだけなら一銭もからないだろ？」

そこに立って二人を見ていると、空巣が入ったときソファの上にあった、びりびりに破れた写真のことを私は考えずにいられなかった。額縁も盗まれたわけだが、写真に写った人物に深い、長年の恨みでも抱いていない限り、わざわざあんなふうに破いたりはしない。プロの泥棒なら手もつけないだろう。だがジェイコブはプロではない。血迷った、ドラッグで頭もまともでなくなった、わざわざ私たちを傷つけに来た――父親の親友二人を痛めつけることで父親を傷つけに来た――子供なのだ。

「いい加減にしろ」と私は言った。「彼女はお前なんかと話したくないんだ。僕もそうだ。先週空巣に入ったのはお前だろう。キッチンの窓から忍び込んで、家じゅう滅《め》茶《ちゃ》苦《く》茶《ちゃ》にして、金目の物をありったけ持って逃げたんだ。警察を呼んでほしいか、それとも出ていくか？　二つに一つだぞ。電話だったら喜んでしてやるぞ、本当さ。お前を告発して、刑務所に送ってやる」

彼がその非難を否定するものと、とんでもない濡《ぬ》れ衣《ぎぬ》だと憤慨してみせるものと私は予期していたが、相手はもっとずっと狡猾《こうかつ》だった。ふうっと、計算し尽くした悔恨のため息を彼はついて、椅子《いす》に腰を下ろして首をゆっくり前後に振り、己のふるまいに愕然としているようなふりをしてみせた。土曜日に演技の才を自慢したときと同じ、自己嫌悪のパフォーマンスだった。「すみませんでした」と彼は言った。「でもリッチーとフィルのことは本当なんだよ。追われてるんだよ。五千ドル渡さないと、俺の頭に弾丸ぶち込む気なんだ。こないだも、預金通帳借りようと思って来たんだけど、見つからなかったんで、ほかの物持ってったんだよ。馬鹿《ばか》なことしたよ。本当にすみません。だいたいそんなに大した金になる物もなかったんだし、あんなことするんじゃなかった。よかったら明日全部返すよ。まだアパートに置いてあるから、明日朝イチで何もかも持ってくるよ」

「嘘よ」とグレースは言った。「もう売れるものは全部売って、残りは捨てたんでしょ。反省してる子供みたいなふりしたって駄目よ、ジェイコブ。もうそんなことするにはあなた大きすぎるのよ。先週私たちの物盗んで、またもっと取りにきたんでしょ」

「あいつら俺の命を絶とうとしてるんだよ」とジェイコブは言った。「明日までに金をよこせって言ってるんだ。あんたたちが金に困ってるのは知ってるけどさ、でもグレイシー、あんたの父さん連邦判事だろ。金貸してくれって言ったら渋ったりしないだろ。たかが五千ドルくらい、南部紳士のおじさまにしてみれば何でもないだろ?」

「冗談じゃない」と私は言った。「ビル・テベッツをこんなことに巻き込めるもんか」

「シド、こいつを追い出してちょうだい」とグレースは私に言った。怒りで声がひきつっていた。「もう我慢できない」

「俺たち家族同然だと思ったのに」とジェイコブは言って、自分を見返すよう強いるかのようにグレースをじっと見た。少し前からふくれっ面《つら》を浮かべていたが、それは妙に不誠実な、彼女を挑発して自分に対する彼女の嫌悪感を自分に有利な方向にねじ曲げようとするかのような表情だった。「考えてみればあんた、俺の非公式の継母みたいなもんだろ？　少なくとも前はそうだったよな。そういうのってそれなりに意味あるんじゃないの？」

もうそのころには、グレースは部屋を横切ってキッチンへ向かう途中だった。「私、警察に電話する」と彼女は言った。「あなたがしないんなら私がするわ、シド。この下司《げす》野郎を追い出すのよ」。だが、キッチンの電話にたどり着くには、ジェイコブが座っている椅子の前を通らねばならず、彼女がそこまで行く前に、ジェイコブはすでに立ち上がって行く手を遮っていた。それまでは、対決もすべて言葉のみから成っていた。私たち三人はあくまで話をしていただけであり、いかに不快な話ではあれ、まさかそれが肉体的暴力に発展するとは私は思っていなかった。私はソファのそば、椅子から二メートル半か三メートル離れたところに立っていた。グレースが脇をすり抜けようとすると、ジェイコブはいきなり彼女の腕を摑《つか》んで、言った。「馬鹿、警察じゃなくてお前の親父《おやじ》だよ。親父以外にかけたら承知しねえぞ。親父にかけて金くれって言うんだよ」。その手をふりほどこうと、グレースは激昂《げっこう》した動物のように暴れたが、ジェイコブの方が背が十五センチくらい高くて力も入れやすく、上からじわじわのしかかっていった。私は彼めがけて飛んでいったが、筋肉が凝っているのと足に棘が刺さっているのとでその動きも遅れてしまい、そこまで行く前にジェイコブはすでに彼女の両肩をがっちり押さえつけて、彼女の体を壁に叩《たた》きつけていた。私はうしろから飛びついて彼の胴に腕を回して彼女から引き離そうとしたが、ジェイコブは強かった――思ったよりずっと強かった。ふり向きもせずに、彼は片肱《かたひじ》で私の腹を直撃した。私は一瞬息ができなくなって、ばったり倒れた。私がふたたび飛びかかる間もなく、ジェイコブはグレースの口にパンチを浴びせ、分厚い革のブーツで腹を蹴《け》っていた。彼女も反撃しようとしたが、立ち上がるたびに顔を殴られ、壁に叩きつけられ、床に投げ出された。鼻から血がどくどく流れ出ていた。私はふたたび戦う態勢に入ったが、もう自分がすっかり弱っていて何ら足しにならないことがわかった。私の情けない、弱々しい拳骨《げんこつ》ではジェイコブを止められはしない。グレースはうめき声を上げて、もうほとんど意識を失っていた。このままでは本当に殴り殺されてしまう。私は彼に襲いかかる代わりにキッチンへ駆け込み、流しの横の一番上の引出しから大きな肉切り包丁を取り出した。「やめろ！」と私は彼に向かってわめいた。「やめるんだ、ジェイコブ！　やめないと殺すぞ！」。はじめのうちは聞こえなかったのだと思う。彼は己の憤怒に浸りきり、狂気の破壊者と化して、自分が何をやっているのかもうろくにわかっていないように見えた。が、私が包丁を手に近づいてくると、その姿が目の端に入ったのだろう。首を左に回し、包丁を振りかざしている私を見て、突然、彼女を殴るのをやめた。目には狂おしい、焦点の定まらない表情が浮かび、汗がだらだら鼻を伝って流れ、細い、震えているあごに落ちていた。次はこっちにかかってくるものと私は覚悟した。そうなったら私は、ためらうことなく彼の体に包丁を突き刺しただろう。が、そこでジェイコブはふっと下を向き、血を流して動かなくなっているグレースを見ると、両腕をだらんと脇に垂らして、「ありがとよシド。これで俺もほんとにおしまいだよ」と言った。そして踵《きびす》を返し、アパートメントを出て、ブルックリンの街に消えていった。何分も経《た》たないうちに、パトカーと救急車が建物の前に停まった。

赤ん坊は失われた。ジェイコブのブーツに蹴られてグレースの内臓が破裂し、ひとたび出血がはじまると、ちっぽけな胎児は子宮の壁から剝《は》がれて、悲惨な血の川に流されて外に出てきた。公式には自然流産、生まれずに終わったひとつの生命。彼女を乗せた救急車はゴワナス運河ぞいを走ってパーク・スロープのメソジスト病院に向かった。車の後部で、彼女のかたわら、酸素ボンベと救急医療士二人とにはさまれて座った私は、さんざん殴られた彼女の痛ましい顔を何度も見下ろしては、体の震えが止まらなかった。痙攣《けいれん》がくり返し起きて、胸を貫き、体全体に下りていって、私は何度もびくっと凍りついた。グレースは鼻の骨が折れていて、顔の左側は打ち傷に覆《おお》われ、右の瞼《まぶた》はすさまじく腫《は》れてもう二度と右目で見ることはできないんじゃないかと思えた。病院に着くと、ストレッチャーに乗せられてまず一階のレントゲン室に行き、次に上の階の手術室に連れていかれて、二時間以上手術を受けていた。どうやったのか自分でもわからないが、外科医たちが仕事を終えるのを待っているあいだ、私はつかのま何とか立ち直り、シャーロッツヴィルのグレースの両親に電話をかけた。ジョンが死んだと知ったのはそのときだった。サリー・テベッツが電話に出て、二人で交わしたはてしない、ぐったり疲れる会話の終わりに、さっきギルバートが電話してきて知らされたのだと彼女は言った。自分もビルもすでに充分ショックを受けていたのだと彼女は言った。そこへ今度は私が電話してきて、ジョンの息子があなた方の娘さんを殺そうとしたんですと知らせたわけだ。世界は狂ってしまったの？と彼女は言って、それっきり声が詰まって、泣き出した。そして受話器を夫に渡した。ビル・テベッツは出るとすぐ本題に入り、唯一問うに値する問いを発した。グレースは助かるのか？

はい、助かります、と私は答えた。そのことはまだわかっていなかったが、危篤《きとく》状態であってもしかしたら持ちこたえられないかもしれないなどと父親に知らせる気はなかった。間違った言葉を口にして、呪《まじな》いをかけてしまってはいけない。言葉に殺す力があるのなら、私は自分が使う言葉に気をつけなければならない。ひとつでも疑念を表明したり、否定的な思いを発したりしてはならない。私は妻が死ぬのを見るために死者の世界から還《かえ》ってきたのではない。ジョンを失っただけでも充分辛いのだ。これ以上誰も失ってはならない。とにかくそんなことがあってはならない。たとえ私には何の影響力もなくても、そんなことを許すつもりはなかった。

その後の七十二時間、私はグレースの枕許《まくらもと》に座って、一瞬たりとも離れなかった。隣のバスルームで体を洗い髭《ひげ》も剃《そ》り、点滴の澄んだ液体が彼女の腕にぽたぽた入っていくのを見守りながら食事し、ごくたまに、彼女が見える方の目を開けて一言二言私に言う瞬間のために生きていた。痛み止めがどっさり血液を循環しているものだから、ジェイコブから受けた仕打ちの記憶も彼女はまったくないらしく、いま病院にいるということさえごくぼんやりしか意識していないようだった。三度か四度、ここはどこ、と私に訊いたが、またすぐ眠ってしまって、私に何と言われたかも忘れてしまうのだった。眠っている最中に何度もぐずるような声を上げ、顔の包帯をはたきながら低いうめき声を漏らし、一度などは目に涙を浮かべて目覚め、「どうしてこんなに痛いの？　私、どうしちゃったの？」と訊いた。

そうした日々、いろんな人が見舞いに来ては帰っていったが、私はごくぼんやりとしか覚えていないし、彼らと交わした会話もひとつとして思い出せない。暴行が起きたのは月曜の夜で、火曜の朝にはもうグレースの両親がヴァージニアから飛行機で駆けつけていた。いとこのリリーも午後にコネチカットから車でやって来た。妹のダーシーとフローは翌朝着いた。ベティ・ストロウィッツとグレッグ・フィッツジェラルドが来た。メアリ・スクラーが来た。カラメッロ夫妻が来た。私もきっと彼らと話したにちがいないし、時おり部屋を出ることもあったはずだが、グレースの枕許に座っていたこと以外何も思い出せない。火曜と水曜の大半、グレースは半分意識を失った無反応状態にあって、あるときはうとうと眠り、あるときはぐっすり眠り、時たまほんの数分目覚めていたりしたが、水曜の晩になると、もう少し頭もはっきりしてきたようで、意識のある時間もだんだん長くなっていった。その夜はぐっすり眠って、木曜の朝に目を覚ますと、やっと私が誰だかを認識した。私が彼女の手を握り、私たちの手のひらが触れあうと、彼女は私の名前を呟《つぶや》き、それから、自分に向けて何度かそれをくり返した。あたかもその一音節の単語が、彼女を幽霊から生者に戻してくれる呪文《じゅもん》であるかのように。

「私、病院にいるのね？」と彼女は言った。

「パーク・スロープのメソジスト病院だよ」と私は答えた。「そして僕は君の枕許に座って、君の手を握っている。これは夢じゃないんだよ、グレース。僕たちは本当にここにいるんだ、そして君は少しずつよくなっていくんだ」

「私、死なないの？」

「うん、死なない」

「私、叩きのめされたのよね？　殴られて、蹴られて、私死ぬんだって思ったわ。あなたどこにいたの、シド？　どうして助けてくれなかったの？」

「あいつのうしろから腕を回したんだけど、どうしても引き離せなかったんだ。それで包丁を使って脅《おど》かした。本気で殺す気だったけど、そうなる前にあいつは逃げていった。それから911にダイヤルして、救急車で君をここへ連れてきたのさ」

「いつのこと？」

「三日前の夜」

「私の顔についてるこれ、何？」

「包帯だよ。それと、鼻の副木《ふくぼく》」

「あいつに鼻の骨、折られたの？」

「そう。それと脳震盪《のうしんとう》もあった。でも頭はもうはっきりしてきたよね？　だんだん意識が戻ってるよね」

「赤ん坊は？　私お腹《なか》がすごく痛いのよ、シド、これたぶんそういうことなんだと思う。だけどそんなことないわよね、ね？」

「残念だけどそうらしい。ほかはすべてよくなるけど、それだけは」


次の日、トラウズの遺灰がセントラルパークの草地に撒《ま》かれた。その朝我々のグループは三十人か四十人いたにちがいない。友人、親類、作家仲間が集まって、宗教関係者は一人もおらず、弔いの言葉を述べたうち誰一人神という言葉は口にしなかった。ジョンが死んだことについてグレースは何も知らなかったが、私は彼女の両親と相談して、できるだけ長く知らせずにおこうと決めた。葬式にはビルが私と一緒に行って、サリーは病院に残ってグレースに付き添った。グレースには、君のお父さんがヴァージニアに帰るから僕が空港まで送っていくよと言っておいた。徐々によくなってきたとはいえ、こんな大きな痛手を受けとめる元気はまだ彼女にはない。悲劇は一度に一つで充分です、と私は彼女の両親にも言った。ビニールの袋からグレースの腕に止めた点滴チューブに一滴ずつ落ちていく液体と同じように、薬は少量ずつ投与しないといけない。いまは子供が失われたというだけで充分すぎる。第二の悲しみの波に耐える元気がグレースに戻ってくるまで、ジョンには待ってもらうしかない。

式では誰一人ジェイコブの名前を出さなかったが、秋の午前中に照りつける太陽の下、ジョンの弟やビルや友人たちが弔辞を述べるのを聞きながら、私の頭のなかにはずっとジェイコブがいた。老人になるチャンスもなく死んでしまうなんて、と私はジョンのことを想《おも》った。これからもまだまだ仕事をしたはずなのに。けれどどのみち死なねばならなかったなら、火曜日でも水曜日でもなく月曜日に死んだのはよかったと思った。あと二十四時間生きていたら、ジェイコブがグレースにした仕打ちを彼は知っただろう。それを知ったら、きっと立ち直りようもなく打ちのめされただろう。それを免れたおかげで、自分が人非人《にんぴにん》の父となったという事実に彼は直面せずに済んだ。自分が世界の誰より愛した人物に対して息子が為《な》した非道の重荷を背負って生きずに済んだ。ジェイコブは口にしえぬタブーに成りはてた。だが私は、彼に対する憎しみに燃えていた。警察がやっと彼を捕まえて自分が法廷に立って彼を糾弾する証言を行なえる瞬間が私は楽しみでならなかった。ひどく残念なことに、その機会は与えられなかった。私たちがセントラルパークに立って彼の父親を悼《いた》んでいるさなかにも、ジェイコブはすでにこの世にいなかった。だがそのときは誰もそのことを知らなかった。腐乱した死体が発見されたのは二か月後のことだった。死体は黒いビニールにくるまれて、ブロンクスのハーレム川付近の放棄された建築現場のゴミ収集箱に埋もれていた。頭部を二発撃たれていた。リッチーとフィルは彼の想像が生んだ幽霊ではなかったのだ。翌年行なわれた二人の裁判に提出された検屍報告によれば、二つの弾丸はそれぞれ違う銃から発射されていた。

同じ日（十月一日）、マダム・デュマがマンハッタンで投函した手紙がブルックリンの宛先に届けられた。セントラルパークからアパートメントに（病院へ戻る前に着替えるために）私が帰ってみると、それが郵便箱に入っていた。封筒には差出人の住所も名前も書かれていなかったから、二階に上がって開けてみるまでは誰からかもわからなかった。手紙はトラウズの手書きで、筆跡はひどく乱暴で、大急ぎで書いたのか、読みとるのに一苦労だった。何度も読み直して、判読不能な渦やひっかき傷の謎《なぞ》を解明していった。が、ひとたびそれらの印を言葉に変換できるようになると、ジョンが私に語りかけている声が聞こえてきた。死の世界から、無の世界から語りかけてくる生きた声が聞こえてきた。それから、封筒のなかに入っていた小切手が私の目に入った。目に涙がこみ上げてくるのを私は感じた。その朝公園で骨壺《こつつぼ》からジョンの灰が流れ出るのが私には見えた。病院で横になっているグレースが見えた。青いノートを引き裂いている自分が見えた。しばらくすると――ジョンの義弟リチャードの言葉を借りるなら――私は顔を両手に埋めて、体の中が空っぽになるまでしくしく泣いた。どれくらいそうやっていたのかはわからない。けれども、涙があふれ出てくるさなかにも、私は幸福だった。かつてなかったほど幸福だった。それは慰めも悲しみも超えた、世界のあらゆる醜さと美しさを超えた幸福感だった。やがて涙は引いていき、私は服を着替えに寝室に入っていった。十分後、私はふたたび街に出て、グレースのいる病院に向かって歩き出していた。

訳者あとがき

本書『オラクル・ナイト』が刊行されてまもなく作者本人に会ったとき、この前の『幻影の書』が交響曲だったとすれば今度の本は弦楽四重奏だね、と言っていた。的確な自注と言うべきだろう。『幻影の書』に較《くら》べてスケールはひとまわり小さいかもしれないが、『幻影の書』とは違った緊密さ、細部の複雑な結びつきがこの『オラクル・ナイト』にはある。フルオーケストラの魅力とは別の、上等な室内楽の魅力がある。

それにしても、なんと手の込んだ弦楽四重奏か。『ドン・キホーテ』を偏愛するオースターにとって、物語内物語は彼のほとんど全作品の欠かせない要素だが、この作品では、原書でたかだか二四〇ページのなかに、いくつもの物語が何層にもわたって組み込まれている。病み上がりの作家シドニー・オアの、まずは実人生における、回復の物語。シドニーが不思議な青いノートブックに書きつづる、突如それまでの人生を捨ててカンザスシティに移り住む男と、奇怪な電話帳図書館をめぐる物語（その中には、編集者である男の許《もと》に送られてくる、『オラクル・ナイト』と題した小説の原稿も入っている）。これに加えてやはりシドニーが、医療費の借金返済を狙《ねら》ってでっち上げる、H・G・ウェルズの『タイムマシン』を下敷きにした、二人のタイムトラベラーをめぐる映画脚本。作家の年上の友人ジョン・トラウズが若いころに書いた、「骨の帝国」なる政治的寓話《ぐうわ》。そして主人公の作家シドニー・オアは、自分の妻グレース、友トラウズ（Trauseという見慣れない名はオースター自身の姓のアナグラムである）、不思議な中国人文房具店主M・R・チャンなどをめぐってさまざまな物語を頭のなかで組み立てては壊す作業をくり返している。さらに、これらすべてに関し、作中に何度か長い注釈が挿入されて、作品の重層性をますます高めている。

ここに、パズル的な面白さがあることは否定しない。ある物語と別の物語とを不思議な形で呼応させてみせる手腕も、実に巧みである。けれども、オースターは単に、よく出来たパズルを組み立てて見せたのではないと思う。物語内物語はいくつもあるけれど、基本的にはすべてが主人公シドニー・オアの視点から語られている点は重要である。思いきって単純化すれば、ここに書かれているのは、一人の病み上がりの、まだいまひとつ世界をがっちり把握できていない人間（「私が……する間もなく」といった表現がこの小説では頻出する）の頭のなかで起きているさまざまな思念を、種々の錯綜《さくそう》も極力そのままの形で再現したものだとは言えないだろうか。言ってみれば、作者の技巧を見せつけているように思える構造は、むしろきわめてマイルドな形の、脳内リアリズムではあるまいか。

そしてもちろん、病み上がりだろうが、いちおう健康だろうが、世界をがっちり把握できている人間などいはしない（がっちり把握できていると思っている人間がいるだけである）。誰の頭のなかでも、いろんな考えや疑い、確信や妄想、期待や不安などが、ごちゃごちゃに錯綜して刻々展開されているはずである。自分の周りの人々や事物について、人はつねに物語を、それも複数の物語を同時に構築し、それらの人々や事物が言語その他を通して投げつけてくる物語を受けて自分の物語を修正し……といった行為をはてしなく続けながら、時おり言語と現実の錯綜した関係に感じ入っている。物語内物語は、人の頭のなかでは日常茶飯事なのだ。むろんそれは多くの場合、この小説のように、はっきり書物やシナリオという形をとりはせず、脳内でおぼろに言語化されるだけだが、我々が時々刻々、自分と世界をめぐるいくつもの物語を更新しつづけているという点はひとまず動かないとすれば、本質的に大した違いがあるようには思えない。誰もがシドニー・オアほど劇的な生を生きはしないかもしれないし

（この小説で起きる出来事の大半は、一九八二年九月の、ほんの一、二週間のあいだに起きる）、誰もがシドニー・オアほど熱い愛情に恵まれはしないかもしれないが（愛は二十一世紀に入りオースター・ワールドのますます大きな要素となっている）、この小説の書かれ方は、他者および外界と接しつづけるすべての人間の頭のなかで起きているさまを、かなり忠実に模倣していると言ってよいのではないか。そこに、この『オラクル・ナイト』という本独特の面白さがあり魅力がある。

加えてこの本では、言葉は単に世界を記述するための道具にとどまらないのではないか、という思いがたびたび表明される。すなわち、言葉は、起きたことを描写するだけでなく、言葉として口にされ、書かれることによって、物事を起こす。いわゆるパフォーマティヴな言語（たとえば「約束」。「明日までに原稿を書きます」という発言は、「ここに原稿があります」という発言とは違って、物事を起こす側面がある）という以上の、思いが現実を――しばしば本人の意図さえ超えて――生むのだという感覚は、誰もが感じた覚えがあるものであるはずだ。べつにそれを、魔術的だとか前近代的だとか呼ぶ必要はない。人が単に受動的な情報処理システム以上の存在であるなら、必然的に生じてくる感覚である。そのことをオースターは、つねに「物語として面白い」ということを大前提に、さまざまな形で提示してみせる。

二十一世紀に入ってからも、ポール・オースターの創造力はいっこうに衰えず、素晴らしい作品を次々に発表している。本書『オラクル・ナイト』は二十一世紀第二作に当たる。数年のタイムラグがなかなか解消できず、訳者として心苦しい限りだが、一冊一冊、作品それぞれの魅力を再現していきたいと思う。以下に、オースターの主要作品を挙げる。特記なき限り、筆者訳による長篇作品。

The Invention of Solitude (1982) 邦訳『孤独の発明』(新潮文庫)
City of Glass (1985)『ガラスの街』(新潮社)
Ghosts (1986)『幽霊たち』(新潮文庫)
The Locked Room (1986)『鍵《かぎ》のかかった部屋』(白水Uブックス)
In the Country of Last Things (1987)『最後の物たちの国で』(白水Uブックス)
Disappearances: Selected Poems (1988)『消失 ポール・オースター詩集』(飯野友幸訳、思潮社)
Moon Palace (1989)『ムーン・パレス』(新潮文庫)
The Music of Chance (1990)『偶然の音楽』(新潮文庫)

Leviathan（1992）『リヴァイアサン』（新潮文庫）

The Art of Hunger: Essays, Prefaces, Interviews（1992）エッセイ集『空腹の技法』（柴田・畔柳和代訳、新潮文庫）

Mr. Vertigo（1994）『ミスター・ヴァーティゴ』（新潮文庫）

Smoke & Blue in the Face: Two Films（1995）映画シナリオ集『スモーク&ブルー・イン・ザ・フェイス』（柴田ほか訳、新潮文庫）

Hand to Mouth: A Chronicle of Early Failure（1997）エッセイ集、日本では独自編集で『トゥルー・ストーリーズ』として刊行（新潮文庫）

Lulu on the Bridge（1998）映画シナリオ『ルル・オン・ザ・ブリッジ』（畔柳和代訳、新潮文庫）

Timbuktu（1999）『ティンブクトゥ』（新潮社／新潮文庫）

I Thought My Father Was God（2001）編著『ナショナル・ストーリー・プロジェクトⅠ・Ⅱ』（柴田ほか訳、新潮文庫／CD付き対訳版アルク）

The Story of My Typewriter（2002）絵本（サム・メッサー絵）『わがタイプライターの物語』（新潮社）

The Book of Illusions（2002）『幻影の書』（新潮社）

Oracle Night（2003）本書
Collected Poems（2004）『壁の文字　ポール・オースター全詩集』（飯野友幸訳、TOブックス）
The Brooklyn Follies（2005）
Travels in the Scriptorium（2007）
Man in the Dark（2008）
Invisible（2009）
Sunset Park（to be published in November, 2010）

訳文作成に関して、ポーランド語の表記は加藤有子《ありこ》さんに、フランス語の表記は小野正嗣さんにご教示いただいた。この場を借りてお礼を申し上げる。いつものとおり、新潮社出版部の森田裕美子さんには企画から編集まで一貫してお世話になった。新潮社から出るオースター本もこれで十六冊目、自分がこの作家の主要訳者になれるなどとは夢にも思わずに『ガラスの街』を初めて読んだときを思い起こすと、感無量である。これほどの幸運に恵まれた翻訳者もいない。幸運を支えてくださった森田さんと読者の皆さんに改めて感謝するとともに、この『オラクル・ナイト』でさらに多くの読者がポール・オースターに親しんでくださいますよう。

柴田元幸

文庫版あとがき

この訳書が二〇一〇年に日本で刊行された以降もオースターは着々と作品を発表し、世界的にますます多くの読者の支持を得ている。以下に、本訳書刊行後に日米で刊行された原書・訳書を挙げる。

Winter Journal（2012）回想録
Here and Now: Letters（*2008-2011*）（with J. M. Coetzee, 2013）往復書簡
Report from the Interior（2013）回想録
City of Glass（1985）『ガラスの街』（新潮文庫）
The Book of Illusions（2002）『幻影の書』（新潮文庫）
The Brooklyn Follies（2005）『ブルックリン・フォリーズ』（新潮社）

Travels in the Scriptorium（2007）『写字室の旅』（新潮社）

Man in the Dark（2008）『闇《やみ》の中の男』（新潮社）

Here and Now: Letters（*2008-2011*）（with J. M. Coetzee, 2013）J・M・クッツェーとの共著『ヒア・アンド・ナウ　往復書簡2008-2011』（くぼたのぞみ・山崎暁子訳、岩波書店）

また、雑誌『MONKEY』第一号（特集「青春のポール・オースター」）には、オースターが一九六〇年代に書いた文章を集めた「草稿と断片」が収められている。

柴田元幸

二〇一五年十一月

本書は、平成二十二年九月新潮社から刊行された。

P・オースター
柴田元幸訳

ガラスの街

透明感あふれる音楽的な文章と意表をつくストーリー——オースター翻訳の第一人者による デビュー小説の新訳、待望の文庫化！

P・オースター
柴田元幸訳

幽霊たち

探偵ブルーが、ホワイトから依頼された、ブラックという男の、奇妙な見張り。探偵小説？ 哲学小説？ '80年代アメリカ文学の代表作。

P・オースター
柴田元幸訳

孤独の発明

父が遺した夥しい写真に導かれ、私は曖昧な記憶を探り始めた。見えない父の実像を求めて……。父子関係をめぐる著者の原点的作品。

P・オースター
柴田元幸訳

ムーン・パレス

日本翻訳大賞受賞

世界との絆を失った僕は、人生から転落しはじめた……。奇想天外な物語が躍動し、月のイメージが深い余韻を残す絶品の青春小説。

P・オースター
柴田元幸訳

偶然の音楽

〈望みのないものにしか興味の持てない〉ナッシュと、博打の天才が辿る数奇な運命。現代米文学の旗手が送る理不尽な衝撃と虚脱感。

P・オースター編
柴田元幸他訳

ナショナル・ストーリー・プロジェクト（Ⅰ・Ⅱ）

全米から募り、精選した「普通」の人々のちょっと不思議で胸を打つ実話180篇。『トゥルー・ストーリーズ』と対をなすアメリカの声。

B・ユアグロー
柴田元幸訳
一人の男が飛行機から飛び降りる
あなたが昨夜見た夢が、どこかに書かれている! 牛の体内にもぐり込んだ男から、魚を先祖にもつ女の物語まで、一四九本の超短編。

カポーティ
河野一郎訳
遠い声 遠い部屋
傷つきやすい豊かな感受性をもった少年が、自我を見い出すまでの精神的成長の途上でたどる、さまざまな心の葛藤を描いた処女長編。

カポーティ
川本三郎訳
夜の樹
旅行中に不気味な夫婦と出会った女子大生。人間の孤独や不安を鮮かに捉えた表題作など、お洒落で哀しいショート・ストーリー9編。

カポーティ
佐々田雅子訳
冷血
カンザスの片田舎で起きた一家四人惨殺事件。事件発生から犯人の処刑までを綿密に再現した衝撃のノンフィクション・ノヴェル!

カポーティ
川本三郎訳
叶えられた祈り
ハイソサエティの退廃的な生活にあこがれるニヒルな青年。セレブたちが激怒し、自ら最高傑作と称しながらも未完に終わった遺作。

カポーティ
村上春樹訳
ティファニーで朝食を
気まぐれで可憐なヒロイン、ホリーが再び世界を魅了する。カポーティ永遠の名作がみずみずしい新訳を得て新世紀に踏み出す。

マーク・トウェイン
柴田元幸訳
トム・ソーヤーの冒険

海賊ごっこに幽霊屋敷探検、毎日が冒険のトムはある夜墓場で殺人事件を目撃してしまい――少年文学の永遠の名作を名翻訳家が新訳。

マーク・トウェイン
柴田元幸訳
ジム・スマイリーの跳び蛙
―マーク・トウェイン傑作選―

現代アメリカ文学の父であり、ユーモア溢れる冒険児だったマーク・トウェインの短編小説とエッセイを、柴田元幸が厳選して新訳！

マーク・トウェイン
村岡花子訳
ハックルベリイ・フィンの冒険

トムとハックは盗賊の金貨を発見して大金持になったが、彼らの悪童ぶりはいっそう激しく冒険また冒険。アメリカ文学の最高傑作。

R・ブラウン
柴田元幸訳
体の贈り物

食べること、歩くこと、泣けることはかくも切なく愛しい。重い病に侵され、失われゆくものと残されるもの。共感と感動の連作小説。

R・ブローティガン
藤本和子訳
アメリカの鱒釣り

軽やかな幻想的語り口で夢と失意のアメリカを描いた200万部のベストセラー、ついに文庫化！ 柴田元幸氏による敬愛にみちた解説付。

R・ブローティガン
藤本和子訳
芝生の復讐

雨に濡れそぼつ子ども時代の記憶とカリフォルニアの陽光。その対比から生まれたメランコリックな世界。名翻訳家最愛の短篇集。

J・アーヴィング
筒井正明訳
ガープの世界
全米図書賞受賞（上・下）

巧みなストーリーテリングで、暴力と死に満ちた世界をコミカルに描く、現代アメリカ文学の旗手J・アーヴィングの自伝的長編。

J・アーヴィング
中野圭二訳
ホテル・ニューハンプシャー（上・下）

家族で経営するホテルという夢に憑かれた男と五人の家族をめぐる、美しくも悲しい愛のおとぎ話——現代アメリカ文学の金字塔。

P・ギャリコ
古沢安二郎訳
ジェニィ

まっ白な猫に変身したピーター少年は、やさしい雌猫ジェニィとめぐり会った……二匹の猫が肩寄せ合って恋と冒険の旅に出発する。

P・ギャリコ
矢川澄子訳
スノーグース

孤独な男と少女のひそやかな心の交流を描いた表題作等、著者の暖かな眼差しが伝わる珠玉の三篇。大人のための永遠のファンタジー。

P・ギャリコ
矢川澄子訳
雪のひとひら

愛の喜びを覚え、孤独を知り、やがて生の意味を悟るまで——。一人の女性の生涯を、雪の結晶の姿に託して描く美しいファンタジー。

J・オースティン
小山太一訳
自負と偏見

恋心か打算か。幸福な結婚とは何か。十八世紀イギリスを舞台に、永遠のテーマを突き詰めた、息をのむほど愉快な名作、待望の新訳。

サリンジャー
野崎孝訳
ナイン・ストーリーズ
はかない理想と暴虐な現実との間にはさまれて、抜き差しならなくなった人々の姿を描き、鋭い感覚と豊かなイメージで造る九つの物語。

サリンジャー
村上春樹訳
フラニーとズーイ
どこまでも優しい魂を持った魅力的な小説……『キャッチャー・イン・ザ・ライ』に続くサリンジャーの傑作を、村上春樹が新訳！

サリンジャー
野崎孝
井上謙治 訳
大工よ、屋根の梁を高く上げよ
シーモア―序章―
個性的なグラース家七人兄妹の精神的支柱である長兄、シーモアの結婚の経緯と自殺の真因を、弟バディが愛と崇拝をこめて語る傑作。

H・ジェイムズ
西川正身訳
デイジー・ミラー
全てに開放的なヤンキー娘デイジーと、その行動にとまどう青年との淡い恋を軸に、新旧二つの大陸に横たわる文化の相違を写し出す。

H・ジェイムズ
蕗沢忠枝訳
ねじの回転
城に住む二人の孤児に取りついている亡霊は、若い女性の家庭教師しか見ることができない。たった一人で、その悪霊と闘う彼女は……。

J・ケルアック
真崎義博訳
地下街の人びと
バードの演奏が轟く暑い夜に結ばれた若き作家と黒人女性。酒とドラッグとセックスに酩酊する二人の刹那的な愛を描くビート小説。

大久保康雄訳
スタインベック短編集
自然との接触を見うしなった現代にあって、人間と自然とが端的に結びついた著者の世界は、その単純さゆえいっそう神秘的である。

スタインベック
伏見威蕃訳
怒りの葡萄（上・下）
天災と大資本によって先祖の土地を奪われた農民ジョード一家。苦境を切り抜けようとする、情愛深い家族の姿を描いた不朽の名作。

フォークナー
加島祥造訳
八月の光
人種偏見に異様な情熱をもやす米国南部社会に対して反逆し、殺人と凌辱の果てに逮捕され、惨殺された黒人混血児クリスマスの悲劇。

フォークナー
加島祥造訳
サンクチュアリ
ミシシッピー州の町に展開する醜悪陰惨な場面――ドライブ中の事故から始まった、女子大生をめぐる異常な性的事件を描く問題作。

龍口直太郎訳
フォークナー短編集
アメリカ南部の退廃した生活や暴力的犯罪の現実を、斬新な独特の手法で捉えたノーベル賞受賞作家フォークナーの代表作を収める。

C・ブロンテ
大久保康雄訳
ジェーン・エア（上・下）
貧民学校で教育を受けた女家庭教師と、狂女を妻にもつ主人との波瀾に富んだ恋愛を描き、社会的常識に痛烈な憤りをぶつける長編小説。

ブコウスキー
青野聰訳
町でいちばんの美女

救いなき日々、酔っぱらうのが私の仕事だった。バーで、路地で、競馬場で絡まる淫猥な視線。伝説的カルト作家の頂点をなす短編集！

フィツジェラルド
野崎孝訳
グレート・ギャツビー

豪奢な邸宅、週末ごとの盛大なパーティ……絢爛たる栄光に包まれながら、失われた愛を求めてひたむきに生きた謎の男の悲劇的生涯。

フィツジェラルド
野崎孝訳
フィツジェラルド短編集

絢爛たる'20年代、ニューヨークに一世を風靡し、時代と共に凋落していった著者。「金持の御曹子」「バビロン再訪」等、傑作6編。

メルヴィル
田中西二郎訳
白鯨（上・下）

片足をもぎとられた白鯨モービィ・ディックへの復讐の念に燃えるエイハブ船長。激浪荒れ狂う七つの海にくりひろげられる闘争絵巻。

ホーソン
鈴木重吉訳
緋文字

胸に緋文字の烙印をつけ私生児を抱いた女の毅然とした姿——十七世紀のボストンの町に、信仰と個人の自由を追究した心理小説の名作。

J・ロンドン
白石佑光訳
白い牙

四分の一だけ犬の血をひいて、北国の荒野に生れた一匹のオオカミと人間の交流を描写し、人間社会への痛烈な諷刺をこめた動物文学。

ヘミングウェイ
福田恆存訳
老人と海
来る日も来る日も一人小舟に乗り出漁する老人――大魚を相手に雄々しく闘う漁夫の姿を通して自然の厳粛さと人間の勇気を謳う名作。

ヘミングウェイ
大久保康雄訳
誰がために鐘は鳴る（上・下）
一九三六年に勃発したスペイン内乱を背景に、限られた命の中で激しく燃えたアメリカ青年とスペイン娘との恋をダイナミックに描く。

ヘミングウェイ
沼澤洽治訳
海流のなかの島々（上・下）
激烈な生を閉じるにふさわしい死を選んだアメリカ文学の巨星が、死と背中合せの生命の輝きを海の叙事詩として描いた自伝的大作。

ヘミングウェイ
高見浩訳
われらの時代・男だけの世界
―ヘミングウェイ全短編1―
パリ時代に書かれた、ヘミングウェイ文学の核心を成す清新な初期作品31編を収録。全短編を画期的な新訳でおくる、全3巻の第1巻。

ヘミングウェイ
高見浩訳
勝者に報酬はない・キリマンジャロの雪
―ヘミングウェイ全短編2―
激動の'30年代、ヘミングウェイは時代と人間を冷徹に捉え、数々の名作を放ってゆく。17編を収めた絶賛の新訳全短編シリーズ第2巻。

ヘミングウェイ
高見浩訳
移動祝祭日
一九二〇年代のパリで創作と交友に明け暮れた日々を晩年の文豪が回想する。痛ましくも麗しい遺作が馥郁たる新訳で満を持して復活。

村上春樹訳　B・クロウ

さよならバードランド
―あるジャズ・ミュージシャンの回想―

ジャズの黄金時代、ベース片手にニューヨークを渡り歩いた著者が見た、パーカー、マイルズ、モンクなど「巨人」たちの極楽世界。

村上春樹訳　B・クロウ

ジャズ・アネクドーツ

ジャズ・ミュージシャンが残した抱腹絶倒、荒唐無稽のエピソード集。L・アームストロング、M・デイヴィスなど名手の伝説も集めて。

村上春樹訳　J・フジーリ

ペット・サウンズ

恋愛への憧れと挫折、抑圧的な父親との確執……。ビーチ・ボーイズの最高傑作に隠された、天才ブライアン・ウィルソンの苦悩。

若島正訳　ナボコフ

ロリータ

中年男の少女への倒錯した恋を描く誤解多き問題作にして世界文学の最高傑作が、滑稽でありながら哀切な新訳で登場。詳細な注釈付。

小山太一訳　I・マキューアン

アムステルダム
ブッカー賞受賞

ひとりの妖婦の死。遺された醜聞写真が男たちを翻弄する……。辛辣な知性で現代のモラルを痛打して喝采を浴びた洗練の極みの長篇。

小川高義訳　J・ラヒリ

停電の夜に
ピューリッツァー賞
O・ヘンリー賞受賞

ピューリッツァー賞など著名な文学賞を総なめにした、インド系作家の鮮烈なデビュー短編集。みずみずしい感性と端麗な文章が光る。

新潮文庫最新刊

山本一力著
千両かんばん
鬱屈した日々を送る看板職人・武市に、大仕事が舞い込んだ。知恵と情熱と腕一本で挑む、起死回生の大一番。痛快無比の長編時代小説。

小川洋子著
いつも彼らはどこかに
競走馬に帯同する馬、そっと撫でられるブロンズ製の犬。動物も人も、自分の役割を生きている。「彼ら」の温もりが包む8つの物語。

綿矢りさ著
大地のゲーム
巨大地震に襲われた近未来のキャンパスで、学生らはカリスマ的リーダーに希望を求めるが……極限状態での絆を描く異色の青春小説。

藤野可織著
爪と目
芥川賞受賞

ずっと見ていたの――三歳児の「わたし」が、父、喪った母、父の再婚相手をとりまく不穏な関係を語り、読み手を戦慄させる恐怖作。

乙川優三郎著
脊梁山脈
大佛次郎賞受賞

故郷へと向かう復員列車で、窮地を救われた木地師を探して深山をめぐるうち、男は生の実感を取り戻していく。著者初の現代長編。

島田雅彦著
ニッチを探して
東京のけものみちに身を潜めて生き延びろ！背任の罪を負わされた銀行員が挑む所持金ゼロの逃亡劇。文学界騒然のサスペンス巨編！

新潮文庫最新刊

西村賢太著　**形影相弔・歪んだ忌日**

僅かに虚名は上がった。内実は伴わない。北町貫多の重い虚無を一掃したものは、やはり師への思いであった。私小説傑作六編収録。

船戸与一著　**炎の回廊**　—満州国演義四—

帝政に移行した満州国を揺さぶる内憂外患。そして、遥かなる帝都では二・二六事件が！　敷島四兄弟と共に激動の近代史を体感せよ。

秋月達郎著　**京奉行 長谷川平蔵**

「鬼」と呼ばれた火付盗賊改方長官の長谷川平蔵。その父親の初代平蔵が京都西町奉行に。四季折々の京を舞台に江戸っ子奉行が大活躍。

河野裕著　**汚れた赤を恋と呼ぶんだ**

なぜ、七草と真辺は「大事なもの」を捨てたのか。現実世界における事件の真相が、いま明かされる。心を穿つ青春ミステリ、第3弾。

安岡章太郎著　**文士の友情**　—吉行淳之介の事など—

「第三の新人」の盟友が次々に逝く。島尾敏雄、吉行淳之介、遠藤周作。若き日の交流から慟哭の追悼まで、珠玉の随想類を収める。

椎名誠著　**ぼくがいま、死について思うこと**

うつ、不眠、大事故。思えば、ずいぶん危ういときもあった——。シーナ69歳、幾多の別れを経て、はじめて真剣に〈死〉と向き合う。

新潮文庫最新刊

P・オースター
柴田元幸訳
オラクル・ナイト
ブルックリンで買った不思議な青いノートに作家が物語を書き出すと……美しい弦楽四重奏のように複数の物語が響きあう長編小説！

M・デュ・ソートイ
冨永星訳
数字の国のミステリー
素数ゼミが17年に一度しか孵化しない理由から、世界一まるいサッカーボールを作る方法まで。現役の数学者がおくる最高のレッスン。

M・ブルガーコフ
増本浩子
V・グレチュコ訳
犬の心臓・運命の卵
人間の脳を移植された犬、巨大化したアナコンダの大群――科学的空想世界にソ連体制への痛烈な批判を込めて発禁となった問題作。

O・ヘンリー
小川高義訳
魔が差したパン
―O・ヘンリー傑作選Ⅲ―
堅実に暮らしてきた女の、ほのかな恋の悲しい結末をユーモラスに描いた表題作のほか、短篇小説の原点へと立ち返る至高の17編。

O・ヘンリー
小川高義訳
最後のひと葉
―O・ヘンリー傑作選Ⅱ―
風の強い冬の夜。老画家が命をかけて守りたかったものとは――。誰の心にも残る表題作のほか、短篇小説の開拓者による名作を精選。

S・モーム
金原瑞人訳
ジゴロとジゴレット
―モーム傑作選―
『月と六ペンス』のモームは短篇の名手でもあった！ ヨーロッパを舞台とした短篇八篇を収録。大人の嗜みの極致ともいえる味わい。

Title: ORACLE NIGHT
Author: Paul Auster
Copyright © 2003 by Paul Auster
Japanese translation rights arranged with
Paul Auster c/o Carol Mann Literary Agency, New York
through Tuttle-Mori Agency, Inc., Tokyo

オラクル・ナイト

新潮文庫　　オ－9－15

Published 2016 in Japan
by Shinchosha Company

平成二十八年一月一日発行

訳者　柴《しば》田《た》元《もと》幸《ゆき》

発行者　佐藤隆信

発行所　株式会社　新潮社

郵便番号　一六二―八七一一
東京都新宿区矢来町七一
電話　編集部(〇三)三二六六―五四四〇
　　　読者係(〇三)三二六六―五一一一
http://www.shinchosha.co.jp

価格はカバーに表示してあります。

乱丁・落丁本は、ご面倒ですが小社読者係宛ご送付ください。送料小社負担にてお取替えいたします。

印刷・大日本印刷株式会社　製本・憲専堂製本株式会社
© Motoyuki Shibata 2010　Printed in Japan

ISBN978-4-10-245116-8 C0197